漫時光

浮圖緣

尤四姐 著

下

高寶書版集團

目錄
CONTENTS

第七十二章　花明月暗

不見那夜甲板上的款款深情，他吻得有些蠻橫，不顧一切的，恨不得把人魂魄吸出來。

音樓想抗拒，但是做出來的姿態是欲拒還迎。實在沒有辦法，她的眼淚在一片混亂中滲透進來，彼此都嚐到了，難以言喻的苦澀。她想他還是愛她的，也許恨之入骨，但仍舊丟不開手。他的吻在唇齒間肆虐，她逃不開，也不想逃開。思想模糊了，她被吻暈了頭，整個世界都是他的氣息，她一無所有，可是還有他。

腦子裡千般想頭都彙集成他的臉，他動情，沒有任何偽裝的冷漠。音樓還在可惜，她好不容易建立起來的堡壘，瞬間就被他攻破了。拿他怎麼辦呢？男人有時候像孩子，越是得不到越是孜孜不倦。你退一分他進十分，避無可避的時候，只能由他予取予求。

她還殘存著一絲清明，不能這樣下去，再糾纏，又是苦海無邊。然而她的手違背她的意志，攀上他結實的肩背，她多渴望和他靠近，已經忍無可忍了。

她回吻他，笨拙的，但是真心真意的吻他。單是這樣沒關係吧！老天爺原諒她的情不自禁，他是她深愛的人啊！即便是因為這樣那樣的問題他們不能在一起，她還是愛他，作了再多的努力都無法解脫出去。

他感覺到了，這個口是心非的女人！他暗裡歡喜，把她攬得更緊，簡單的吻滿足不了他，他想要更多。把她拆吃入腹，似乎這樣才能彌補長久以來所遭受的苦難。這狹小的空間提供了足夠的便利，他感覺自己在顫抖，張開五指挎住她的腰肢，往上一推，便把那層罩衣推到了胸乳之上。

她沒有反抗，他急切地覆蓋上去，一團柔軟揣捏在手裡，尖尖的一點拱著他的掌心，叫人渾身酥麻。心癢難搔，愈發使勁，她輕輕抽了口氣，他放開那裡，手指順著曲線一路往下，滑進她的襦裙裡。

音樓在洶湧的狂潮中癲蕩，他是最好的愛匠，每一個細小的動作都令她沉溺。她伏在他胸口，他的唇一直未和她分離。以前也曾這樣親密，她毫無保留地在他面前坦露，因為覺得自己就是他的。但是今時不同往日，一切都不合時宜。他觸到那處，她突然驚醒過來，一把推開他，慌慌張張從櫃子裡鑽了出去。

他被打斷，半是失落半是苦悶，「怎麼？這就要走？」

她很快整理好衣裙，寒聲道：「廠臣逾越了，這是欺君犯上的死罪，本宮不追究，到此為止吧！剛才人都找來過了，我躲在這裡不成事。萬一主子傳，我不在跟前，回頭惹得雷霆震怒怕吃罪不起……」她手忙腳亂抿頭，喃喃道，「我要走，以後廠臣見了本宮也請繞道。」

她端出后妃的架子來，又是本宮又是我，運用不熟練，不過狐假虎威罷了。他心頭一片荒寒，抱著胸道：「娘娘以前總追問臣和榮安皇后的事，如今不願意試試嗎？娘娘是怕和臣走影，對不起皇上？」他走過去，手指用力扣住她的臂膀。回身插上門閂，把她推在了花窗旁。靠近她，逐字逐句從牙縫裡擠出來，「侍了寢便沒有妨礙了，不是嗎？妳本來就應該是我的，可惜便宜了慕容高鞏。咱們長久以來的糾葛，還有妳欠我的，今兒一併清算了吧！」

音樓大駭，沒想到他忽然變了個人似的，這副殺氣騰騰的模樣叫她害怕。她往邊上閃，抓著衣襟說：「你瘋了嗎？這是要幹什麼？」

他一手控制住她的肩，一手搶奪她的衣帶，咬牙道：「我是瘋了，叫妳給逼瘋的。以前妳不是千方百計勾引我嗎？不是吵著鬧著要給我生孩子嗎？如今被皇帝臨幸，就裝得三貞九烈起來。臣雖不才，好歹也是萬萬人之上，妳要什麼，只管向臣開口，臣對自己的女人還是很慷慨大方的。」言罷又換了個曖昧的語調，在她耳廓上一含，笑道，「就是太吃虧了，第一次給了個色中餓鬼，想來都叫人憤恨。妳先前不是說起臣的祕密嗎，如果讓它變成咱們共同的祕密，還用擔心妳嘴不嚴？」

他居然是那樣輕佻的語氣，音樓不能求救哭喊，只有咬著唇吞聲嗚咽。

八月裡天還不算涼，穿得也不多。他下手毫不留情，很快就把她剝了個精光。她在那片月色下，凝脂一樣的皮膚染上一層淡淡的藍，豐乳肥臀，果然很有勾人的資本。

再談什麼感情都是空的，要毀滅就一道去死，反正已經這樣了！他不讓她移動，強迫她靠牆站著。她怕透了，畏畏縮縮像個做錯事的孩子，這才讓他心頭略感暢快。她大約覺得尊嚴都被他盤剝盡了吧？那又怎麼樣！跟他相比這點算什麼？他在東廠那幫心腹面前早就顏面掃地了。

他扯下鸞帶，解開蟒袍，用力把她頂在牆上。她打了個寒噤，顫抖著推他，卻並不討饒。他恨她這樣嘴硬，小小的人，拿起主意來膽大包天。其實只要她低個頭，他不是不能放過她。他有預感，走到這步，往後就是個死局，他的愛情一去不復返了，剩下的可能是她滿腔的恨。

她為什麼不肯服軟？說她後悔，說她也想他，他們可以商量著再謀出路的。可是她咬緊牙關不鬆口，他的困頓無處發洩，不能打她不能罵她，但是有別的法子報復她。

窗外的月色不知何時變得淒迷了，他撈起她的一條腿，把自己置於她腿心，「我再問妳一遍，妳後不後悔當初的決定？」

她抖得像風裡的枯葉，朦朧的光線裡看得見她滿臉的淚，那形容實在可憐。一面推他，一面哆嗦著嘴唇，半天說不出一個字來。

他到了崩潰的邊緣，答案顯然不重要了。他們糾纏在一起，只要再推進一分，她就是他的。他又感到可悲，以前的自己連別人碰過的衣裳都不肯再穿，現在面對她，他的那點桀驁全不見了。他不在乎她有沒有侍過寢，他一心要她，要為這半年來的苦戀討個說法。

「不要……」他一點點擠進來，她疼痛難當，奮力地反抗，「求求你，不要這樣……」

求得不在點子上，他全然不理會。夜色更暗了，抬頭看，那輪巨大的明月邊緣缺了一塊，籌備了十幾天的中秋節，臨了居然月蝕了。

外面的人群沸騰起來，吵吵嚷嚷叫喊著：「天狗吃月亮了！」然後照著古法盆碗齊上，用筷子刀叉敲擊底部，據說聲音越大越好，嚇走了天狗，就把月亮吐出來了。

一片喧鬧聲裡她忍不住嚎啕，因為太痛，感覺自己被劈成了兩半。他艱澀難行，反而更加激進，腰一沉，沒頭沒腦嵌了進來。

音樓聽得見皮肉撕裂的脆響，哽咽全堵在了嗓子裡，憋得一頭汗。他貼著她，急促地喘息，似乎不大明白她為什麼這麼痛苦。橫豎是蝕骨的所在，不管怎樣她都是他的了。他退出一些，然後又狠狠撞進去，不停的重複……不停的重複……那裡漸漸滑膩了，他有點高興，他想她應該也是快活的，只是不願意承認罷了。

溫熱的液體蜿蜒而下，很快冷卻，在腿上留下冰涼的軌跡。滿世界噪雜，哐哐的聲響像砸在腦仁上。她的十指摳破他的皮肉，他渾然不覺。月亮一點一點被吞噬，連最後一絲光亮也消失了，痛到極致分外清醒，心頭的枷鎖突然打開了。她還在擔心皇帝翻牌子時沒法交代，現在這個難題迎刃而解了。已經是最好的出路，分明兩全其美，可是為什麼她那麼難過，她甚至覺得愛錯了人。

無休止的黑暗，無休止的喧鬧，他來吻她，嘴唇火熱。她打起精神回應他，心都荒蕪了，還惦記著善始善終。她一點都不快樂，和上回完全是兩樣。她一直以為這種兩情相悅的事應該是美好的，畢竟耳鬢廝磨就已經足夠幸福了。可是現在這體驗，對她來說是場噩夢。

月亮還不出來，太黑了，她看不見他的臉，卻知道他的感受和她截然不同。無所不能的肖鐸，滿以為她已經不是囫圇身子了，所以縱情肆意嗎？想想也好笑，分明是個樣樣玩得轉的嬌主，這上頭居然這樣不通。

只是難為她，痛得火燒火燎。腿裡痠軟站立不住，埋首在他胸前，帶著哭腔求他慢些，「我好痛……」

他語氣依舊不善，「就是要妳痛，痛了才能解我心頭之恨。」

話雖如此，動作還是緩下來。她的呻吟裡咂不出甜味，總有哪裡不對。他把手繞到她背後，貼牆的一大片皮膚沒有溫度，冰冷入骨。他心裡一驚，才想起她久病初癒，經不起他這麼折騰。索性托著臀瓣抱起來，到寶座上去，這麼一來結合得更緊密了，她發出似哭似笑的聲音，分辨不出是什麼滋味。

他放她仰在那裡，俯身來吻她的額頭，留連著，慢慢挪到她耳畔，「不要愛皇上好不好？妳會和他日久生情嗎？」

她窒了下，他的聲氣裡有哀懇的味道，這種話不應該從他嘴裡說出來，她不知道怎麼回答。抬起手扶住他的腰，帶動起來，這是無聲的邀約，他懂的。果然他忘了剛才的話，投入新一輪的燃燒。音樓眼角蓄滿淚，在黑暗裡撫摩他的臉，仔仔細細地描繪，即便有了肌膚之親，也還是看不見未來。除非大鄴真的土崩瓦解，否則他們這樣的身分，沒有別的出路。

他也怕嗎？怕她愛上皇帝。他不知道那些都是表面文章，人總要向現實低頭，她早就妥協了。

窗外漸漸轉亮了，花園裡敲打的聲響也淡了，月亮從一團黑影裡脫離出來，彷彿從來沒發生過什麼，照樣若無其事灑得滿世界清輝。

他的眉眼恍惚，但是極其熟悉。他那麼好看，曾經高不可攀，沒想到最後竟然落進她的荷包裡。她的手從他腋下穿過去，壓下他的肩頭，讓他緊緊抱住她。隱約的，疼痛裡升騰起快意，她抬了抬腰，輕輕吟哦。他立刻得了鼓勵，愈發激烈地碰撞，每一下都要撞碎她的心肝。她是不打緊的，只要他快樂。

又是一輪疾風驟雨，她在昏沉裡感到醃漬的痛，痛得腳趾都蜷縮起來。終於過去了，她的手覆在他背上，氤氳的汗氣滲透過緞面，他安靜下來，難得的溫馴。隔了一陣撐起身子，想說什麼又不知從何說起，只是定眼看著她。她輕輕推開他，蹣跚著找到衣裳，一件一件重新穿回去。整理好了狄髻拔門閂，沒言聲，提裙便出去了。

他不放心，很快扣好鸞帶跟在她身後，她人有些木蹬蹬的，經過穿堂到前面屋子，也沒左右看就要邁腿，被他重新拉了回來。

他看她臉色，兩頰酡紅，但是精神頭不濟。自己對她做了這樣的事，還能盼著她好嗎！他羞愧難當，囁嚅道：「今天的事……」

「就當沒有發生過。」她撐著門框說，「再也不要提起。」

他抿緊唇，蹙眉看著她，腦子裡千頭萬緒，卻不知道怎麼挽回她。女人絕情起來，任你使盡渾身解數都沒有用，他頹然靠在案上，半晌慢慢點頭，「如果妳真的這麼希望。」

她轉過臉往外看，樹下人影徘徊，是彤雲。見她露面忙來接應，低聲道：「人都上乾清宮赴宴去了，主子不能久留，回頭叫人起疑。」說著瞥他一眼，頗有責難的意思，不敢發作又吞了回去，攙著人悄悄轉出了隨牆門。

他心都空了，在含清齋裡怔忡了好久，直到曹春盎來找他，探頭探腦說：「升平署都籌備好了，只等乾爹吩咐就往花園裡來……」這猴崽子眼尖，盯著他的膝欄看了半天，「咦」了聲道，「乾爹衣裳上是什麼？怎麼像血！」

他低頭看，果然巴掌大的一片，因為是墨綠的料子，邊緣已經變成了黑色。他愣在那裡，突然一道驚雷直劈過腦子，他一把揪住那塊血跡，嘴上敷衍著：「混說什麼，哪來的血！大概是先頭在值房裡不留心蹭到的墨，你另取一件來給我替換。」

曹春盎領命去了，他端起蠟燭往後身屋查驗，地上倒是什麼都沒有，可是寶座的錦墊上留下淺淺的一灘，雖不明顯，也能分辨出來。她一直緘口不語，果真裡頭有玄機？尚儀局對宮妃的月事有專門的錄入，他知道她的時候沒到，那這說明什麼？敬事房明明有她侍寢的記檔，難道是弄錯了？

他扶住額角，半開的花窗外有一口井，這個月令了，不知怎麼井口停了隻流螢，尾翼一明一暗，慢騰騰飛起來，越飛越高，飛到樹頂上去了。

第七十三章　情若連環

每騰挪一步都是步履艱難，彤雲使勁架住她，見她神色不對便追問：「肖掌印把您怎麼了？您瞧您邁不動步子……」畢竟是開過臉的人，回過神來頓住了，愕然道，「您是不是被他……這人怎麼這麼壞吶！」

音樓忙去捂她的嘴，「留神，別聲張。」看天街上空無一人，也打不起精神來應酬了，身上疼得厲害，拉了彤雲說，「咱們回去吧，我一刻都站不住了。」

彤雲再不多話，悶著頭攙她進了甬道。回到噦鸞宮伺候她躺下，吩咐底下人打水來，回身看她，她歪著頭閉著眼，霜打的茄子似的，看著形容不大好。她沒辦法，蹲在榻旁喚她，「主子，奴婢給您擦洗擦洗吧！」

她不說話，臉上灰敗一片。彤雲上去解她腰帶，褪下了馬面裙再褪褻褲，這慘況不免讓她訝異——血都乾涸了，掛得兩條腿上盡是。她突然抽泣起來，「姓肖的還是人嗎？這麼作踐妳！」

她睜開眼睛搖頭，「別哭，趕緊的，回頭皇上怕是要來。」

「這麼著了，來了不得要人命嗎！」她愈發泗淚滂沱，主子不心疼自己，做奴才的在跟前服侍久了，心貼著心，就像親姐妹一樣。看見她弄得這麼狼狽，比自己受了委屈還難受。她吸溜著鼻子絞手巾，替她把血跡擦乾淨，再浣帕子來熱敷，嘀咕著，「他不知道您是頭一回嗎，腫成了這樣！這個沒王法的，仗著自己手上有權橫行無忌，偏偏咱們還不能拿他怎麼樣！」

她卻還向著他，只說是自己不好，「我沒把那天侍寢的事告訴他，他好不容易收回了批紅的權，別因為我被西廠拿住什麼把柄。妳想想，眼下宇文良時又來了，他的處境也艱難。于尊恨他恨得牙根癢癢，這幫下九流，正經事辦不好，下套子禍害人，有的是手段。我幫不上他什麼忙，好歹別打亂他的心神，叫他專心應付眼前的難題最要緊。至於我……」她側過身來摟住彤雲的腰，把臉埋在她裙裾上，「我一介女流，算得了什麼。」

彤雲皺眉道：「他又不是傻子，就算您不說，他也定然知道了。」

談起這個她紅了臉，「他還真是個傻子，壓根沒發現。」

彤雲目瞪口呆，「沒發現？他怎麼可以沒發現呢！天下第一機靈不就數他嗎，到底是真不知道還是裝不知道？」

這種內情沒法和她細說，難道告訴她肖鐸也是第一回嗎？音樓蓋住了臉，低聲道：「我寧願他不知道，就不必再糾纏下去了。臨走的時候說明了的，當這事沒發生，以後也不來往了。」

「這算什麼？」彤雲義憤填膺，「叫他白占便宜糊塗過嗎？主子您就是太善性了，才把自己弄得這樣！」

她也不想解釋，擁著被子蜷縮起來，神思恍惚間聽見簷下有人說話，問：「端妃娘娘回來沒有，在不在宮裡？」

彤雲打簾出去看，來人是御前總管崇茂，上了臺階推推頭上帽子，笑道：「雲姑娘在呢？咱家奉旨來傳主子爺口諭的。」

彤雲忙往裡頭引，一面周旋著：「勞您大駕了，我們主子體氣兒弱，在外頭轉了兩圈就乏累了，早早的回來，這會子在寢宮裡歇著呢！」

崇茂邁進門檻，在半片垂簾前站住了腳，竹篾疏朗間見榻上人起身穿鞋，忙吊著嗓子道：「萬歲爺吩咐過的，請娘娘別拘禮，就是口頭上的話，用不著磕頭接旨啦。」

裡頭聞言道了聲謝，又說讓把人請進去。彤雲在前邊引路，屋子裡帷幔重重、香煙嫋嫋，繞過一架沉香木雕四季如意屏風，端妃坐在三圍羅漢床上，含笑道：「麻煩總管走這一趟，主子什麼示下？」

崇茂見了禮道：「才剛好好的，鬧了出天狗吃月亮，老佛爺老大的忌諱，萬歲爺脫不了身，今晚上怕是不能過娘娘宮裡來了，叫奴婢遞個話，娘娘身子才利索，沒的讓娘娘久等了不好。」

這對音樓來說無疑是天大的喜訊，她按捺住了頷首，湊嘴說了兩句順風話：「您代我給皇上帶個話，請他寬懷。不過是天象，也不用太較真了。先頭月色還不及後來的好，就好比鏡子髒了要拂拭，擦了擦，愈發清輝照河山，有什麼不好？」

崇茂笑得兩眼瞇成了縫，「娘娘這比喻貼切，皇上聽了定然高興的。這事吧，還是得怪欽天監。觀天象都觀到小腿肚裡去了，這麼大的走勢居然沒個預測！今兒大宴宮裡多上心吶，成百上千的人，全是親戚股肱，大傢伙乘著興來，遇上個狗啃月亮，主子嘴上不說，心裡不犯嘀咕？還是肖掌印出來周旋，說了一車漂亮話，把老佛爺安撫住了，回過頭來懲辦欽天監，料著那邊頭兒要換人做了。老佛爺有了歲數，信鬼神，怒氣過去了，心裡還是不踏實，話裡話還外有怨怪的意思，說主子爺齋戒心不誠……」他往上覷覷，「嘿嘿」兩聲，「這裡頭況味，娘娘是知道的。不過朝中有人好做官，虧得娘娘和掌印有交情，嘴皮子一挫話就帶過去了。」

音樓笑了笑，「這麼說真要好好謝謝廠臣了，皇上跟前有他伺候，好些事都能大事化小小事化了，這也是他的本事。」

崇茂諾諾應了，略頓了下，捲著袖口小心試探，「跟南苑王一道進宮的那位，不知娘娘瞧見沒有？我聽下頭人說，是娘娘老家的族親？」

音樓遲疑了下方道：「不是族親，是嫡親的姐妹。總管怎麼想起來打聽這個？」

崇茂笑得愈發諂媚了，「沒什麼要緊的，主子才剛問來著，奴婢記得有這頭親，就和皇上回稟了。皇上說了，娘家人來趟不容易，讓娘娘別忌諱，留庶福晉多住幾天，姐妹敘敘舊也不礙的。」

這話意味深長，看來有貓膩。宇文良時帶音閣來京沒安好心，誰知道皇帝糊塗，還真撞上去了。音樓笑靨加深，對彤雲道：「咱們萬歲爺真是體恤，我原想著不知道怎麼回稟呢，他倒替我周全好了。既這麼，可用不著煩心了。南苑王在銀碗衚衕有封賞的府第，留她在京裡落腳，有空了進宮來說說話，也好解悶。」

彤雲躬身道是，「不知道南苑王在京裡逗留幾天，明兒奴婢打發人去請，問明白了好施排。」

崇茂來這，其實這事才是大頭。都是聰明人，稍稍一點撥就成，用不著說得多透澈。見她會了意也好交差，點頭哈腰打躬作揖，「娘娘早些安置吧，奴婢身上還有差事，這就回御前去了。」

彤雲直送到滴水下面，看他出了噦鸞宮，趸身進來，奇道：「這是什麼說頭？難不成萬歲爺瞧上大姑娘了？」

音樓摘下狄髻上的滿冠嘆了口氣，「恐怕正是的，這形勢不妙，眼看著就掉進人家網子裡去了。」

彤雲萬分懊惱的樣子，嘀咕道：「才幾天光景，這移情也太快了點。難怪好色的名頭如雷貫耳呢，這麼不長情的倒也少見。」

她分明有些低落了，音樓看著心裡高高懸起來。她是她身邊最知己的人，本來和她一條心的，萬一對皇帝動了情，那就說不準了。像她一門心思為肖鐸一樣，將心比心，彤雲還能站在她這邊嗎？如果她一倒戈，事情鬧起來就收勢不住了。

她小心觀察她，拉她來身邊坐下，輕聲道：「妳聽見這事不高興，是不是對皇上……」她忙擺手說不是，「我只是替您不值，當初花了大力氣把您弄到身邊，這才多久，回宮個把月，立馬盯上了別人。先前那些委屈都白受了，熬心熬肝的，和誰說理去？您別以為我陪他睡了一回就不知道自己姓什麼了，我明白著呢！」一頭說一頭攥緊她的手，「主子，您信不過我嗎？」

音樓搖頭，在她手背上拍了拍，「我知道妳不是這樣的人，只不過剛才閃神，突然蹦出這麼個念頭來……妳為我做了這麼多，我不該疑心妳，可是我知道愛一個人的苦處，要是妳真的喜歡上他……」

「主子信不實，就替我求求情，放我出宮去吧！再不成，讓肖掌印把我給殺了。」她垂著嘴角嘟囔，「我就是想做反叛也得有這個膽，東廠那麼厲害，惹惱了他，還沒得寵就給凌遲了。」

音樓聽了發笑，又悵然道：「我答應妳的事暫時辦不到了，本來想著侍寢的時候和萬歲爺說的，可這會兒我說不響嘴，這身子……說了就是個死。」

彤雲咳了聲，扶她重新躺下，在她邊上溫言勸慰：「您上回說我就覺得不靠譜，只不過那時候您心思重，我順著您，不和您爭罷了。攤到檯面上說，不知道是個什麼結局，好心辦壞事，何苦呢！萬歲爺不來對您有益處，我知道您應付得累，他要迷上大姑娘，您舒舒坦坦在巇鸞宮獨過，神仙似的，有什麼不好？」替她掖了掖被角，轉過頭看案上燈檯，嘴裡喃喃著，「咱們如今，走一步看一步罷！」

似乎除了這樣別無他法了，不過打發出去請音閣的人還沒回來覆命，合德帝姬倒一早就來串門子了。

音樓看見她有點心虛，坐在竹榻上吃藕粉桂花糖糕，連眼睛都不敢抬一下。帝姬倒像故意逗她似的，挨在邊上問她，「昨天怎麼沒見著妳？還說請我吃酒的呢，我到了園子裡，找了一圈沒找著人……妳昨兒去含清齋了吧？」

她當然不能承認，含糊道：「我本來是想找妳賞月的，後來受了點寒，撐不住就回巇鸞宮了。妳瞧約了妳，臨了又爽約，實在對不住妳了。」

她坐在帽椅上，兩條腿懸空，前後踢踏著說：「爽約了不打緊，別樣上補償就是了。上回庫裡撥給妳的鳥銜瑞花錦，不是做了條裙子嗎？瞧瞧還有沒有剩，送我一塊，回頭我要做個香囊裝瑞腦。」

那匹緞子是早前高麗進貢的，數量有限，宮裡拿來做裙子的不多。不單這個，她又提起瑞腦，著實把她嚇了一跳。正猶豫著怎麼答覆她，她卻吃吃笑起來，掩口道：「罷了，不逗妳了。外頭秋高氣爽，咱們御花園裡走走去吧！」也不等她點頭，拉她起身，扭捏一笑，「我有椿心事想告訴妳呢！」

音樓最愛聽人說心事，已經請了音閣進宮也忘了，和帝姬手挽著手過夾道，到萬春亭裡的石凳上坐了下來。

帝姬有點不好意思，小聲說：「昨晚上我遇著點事，這事不大好說，妳還記得趙還止嗎？榮安皇后這人居心不善，她派人請我在金亭子敘話，我去了，沒曾想等在那裡的是趙還止。這人好大的膽子，寒暄幾句就敢對我動手動腳。大約覺得公主也是女孩家，吃了暗虧更加沒臉告訴別人，所以敢這樣放肆！」她起先還很平靜，越說越氣憤，比給她看，一手按在她肩頭，拇指壓在她鎖骨上，「不是我見識淺，這樣是不是無狀？還沒人敢這麼對我，我想推他推不開，他兩隻眼睛冒火星子似的，真唬著我了。幸好這時候來了個人，一下把他摔了個大馬趴，你猜那人是誰？」

還用猜嗎，必定是宇文良時。音樓笑得很無奈，「難道是南苑王？」

合德帝姬訝然，「妳怎麼知道？正是他！」

年輕的姑娘遇見叫人心動的男人，臉上的神情就不一樣了。不管宇文良時為人怎麼樣，賣相卻一等一的好，再加上危難之中英雄救美，帝姬這種涉世未深的女孩自然招架不住。音樓看著她，彷彿看見以前的自己。她的半邊臉沐浴在晨光裡，那麼明朗典雅，像佛堂裡當空坐著的菩薩。

「上回廠臣和我說起他，我一時沒想起來，原來小時候就同他有交集的。」她靦腆道，「我救過他一回，這趟他還回來，大約算是扯平了。」

哪裡是來報恩，分明是來算計人的！音樓不大忍心打斷她的遐思，只能裝作遺憾地搖頭，「南苑王好雖好，就是納妾太多。我姐姐六月裡過門的，已經是他的第四房姨太太了。雖說他的元妃之位懸空，可對女人沒挑揀，總歸不大妥，妳說呢？」

帝姬臉上果然黯淡下來，「有點權勢的男人都是這毛病嗎？我長在宮裡，看見父親和哥哥們三宮六院七十二妃，沒想到那些藩王也是這樣。」她低頭嘆息，「說來說去還是廠臣好，我有時候想，要是他小時候沒遇著饑荒，和那些仕子一樣做學問，進京為官，不知道現在又會是什麼樣子。可見世事總難兩全，每個人都有難處，像我這樣的，說起來金枝玉葉，還不是照樣打在人家的算盤裡！」

小小年紀弄得苦大仇深，這種煩惱倒是所有閨閣女子都會有的。音樓才想疏導幾句，卻見她宮裡的小太監從角門上跑進來，到了亭子下仰脖往上拱手，「回娘娘話，四六差事辦完了回來覆命。姨奶奶往宮裡遞了牌子，肖掌印經的手，這會兒帶人過來，已經到了曦鸞宮了。」

第七十四章　獨有銜恩

音樓心裡咯噔一下，他什麼時候閒得發慌，這種帶人引薦的事也過問起來了。礙著帝姬在，她沒法打探他是不是也在噦鸞宮，還是把人送到就離開了……她心裡惆悵難言，有了這層關係，再見面也當是含情脈脈的。聽見別人提起他，她心裡直顛騰，恨不得飛撲進他懷裡。她可以任性，她知道他會善後，但是這種恣意會給他帶來麻煩，她不想看他在感情和生存間兩難，所以她必須壓抑，也是對他最大的保護。

是啊，她想保護他，以她唯一力所能及的方式。

她偏過頭「嗯」了聲，「把人招呼好，我這就回去。」

帝姬還是挽著她的手，瞇眼笑道：「我和妳一道去，去見見妳那姐妹。昨兒在宴席上看見她，長得確實很美呵，眉眼那麼秀麗。」一面說一面上下打量她，「說實話，比妳還美些。」

音樓也承認音閣比她美，可是這麼直剌剌說出來，簡直打擊人心。她嘟起嘴，「妳眼睛不好使，我在男人眼裡貌美如花。」

帝姬安慰性質的點點頭，「妳自然長得也不錯，只要記住了就忘不掉。妳是耐看的，越看越好看。」

音樓歪著頭想了想，勉強接受了，兩個人笑鬧幾句，拉拉扯扯回到了噦鸞宮。

音閣被安置在西配殿裡，聽見說話聲忙站起來迎接。門上人進來看她，她穿緇色底子黃玫瑰的緞面對襟褙子，底下配丁香鳳尾裙，立在那裡臻首娥眉，果然是個妖俏的美人。不但人美，禮數也很足。見了她們斂裙上前，跪地叩拜下去，「奴婢步氏，給長公主請安，給端妃娘娘請安。」

音樓命人攙她起來，笑道：「都不是外人，別拘這種俗禮了。」攜手請她坐下，和煦道，「昨兒人多沖散了，想找姐姐說話也沒尋著時機，只好今兒叫人請來。」環顧一周沒見肖鐸，心裡略覺悵惘，不過很快又把心思挪開了，問她打算在京逗留幾天，幾時回南京。

音閣在座上欠著身子回話，「王爺事忙，娘娘也知道的，藩王在京裡的時候有限制，左不過拜會幾個舊友，轉天就要準備回南京的。」說著叫人把東西呈敬上來，兩個大匣子，裡頭齊整碼放著各式的小錦盒，有成套的美人梳篦、碧螺春茶、紫砂壺和檀香木蘇扇。她掖著兩手一笑，「這些都是蘇杭一代產的特色玩意，宮裡什麼都不缺，送給娘娘和長公主，也就圖個新鮮。我們王爺是仔細人，另準備了一對惠山泥人給長公主玩。這泥人是老手藝匠做的，和京裡泥人不一樣。」

帝姬聽說是專門帶來給她的，擱下茶盞偏過身來，就著宮婢手上看，白胖胖的一對童男童女，一個抱著元寶，一個拎著錢串。江南產的東西做工精細，連娃娃眼梢都描得一絲不苟。這些小玩意不名貴，卻討巧得人意，帝姬接過來把玩，娃娃頭上扣的六合一統帽居然能摘下來，褪掉帽子就是個圓溜溜的大光頭。她笑起來，「請代我向南苑王道謝，娃娃有意思，我很喜歡。」

音閣道是，又說：「我們王爺常提起長公主，只是遺憾沒有機會報答少時的恩情。」

帝姬轉過眼來看她，「陳年舊事了，難為王爺還記得。」

音樓在一旁喝茶，聽她們你來我往，再瞧帝姬神情，心頭隱隱覺得擔憂。先前拿宇文良時姬妾多來說事，帝姬似乎並沒往心裡去。人到了這時候，總能盲目生出一種自信來，以為自己是不一樣的，男人有了自己就會改變，再多的紛擾也許都敵不過真心相待。這年月，側室的地位低下，當家主母不高興了，叫人牙子來賣掉也是常事，所以對於集萬千寵愛於一身的公主來說，完全構不成威脅。

帝姬的矜持弘雅也恰到好處，實在是個端方的人，即便下意識的一點打探，不細咂也叫人品不出味道來。音樓暗暗琢磨，要想法子再阻止才好，可是又不能吐露實情。但願還來得及，要是帝姬真叫宇文良時誆騙了，那這輩子恐怕都不能好過了。

正神遊，從菱花隔扇窗裡看見個明黃的身影一閃而過，沒來得及知會她們，皇帝已經到門上了。

屋裡人趕緊起身行禮，皇帝笑吟吟的，滿身的意氣風發，抬手叫免禮，不忘來照應她，兩手把她攙扶起來，溫聲道：「今兒怎麼樣？聽說早上用膳用得香甜？」

她「嗯」了聲，眼梢瞥見同來的人，不敢正眼看過去，讓了寶座扶皇帝坐下，應道：

「謝萬歲爺垂詢，眼下樣樣都好，吃得下睡得著，長公主常來陪我說話，心境也開闊了。」

「那敢情好。」皇帝眼波從音閣身上流轉過去，仰唇道，「朕昨兒叫崇茂遞的話，妳都曉得了？」

音樓欠身一笑，「都曉得了，姐姐才到，我還沒來得及同她說呢！」轉過臉對音閣道，「昨兒和主子討了個恩旨，我在京裡舉目無親的，實在是寂寥。姐姐既然到了京裡，何不留下住上一段時日？這麼的咱們姐妹好往來走動，等冬至時候南苑王進京，姐姐再跟他回南京去……只是害你們新婚燕爾分居兩地，不知道姐姐願不願意？」

音閣嘴角有淡淡的笑意，視線落在皇帝胸前的團龍上，安然道：「娘娘的美意，萬歲爺的恩典，奴婢萬萬不敢推辭。回頭告知了王爺，奴婢再進宮來覆旨。」

皇帝大為歡喜，嘴上不好道謝，手上用力揉搓音樓兩下，對音閣道：「這是天倫，也湊著時機正好。端妃一向身子弱，妳們姐妹同在一處有了照應，朕這裡也放心。往後進宮就不需要再遞牌子了，」吩咐肖鐸道，「廠臣知會宮門上一聲，看見庶福晉放行就是了，回回往上呈報，沒的耽誤工夫。」

肖鐸垂手道是，「臣早就傳令下去了，再過陣子天要冷了，另安排了小轎在順貞門上，庶福晉進宮瞧娘娘乘坐，也好省了腳力。」

要說一個人能在六年裡做上掌印的位子，那不是靠嘴上天花亂墜得來的，得辦實事。

知道皇帝有這心思，早早都替他鋪好了路，音閣進宮後上了小轎，轎簾子一放誰知道裡頭是誰。到時候是上養性齋還是咸若館，全由得皇帝指派。

皇帝很稱意，得著了寶貝心裡樂透了，和音樓說話也心不在焉，眼睛直往音閣胸前掃。音樓看見只做沒看見，自己心裡也存著事，哪裡有心思照管這些！倒是帝姬反感，站起來說：「我出來半日，該回去了。母后那答應了陪著上香的，還要籌備過兩天潭柘寺放生的布施呢！」起身朝皇帝納個福，「臣妹告退了。」

皇帝遲疑著「喔」了聲，「小妹妹要走啊……」

帝姬沒言聲，抿嘴一笑便下了腳踏，肖鐸前面引路，送到宮門之外去了。

屋裡三人對坐，氣氛有點尷尬，都像傻子一樣一再微笑。最後還是音閣先開口：「瞧時候不早了，奴婢也該出宮了。王爺這兩天就要離京的，我早早回稟一聲，好早作打算。」言罷朝皇帝福身，卻行退了出去。

肖鐸仍舊來接應，皇帝從檻窗裡張望，渾身抓撓，如坐針氈。

音樓眉眼彎彎，笑問：「墊子坐得不舒坦嗎？我叫人換個厚點的來？」

皇帝裝腔作勢抿了口茶說不必了，「朕想起來內閣有朝議要再奏，不能在這裡多停留。妳好好養息，朕一得空就來瞧妳。」

她說好，溫馴地將他送到臺階下。皇帝似乎突然良心發現了，回握住她的手道：「昨兒月蝕的事，皇太后很不高興，朕怕這兩天來往太多她會遷怒你，不在妳宮裡留宿也是為了保全妳。」

眼下他有了新玩意，音樓也覺得坦然了，在他手上輕拍了拍道：「我都明白，主子疼惜，我沒有不感恩的理。我這裡不打緊的，一切有人照應，倒是您，聖躬也要加仔細。祖宗有訓誡，前朝不叫我們嬪妃隨意走動，我想去瞧您都不成。月蝕的事別放在心上，您聖明燭照，還忌諱這個？」

皇帝「唔」了聲，「肖鐸舉薦了個西洋傳教士，據說觀星占卜樣樣來得。欽天監換了人，往後就沒有這種掃興事了。」

音樓點頭不迭，「是這話，這麼大的天象測不出來，白拿了朝廷俸祿了。」

皇帝低頭在她臉頰上親了口，這麼柔順的人，雖不及她姐姐顏色驚人，但是一顰一笑自有嫵媚之處。且養著吧！養著自有她的用處。他背著手佯佯踱出去，上了九龍輦，找他的樂子去了。

音樓應付完了回身上臺階，進殿裡叫小宮人把簾子放下來。彤雲今早起來不爽利，告了假在梢間裡歇著，她命人送了盞冰糖燕窩羹給她，稍歇會兒再過去瞧她。這丫頭可憐見的，跟了她這個不成器的主子，明虧暗虧吃了好些。上回代她侍寢，過後讓她歇她又不放心，強掙著一直到今天。

她從螺鈿櫃裡挑了盒香出來，邊上小太監揭開景泰藍薰籠的蓋，正要往裡投，見肖鐸從門上進來。她心裡吃驚，手上一抖，香篆落得滿地盡是。

一顆滴溜溜滾到他足尖前，他彎腰拾起來，捏在掌心裡一擺手，殿裡侍立的人甚至不用看她臉色，立時都退了出去。

音樓有點慌神，「廠臣不是伺候皇上嗎，怎麼又回來了？」

他轉到圈椅裡坐下來，「御前有專門服侍的人，掌印用不著樣樣親力親為。況且他和人私會，也不願意讓我在場。」他乜著眼看她，濃密的睫毛交錯起來，遮擋住深邃的眸子。他說，「妳坐。」反客為主的氣勢。

音樓儘量不讓自己顯得無措，把手裡的沉香盒子擱在月牙桌上，「有事嗎？」

「我有話問妳。」他從琵琶袖裡掏出一塊緞子遞給她，「妳瞧瞧這是什麼。」

音樓接過來看，墨綠色的緞面被什麼浸透了，一塊沉甸甸的汙漬，摸上去發硬。她不明所以，「這是什麼？」

他嘲訕一笑，「妳居然問這是什麼？這是從我昨天穿的曳撒上剪下來的，送來給妳過目。不明白嗎？這是血跡，是妳留在我身上的。」

她腦子裡轟然炸開了，頓時紅了臉，「胡說，哪裡來的血，你唬我！」她甩手扔了回去，絞盡腦汁開始回憶，昨晚上他確實穿的是這個顏色，當時黑燈瞎火的，又那麼混亂，果然是留下罪證了。可是不能承認，雖然十分蠢，也要咬緊牙關抵死狡辯。

他卻拐了個彎，不在這上頭爭論了，慢悠悠把那塊染血的緞子捲好，重新塞回袖隴裡。她呆呆看著，臉紅得滴出血來，可是討不回來了，他說：「留著，是個念想。」慢慢唇角浮起一絲笑，對她伸出手，「過來。」

她咽了口唾沫往後退一步，情況不在她意料之中，真討厭他這種奸詐的樣子，彷彿樣樣游刃有餘。這是她的寢宮，他毫不避諱公然進出，不怕被人告發嗎？

「過來。」他又說一遍，語氣強硬。她並沒有打算照他說的做，她不過來，那只好他過去。

她臉上青白交錯，往後退，一直退到髹漆亮格櫃前。他無奈地嘆口氣，「妳怕什麼，我只想問妳還疼不疼。」

「不疼。」她打定主意反著來，避開他灼灼的目光道，「我以為昨兒說清了，你也答應的，今天還來幹什麼？」

那是腦子發熱，被她一副急於撇清的姿態惹毛了，她還當真？其實不管她是不是第一次，只要有了那一層，這輩子就註定糾纏不清了。她侍過寢，他也不介意，當然沒有的話，更是意外之喜。他也不否認，男人嘴上說得光彩，其實心底裡還是在乎的。他是她的頭一個男人，他自然歡欣雀躍，雖然困境可能接踵而來，橫豎到了這地步，也沒有什麼好怕的。他只是後悔，自己這麼急赤白臉的，叫她吃了大苦頭。

「我來向妳賠罪。」他低頭牽她的手，「音樓，我昨兒太魯莽了，要是細心點，不至於連這個都沒發現。是……因為外面太吵，而且地方不對，再加上我生妳的氣……所以下手不知輕重……」

他也好意思的，怪張三怪李四，就是不肯承認自己反應遲鈍。和他談這個簡直叫人無地自容，音樓想把手抽回來，他卻握得愈發緊了。她嘆了口氣，「這事不要再提了，宮裡人來人往這麼多雙眼睛，叫人背後說嘴有意思嗎？」

他對她的話置若罔聞，切切道：「以前藥用得沒有忌憚，往後看看減輕劑量，或是讓方濟同換幾味藥……」

「你傻了嗎？」她說了半天他都答非所問，不知道他是什麼算計。沒忍住一個高聲，似乎是嚇著他了，他分明怔了下，那雙鮮煥的眼睛愣愣看著她，音樓居然感到愧疚，換了個平和的語氣才道，「不能換藥，不能冒這個險。再說你換藥做什麼？不打算在大內行走了？」

其實說完就回過神來了，這人是賊心不死才想作養這方面。有些惱他顧前不顧後，她別過臉去不想瞧他，他落寞站一會兒，低聲道：「昨晚上我一夜沒闔眼，總是顛來倒去想我們之間的事。如果來燕堂裡打定了主意私奔、如果老君堂妳下了船，咱們現在會不會是截然不同的境遇。運氣好，或許逃出了大鄴疆土，可以有自己的孩子。」看她臉色緩和了，他試探著攏她雙肩，慢慢把她嵌進心頭的裂縫裡，人像死透了又活過來，頓時升起前所未有的妥貼。

第七十五章　風月相知

她僵直站著，想回手抱他，又怕這樣一來前功盡棄了。但是相互依偎，這麼美好，她捨不得推開他。

「廠臣……」她喉頭哽咽了下，「我們沒有將來了。」

「有的，妳容我想辦法。」他和她臉頰貼在一起，她身上有溫膩的香氣，是屬於他一個人的甘甜。微拉開些距離，他想找她的唇瓣，可是她的手在他胸前撐了下，很快脫離出去。

他懷裡空了，不禁有些傷感，「怎麼？妳不願意聽我說嗎？」

她低頭站在那裡，慢慢騰挪過去，在榻上坐了下來，「咱們以前也為這事苦惱過，算計了半天，最後還不是進宮了！在外時尚且沒有出路，現在我晉了位，前途更加渺茫了。」她抬眼看他，「你坐，坐下好說話。」

他在邊上圈椅裡落座，攢著眉頭道：「妳還記得于尊帶來的那道手諭嗎？」

她點點頭，「縱沉屙，亦須還。我那時就在想，皇上哪來那麼堅定的意向，一定要我馬上回京。後來想想，大約是有什麼用意的吧！你打探到了什麼？」

他靠著圍子轉過頭去，綃紗遮擋不住陽光，萬點金芒落在他身上，他眉目平和，說得無關痛癢，「是榮安皇后的伎倆，真有意思，我府上居然有她的人。皇上聽了她的話才急於讓妳回宮。咱們的事，似乎沒能瞞住紫禁城裡的人。」

這下子音樓驚呆了，「怎麼會這樣呢！那為什麼我還能活得好好的？」

「因為皇上還需要我為他賣命。」他笑了笑，十指交扣起來撐在鼻梁上，緩聲道，「妳在宮裡，對我是最好的制約。妳看看，如今妳成香餑餑了，人人都來算計妳。」

她心裡跳得擂鼓一樣，這可不是什麼好事情，現在想起皇帝的體貼來，別有一種毛骨悚然的感覺。她緊緊抓住裙裾深吸了口氣，「既然你都知道，就更應當和我保持距離。你不怕被皇上拿個現形嗎？」

他沉默下來，抿著唇，眼裡漸漸有了愁雲。皇帝知道裡頭淵源，之所以不發作，對她恩寵有加，也是為了安撫他。就像千里馬雖好，也要餵豆料一樣。他沒有治理的手段，馭人卻有一套。這麼大的祖宗基業，到了他手裡怎麼傳承，憑他自己的力量，利用吃喝玩樂後剩餘的時間定國安邦，顯然不可能。所以把主意打到他身上，音樓就像個誘餌，讓他看得見，帶不走，他為了保全她，只有勤勤懇懇悶頭幹活。

女人於皇帝，重要也不重要，全看興頭。當初一心惦記著，果然到了手，又覺得沒什麼大不了的了。富有四海，自然有數不盡的女人前赴後繼，一個沒怎麼上過心的傻丫頭，缺乏興趣的時候就擱著，橫豎也不耗費什麼。

「上月初敬事房的記檔，明明寫著萬歲夜宿噦鸞宮，為什麼妳還是完璧之身？」他心裡關注的終究是這個，「妳要如實回答我，很要緊。」

音樓囁嚅了下，權衡再三只得告訴他，「那晚是彤雲替了我，皇上喝醉了酒，糊裡糊塗什麼都不知道了，彤雲為了保住我，逼不得已假扮我進了寢宮。」

他聽得眼睛直瞇起來，「妳們膽子不小，這樣的事也敢偷梁換柱。那皇上究竟有沒有察覺？」

音樓被他一問似乎也疑心起來，模棱兩可道：「後來相處，瞧著和以前大不一樣，沒什麼避諱，還愛動手動腳……」

他的太陽穴跳了下，臉色也不霽，斟酌良久，料著皇帝是當真了。慕容高鞏那樣的人，沒有長性。只要知道這女人歸他，若是沒有足夠的手段，君恩定然難留。事到如今一切還有轉圜，他想了想道：「彤雲要儘早送出宮去，留著是個隱患。這世上最靠不住的就是人心，今兒對妳披肝瀝膽，明兒就能在背後給妳捅刀子。她是妳身邊的人，知道的內情太多，萬一哪天叫人收買，或是動心思想攀高枝了，到時候再掐就來不及了。」

音樓自然是不答應的，「她一心為我，眼下過了難關就打發她，我成了什麼人？我要想法子讓她晉位，畢竟她是伺候過皇上的，隨意把她配人，她心裡不願意，豈不是委屈她一輩子？」

他卻說：「咱們可以在別樣上補償她，替她找個官銜過得去的，往上提拔是輕而易舉的主事，將來封個誥命，也不枉她跟妳一場了。」

想得雖好，到底要她自己答應。音樓垂首道：「我明白你的意思，不是我不開化，我拿她當親人，坑害她的事我做不出來。我就是有心想問她，也難開這個口。」

他沉吟了下，「那等我得空了找她談，她若是願意配人，我這裡給她準備豐厚的嫁妝，絕不會虧待她。」

音樓忙說別，他這種氣勢，商量也像下令，她有膽反駁嗎？大義凜然替主子擋了禍，結果反過來受他脅迫，還不得悔不當初？她垂著嘴角道：「你別管了，等逢著機會還是我來同她說。」緘默下來，覷他一眼，猶豫再三才又開口，「我想托你一件事。」

他點頭，「妳說，什麼事？」

她開始絞帕子，遲疑著，慢慢紅了臉。起身踱開幾步背對他，小聲道：「宮裡紅花是禁藥，等閒弄不著的。你挑個時候讓曹春盎送些來，以備不時之需。」

他愣了下才反應過來，她是擔心懷身子嗎？女孩變成女人，心思真真是不一樣了。她羞怯不敢看他，他心頭倒弼弼急跳起來。以前在一塊她是滿嘴胡言，他聽過只覺好笑，因為知道不可能發生，所以不當回事。現在已經走到這步，忽然如夢初醒似的。她和他有了牽扯，是切切實實的一種關係，再來談受孕，便混雜了說不清的辛酸和甜蜜。

他過去牽她的手，「我昨兒問了方濟同，他說以往用的方子寒性大，不停藥的話，很難叫女人懷上。」

她愈發難堪了，支吾著：「那就好，我擔心了一晚上。」

他略頓了下道：「過會兒還是讓人送一包來，我是不憂心妳的，怕只怕彤雲。上回萬歲爺臨幸，想法子規避了嗎？」

她們那時候在宮裡兩眼一抹黑，他人在南京，她們求告無門。事情出了就出了，就像彤雲說的，只有走一步算一步，誰還敢讓太醫開避子湯！她搖頭說沒有，「總覺得只一回，應該沒大礙的。」

「那咱們也只一回，妳怎麼又上趕著要紅花？」他笑得有些曖昧，摩挲她的手背，一點點往上挪，挪到她肘彎那裡去，「妳們私底下是不是也談論這個？兩個臭皮匠湊在一塊，彼此答疑解惑嗎？」

音樓大感窘迫，這種事怎麼好擺在嘴上說呢！何況都是頭一次，比死還難受，誰也道不清裡頭緣故。她把他的手拂開，看了看外頭天色，「宮裡快傳膳了，你來了這半天，不怕落了人眼嗎？早些走吧，皇上既然存了份心，少不得叫人盯著。這宮裡火者、宮婢這麼多，也不是個個知道底細的，小心總錯不了。」

他卻黏纏起來，「妳放心，那些人不敢亂嚼舌根。外間的人都換了信得過的，難得來一趟，時間略長點也不打緊。昨兒晚上那件事，我心裡真高興。我也不怕妳笑話，其實我的確不懂。我這身分，從來沒見識過那個，害妳吃了那些苦頭，現在想起來悔斷了腸子，妳還怨我嗎？」

事情都說開了，好賴他也知道了，再避著沒意思。年輕男女，又是那麼相愛的，有幾個架得住心裡嚮往？她躑躅了下，還是伸手攬住了他的腰，把臉埋在他胸前的行蟒上，感覺到一種塵埃落定的安穩。

人一倦怠就再打不起精神來了，她甕聲嘟囔：「我何嘗怨你，都是你在怨我。我為了你，命都能豁出去。別說叫我索居宮中，就是進廟裡做尼姑，我眼睛都不眨一下。水師檢閱那天，宇文良時見了我，和我說起你的處境。他不是好人，我原本是不要聽他的，可是細斟酌，他雖然句句話都有用意，也不得不承認他說得有道理。我以前小孩心性，只想要你，什麼都不顧，那樣不行，會害了你。何況他說，只要我這頭有閃失，你在皇帝跟前就不成事了，索性扳倒了扶植于尊。于尊只愛錢，愛錢的人容易控制……我害怕他會告發你，不說旁的，你這身子總藏不住，到時候怎麼辦？我想了很久，我是無足輕重的，你在這位子上，不能有半點偏差。我最壞不過進宮，你有個閃失就得喪命，孰輕孰重，還用得著考慮？」

他呼出口濁氣，「我就知道妳耳根子軟，我也不是認真怨妳，有時候想得太厲害，就必須用恨來勾兌，要不然怎麼樣呢？我白天裝作若無其事，可是夜裡難熬。我也想過一刀兩斷，花了那麼大的力氣，結果一敗塗地。」他說著，在她光致致的額頭上捋了捋，「瀏海梳上去了？」

音樓老家有習慣，閨中女子打瀏海，出了閣的就該有個規矩了。不管昨天多慘烈，說到底姑娘生涯到此為止。今早起來坐在梳妝檯前，蘸了桂花頭油仔細地撩上去，左看右看，有點不適應。長時間縮在瀏海後，彷彿有一層遮擋，如今收拾乾淨了，赤裸裸暴露在光天化日之下似的。

她扭捏了下，「很醜嗎？」

他說不，手指撫摸她眉心那顆痣，「這樣更好看。」

她有些靦腆，目光閃了閃，依舊在他臉上盤桓。那麼久沒能細瞧，簡直覺得疏遠了。凝目看他眼角，針尖大的一點黑，以前從沒見過。她「咦」了聲，「這是才長出來的？」

他促狹一哂，「是啊，哭出來的淚痣。」

她微訝，分明笑著，卻淚盈於睫，「你哭過嗎？」

他半仰起臉，眼眶發紅卻堅決否認，「我又不是女人，動不動哭鼻子算怎麼回事！」

「真的？從來沒有哭過？」她偎在他胸前，眼淚滔滔落下來，「我不是，我經常哭。有時候明明不傷心，它自己就流出來了。我和彤雲說，一定是淚海的壩決了口子，得想法子堵起來。」

他低頭看她，笑裡含著苦澀，吻她的眼睛，「我來試試，我雖不是工部的，也知道一點防澇的手段。」

似乎是雨過天晴了，她急切地尋他的嘴唇，把滿心的委屈都傾瀉出去。她知道他該走了，再晚些膳房裡送食盒進來，人多了不好。然而自己又會寬慰自己，他是掌印太監，出現在紫禁城哪個角落都是正當的。偶爾一次沒關係的，其實別人眼裡並沒有什麼奇怪，不過是自己心裡有鬼，總怕惹人注目。

他們的吻裡有哽咽，是吻得最痛苦的一次。她捧住他的臉，這次輪到她和他約法三章了，「不要常往曦鸞宮跑，不要觸怒皇上。你曉得的，一切都有底線，他以為你是太監，所以睜一隻眼閉一隻眼。咱們就在他能容忍的範圍裡，悄悄的，只要我知道你在念著我，就夠了。」

他的手臂緊緊環住她，「音樓，我覺得好苦。」

她含著淚微笑，「不苦，已經好得出乎我的想像了。他如今迷上音閣，對我來說是好事。可是宇文良時對長公主存著壞心思，我怕婉婉受他矇騙。你和宇文良時究竟是怎麼協商的？是打算助他一臂之力了麼？」

他說：「我不從中作梗，已經是對他最大的幫助了。長公主那裡，遇著機會請她三思，但一切順其自然。各人有各人的命，瞧瞧咱們自己，現在來個人勸妳回頭，有用嗎？」

話是這樣說，可眼睜睜看著帝姬走進圈套，心裡實在不落忍。還想再商議，甬道上一溜腳步聲到了廊下，隔窗通稟：「回娘娘話，啫鳳宮趙老娘娘到了。」

趙老娘娘指的就是榮安皇后，因著後宮有兩位皇后，為了方便區分，太監們自發換了這個奇怪的稱呼。她是無事不登三寶殿的，或者是知道肖鐸在，有意進來會面的吧！兩個人鬆開手一坐一立，音樓整了整裙上褶皺，安然道：「還要通傳什麼？快請進來吧！」

第七十六章　腸中冰炭

榮安皇后穿深色的襦裙，兩邊有宮婢攙扶著，從甬道那頭翩翩而來。

看一個人走路的姿勢，便大抵能猜到這個人的性格。榮安皇后的人生是輝煌的人生，雖然死了丈夫不再眾星拱月，但在後宮依然是尊養。及笄便封后，坐鎮中宮掌管過大鄴半壁江山，氣勢擺在那裡，不容誰小覷。

她來，就算尋釁也給人一種紆尊降貴的感覺。邁進門的時候音樓還是站了起來，笑迎上去，蹲了個福道：「娘娘今兒得閒？有什麼事打發人來說一聲，我過去也是一樣。」

「沒什麼要緊事。」榮安皇后說，往邊上瞥一眼，嘴角撩了下，「原來有貴客在，我來的不是時候？」

肖鐸躬身作了一揖，「娘娘說笑了，臣為南苑王庶福晉的事來，到端妃娘娘這打聽些消息。」

她漠然哼笑，「肖廠臣貴人事忙，如今是請都請不動了。大行皇帝的靈還奉安在玄宮裡，我深居後宮不問事，不知謚冊寶印都籌備妥當沒有。請廠臣過啃鳳宮商議，結果來了個蔡春陽，結結巴巴連話都說不利索。」她在寶座上坐定，歸置了下八寶立水的裙腳，「藩王小妾的事要緊，大行皇帝的事不是事？廠臣替皇上分憂之餘莫忘舊主，才是立世為人的正道。」

給他碰個釘子，也好解解心頭之恨。本來這種露水姻緣，誰都沒指望能得長久。只不過須臾之間撇得一乾二淨，這肖鐸未免太絕情了些。

音樓在一旁聽得很有意思，轉過眼看肖鐸，他掖手道：「先帝入陵寢後的一切事宜都由蔡春陽監管，臣派他來回事再合適不過。既然娘娘嫌他說不清原委，那臣回司禮監問明了，再到喈鳳宮回話就是了。」

榮安皇后臉色略緩和了些，對這樣答覆還算滿意。接過宮女奉上的茶水抿一口，又垂著眼皮道：「我記得廠臣南下前，我曾和廠臣提起過長公主下降的事。昨兒宮裡大宴，還止和帝姬說上話了，似乎相談甚歡。廠臣得空替我向皇上提一提，這事到底還需萬歲爺聖裁的。」

音樓幾乎可以肯定，這位趙老娘娘來她這裡，目的就是為了找肖鐸說話的。也可憐見的，以前隨便一個眼風就圍著她打轉的人，現在漸行漸遠，問個話還需三邀四請，這種落差實在叫人難堪。她也不言聲，只在一旁作壁上觀，宮人進來問排膳的事，她叫擺到梢間裡去，好和彤雲一道用。

肖鐸沒那份憐香惜玉的心，聽她說起趙還止就口氣不善，「娘娘大約還不知道，趙還止今早被請進東廠問話了。對公主無狀，這是殺頭的大罪，娘娘事先沒有囑咐過嗎？再好再賴，管住自己的手腳，畢竟那位是御妹，不是小門小戶的閨女。眼下倒好，這事查明了，恐怕還要連累娘娘。」

榮安皇后大驚，「這樣荒唐的話是從誰嘴裡傳出來的？廠臣該抓的是那個傳播謠言的人，先掐了這苗頭才是道理，怎麼不問青紅皂白就拿人？好歹是我娘家兄弟，廠臣這樣做，毫不顧及我的臉面嗎？」

「這是長公主親口對臣說的，臣若是不顧及娘娘臉面，這會子應該把事捅到皇上跟前去了。」肖鐸冷聲道，「窈窕淑女君子好逑，原是常理，誰知趙家公子這樣急不可待。臣要是娘娘，悶聲不響大家安生，再追究下去，於誰都不利。」

榮安皇后張口結舌，怔了會兒嘲訕一笑，「不是我說，這個長公主當真是少不更事。姑娘家不知道羞恥，竟拿來說嘴！廠臣還是勸勸她，既然事都出了，不如過了門子算了。好歹名節事大，傳出去，就算她是公主，哪個清白人家要她？」

音樓聽得氣煞，又不好過激，便淡聲道：「我料著趙公子和娘娘大約是一樣想頭，以為有了點什麼就不得不下嫁了。可帝王家的體面擺在那裡，莫說沒到那步田地，就是真吃了虧，也不會這麼捂嘴葫蘆過的。依我看廠臣還是往上呈報的好，是是非非請太后和皇后娘娘定奪。趙老娘娘和趙還止是至親，眼下不抽身，招來無妄之災多冤枉啊！」

那句趙老娘娘拍得榮安皇后半天回不過神來，她簡直痛恨這稱呼，她是有意拿這個來噁心她嗎？當即嗑托一聲，把手裡茶盞擱在了桌上，「往上呈報？我也覺得往上呈報的好！皇上是做大事的人，不管後宮這些瑣碎。有些事是要叫皇后和太后知道，大家心裡有數，將來算起帳來釘是釘鉚是鉚，別叫誰鑽了空子。」

她恨不得把她掌握的把柄扔到他們臉上，一個不起眼的小才人，以為找到肖鐸做靠山就敢這樣同她說話了？肖鐸是個唯利是圖的人，今兒和她站在一條戰線上，明兒就能打她一個漏風巴掌。當初她把他扶上掌印的位子是要拿他當刀使，現如今他有了實權，缺的是枕頭風。說到底不過互相利用，自己多少斤兩還沒瞧清呢！

音樓滿心疙瘩，再要和她論長短，又覺得自己腰桿子不夠硬。真要是鬧得滿城風雨，這後宮還怎麼待下去？

肖鐸卻哂笑，「娘娘且消消氣，報不報都是後話，回頭臣讓人送樣東西請娘娘過目，娘娘瞧過之後就什麼都明白了。」

榮安皇后探究地看他，不知道他在打什麼主意，暫且按捺下來，對音樓道：「我來是為傳句話，過兩天潭柘寺進香，我另安排了大殿給先帝超渡。妳眼下雖晉了位，好歹曾經是先帝的宮眷，侍奉今上也別慢待了亡主。一沒殉葬二沒守陵，萬事總要說得過去才好。」言罷也不願再逗留了，站起身道，「到那天穿戴素淨些，珠翠滿頭不好看相，跪在那裡塗脂抹粉的，不成個體統。」

幾乎是訓誡的語氣，吩咐完了叫人攙著，一搖三擺地去了。

音樓直瞪眼，不是厲害人，不懂得反唇相譏，只是鼓著腮幫子嘀咕：「這算什麼呢！」

肖鐸無奈地笑，「笨嘴拙舌的，沒能聲張正義，最後還被人反將一軍。罷了，妳去用膳，後頭的事交給我。往後見了她不必畏縮，她不過是前皇后，還管不到妳頭上。」

她站在那裡臉色不豫，他心裡憐愛，在她頰上捏了下，不能再耽擱，匆匆撩袍出了宮門。

榮安皇后果真沒有走遠，站在夾道裡等他，睒覷著兩眼，把身邊人打發開了，回過身道：「我原以為你回了宮至少來瞧我，沒曾想我連個閒雜人等都不如。今兒我要是不過噦鸞宮來，恐怕還不能同你說上話呢！我問你，還止的事你打算站乾岸嗎？」

他背手看著她，「娘娘想讓臣怎麼做呢？」

榮安皇后隱約有些動怒了，「我剛才說得很清楚，最好是能抒平了，合德帝姬下嫁，皆大歡喜。」

他轉過頭去，對著廣闊的天宇森森一笑，「娘娘知道我是看著帝姬長大的，不可能讓她嫁給一個扶不起來的阿斗。這事我勸娘娘不要再過問了，您在後宮安享尊榮有什麼不好，偏要混在泥潭裡。今時不同往日，江山易了主，不認也得認，就算讓趙還止尚了公主，又能怎麼樣？千帆過盡，日子還是照舊，何必生出那麼多事端來！」

由頭至尾他都沒打算幫她一把，以前那個有求必應的肖鐸早不見了，有了新主子，把老主子忘到腳後跟去了。榮安皇后凝眉看他，「肖鐸，費盡心機栽培那個小才人有什麼用？你該不會想把她扶上后位吧！只是這趟用力過猛了，假戲真做，對你有好處嗎？」

他眼裡浮起嚴霜，「臣其實還是給娘娘留了餘地的，只是娘娘沒有發覺罷了。娘娘在臣背後動的那些手腳，您以為臣不知道嗎？壞了臣的好事，娘娘眼下還敢挺腰子和臣說話？」他拱手一拜，「娘娘回宮去吧，安分些，臣念在以往還有些交情的份上不為難妳。倘或妳不知好歹一意孤行，餓死的張裕妃只怕就是妳的榜樣！」

他憤然一震袖，轉身揚長而去。滎安皇后被他幾句話弄得呆怔在那裡，又是憤懣又是心慌，腿腳顫得站都站不住。

「這個閹賊，敢這樣同我說話！要不是我當初可憐他，他這會兒還在酒醋麵局數豆子呢！」她氣瘋了，狠狠攥緊了雙拳朝他離開的方向怒斥。

她跟前女官怕惹事，壓著聲拉扯她的衣袖，「娘娘千萬息怒，鬧起來對咱們不利的。您才剛沒聽見他的話嗎，他是打算餓死咱們吶！」

滎安皇后奮力把她格開了，尖聲道：「沒用的東西，叫人一句話嚇成了這樣。真餓得死妳嗎？拿我和張裕妃比，瞎了他的狗眼！」

她氣急敗壞，調過頭來往喈鳳宮疾行，進了殿裡見東西就砸，好好的瓷器擺設，轉眼成了渣滓。

撲在床頭痛哭流涕，覺得什麼都掛靠不上，她才是真正意義上的孤家寡人。早料到會有這麼一天，只沒想到來得這麼快。他曾經說過的話全不算數了，原來甜言蜜語是用來錦上添花的，到了窮途末路，周全自己都來不及，還念往日的舊情嗎！

可是說狠話也罷了，沒想到他幹的也不是人事。

臨入夜裘安送了個匣子過來，點頭哈腰說是督主給娘娘的賠罪禮。她白天的氣倒消了不少，心想他要是退一步，自己順著臺階下，重歸於好對自己也有利，便叫宮人把匣子呈上來。女人喜愛的左不過是珠寶首飾，再不然就是零零碎碎的可人小玩意，肖鐸一向懂得揣摩女人心思，料想也不會差到哪裡去。她是滿懷期待的，誰知道打開蓋子，像一記重拳擊在她腦門上，把她嚇得魂飛天外。

居然是一雙眼珠一根舌頭，血淋淋的，拱在錦緞的墊子上。

她尖叫一聲扔出去，眼珠子骨碌碌滾到門檻那裡，舌頭高高拋起來，啪地落在了腳踏前的青磚地上。她捂住耳朵叫得聲嘶力竭，殿裡的人都嚇壞了，女孩子們上下牙扣得呀呀作響，緊緊抱成了團。

裘安站在那裡，臉上帶著呆呆的笑，燈下看起來有點恐怖。他往前兩步，捏著嗓子道：「督主讓奴婢帶話，娘娘最看重小雙的舌頭和眼睛，督主叫人把它們歸置起來，一併給娘娘送來了……怎麼，娘娘不喜歡嗎？」

小雙是她安插在提督府的人，從端妃進府開始就監視他們的一舉一動。無關緊要的一個低等婢女，混跡在雜役裡根本不會引人注意，沒想到肖鐸居然把她挖了出來，還用了這樣的極刑。

她已經沒法說話，倒在寶座上渾身痙攣。腦子裡嗡嗡有聲，眼前天旋地轉，只是心裡都明白，肖鐸這回真要對她下手了。他現在膽大包天，西廠不在他眼裡，他又回到了原來權傾朝野的時候，莫說後宮的女人，就連內閣的首輔都要看他的眼色行事。他這是殺雞給猴看，為了那個步音樓，翻臉來對付她了。

裘安繼續慢條斯理地勸諫，「娘娘，不是奴婢說您，見好就收的道理您得懂。您是尊貴人兒，到今天這地步，有意思嗎？以前的皇后，再怎麼榮耀也是以前了，俗話說英雄末路、美人遲暮，您不服不行。這宮掖，雖說是萬歲爺當家，可掌人生死的畢竟還是督主，您得罪誰也別得罪他不是……」覷眼瞧，座上人抖得發瘧疾似的，看來說什麼都是打耳門外過。他摸摸鼻子也不打算多費唇舌了，旋過身踱出喈鳳宮，回掌印值房覆命去了。

第七十七章　俯眄喬枝

潭柘寺進香是每年必有的一項活動，通常在中秋之後，叫「酬月」，是為答謝皓月常照九州。雖然今年老天爺開了個不大不小的玩笑，但是該有的禮節不能少，得罪不起只得妥協，誰還能和老天爺對著幹？

這些不愉快暫且不去論，宮眷們對出行仍舊抱有極大熱情。九門都戒嚴了，錦衣衛清路，御道兩旁拉起了黃幔子。潭柘寺在門頭溝東南，從紫禁城過去有程子路，皇后和太后有她們專門的鹵簿，各色華蓋鳳扇、各式香爐、金杌、金唾壺……排場大得驚人。宮妃們呢，自有自己的快樂。邀兩個要好的同乘一輛翠蓋珠纓八寶車，帶上幾個貼身的宮女太監，混跡在浩浩蕩蕩的儀仗中，沒有太多拘束，心境格外開朗。

音樓是隊伍裡的異類，說到底忌諱她是先帝遺孀，晉了位也沒誰真的愛搭理她。好在有帝姬，帝姬喜歡和她湊作堆，請她坐她的金鳳輦車，車輪滾滾裡給她介紹潭柘寺的歷史和有趣的地方。

帝姬倚在窗口點著手指頭道：「有句老話叫，先有潭柘寺，後有北京城。據說紫禁城就是仿照潭柘寺建成的。歷代的后妃又在那裡斥鉅資修繕，不知道多少回了，花出去的銀子堆成山，才有今天的格局。」

帝姬今天梳個挑心髻，髻上壓葵花寶石簪，頭髮高高挽起，稱著朱衣上的素紗領緣，那脖頸顯得異常玲瓏。這樣如玉的臉孔，窗外是連綿起伏的山麓，像流動的畫卷裡落了枚朱砂印章，鮮煥而貴重。音樓看著她，不由生出許多感慨來，年輕就是好啊，自己比她大不了多少，現在打量她，居然像隔了一代，有種日暮滄桑的感覺。

「今天的布施是朝廷出銀子，我打聽過了，統共三十五萬兩白銀。」她蹙眉搖頭，「三十五萬兩啊，夠一省百姓吃半年的了。不是說修廟不好，可積德行善也得看時候。如今國庫連年虧空，把錢拿出來幹這個，還不如用來擴充軍需。咱們女流之輩，不方便妄議朝政，聽說廠臣倒是勸諫過，結果運了一腦門子氣。我那哥不會當家，這麼下去怕是不妙。前幾天淑妃攛掇著建個攬仙樓，說登得越高離瑤池越近，這種禍國的謬論，皇上居然大感興趣！真真家業越大敗起來越盡興，如今就瞧閣老們怎麼進言了。」

音樓沒想到她對政事還有見解，直起身道：「自那天音閣進宮後我就沒見過廠臣，前朝的事我也沒處打聽。皇上撥款修建潭柘寺他出過面了，建樓再制止，怕皇上心裡不稱意。」

輦車已經到了山腳下，蘆潭古道上山風陣陣，帝姬轉過臉看外面景致，惆悵道：「皇上的脾氣我知道，他何嘗願意聽人勸？自己決定的事，悄沒聲的就去辦了，辦完怎麼收場他也不管，橫豎底下人會幫著料理。以前為王的時候是這樣，現在做了皇帝，這毛病更改不掉了。」

好好的出遊，被政事攪得不高興起來。這麼龐大的帝國，要腐爛也是從芯子裡開始。歌舞昇平，氣數將盡，元貞皇帝時期起就是這種慘況。不過時間消耗得久了，人漸漸的麻木和適應，以為大鄴本來就應該是這個樣子的。

音樓擔心的並不是皇帝今天又花了多少銀子，她只擔心肖鐸，他勸諫太多，如果是有道明君還則罷了，遇上慕容高鞏這種好賴不分的，萬一觸怒了他，不知道又要給他下什麼絆子。

往前看，烏泱泱的人群看不見首尾。今天進香是他伺候的，皇太后信得及他，總說他辦事有分寸，皇帝不能照料的事，叫他總沒錯。倒是個好機會，離了宮，挑個沒人的時候說上幾句話也方便。她心裡不能放下，知道他是最懂得審時度勢的，也還是忍不住要勸他明哲保身。真是老婆子架勢了，半是憂心半是甜蜜，猛想起含清齋那晚的情景，臉上火辣辣一陣襲上來。

宮裡后妃們鳳駕光臨，潭柘寺早就封了山，再不許閒雜人等進香了。到山門前各自下車，彤雲上來搬腳踏攙扶，她轉過身四下看，紅牆灰瓦掩映在青松翠柏之間，大殿的面闊和布局竟然真的和紫禁城相仿。

眾人都肅立在一旁，等太后和皇后先行。肖鐸是近身伺候的人，一身緋衣玉帶在前頭引路。太陽照在通袖和膝欄的金絲妝花上，瞧他整個人就是雲錦堆積起來的。一個男人家穿紅，不顯得俗氣，反倒有種異於常態的妖媚，果然是用來疼愛的人兒啊！

他從她跟前經過，眼皮都沒撩一下，相當的謹慎從容。音樓也很坦然，攙了帝姬上臺階，在宮裡頭養得太久了，幾十級臺階一爬，累得氣喘吁吁。

剛開始大夥是要緊跟太后和皇后的，各處拈香參拜。一溜的佛爺跟前都周到了，慢慢到了最高處的觀音殿。宮裡供佛，供得最多的就是觀音。抬頭往上瞧，這裡的觀音和想像中的不大一樣，金身三頭六臂，一眼看過去分不清男女。大殿裡站滿了妃嬪和隨眾們，舉香揖手，邊上小沙彌來接了往香爐裡安插，接下來就是一輪拋錢布施。

程序走完了，大家能鬆散鬆散，各處逛逛看看。不知怎麼，今天榮安皇后告了假，沒有同行，可是替先帝超渡是回稟過太后的，音樓想逃脫也不能夠。好在那位趙老娘娘不在，沒誰死盯著她不放。眾人折回毗盧閣祭奠了先帝，便各自散去了。因著她身分特殊，大殿裡誦經做佛事的都是和尚，她一個女眷在場不方便，遂另辟了文殊殿容她一個人靜心悼念。

帝姬送她進去，看她在蒲團上伏身叩拜。一個小沙彌托著木魚和念珠來擱在她面前，她執起犍槌，耷拉著眼皮篤篤敲打起來。帝姬嘆了口氣，問那小沙彌，「要跪多久？」

小沙彌合十一拜道：「全憑心意，沒定規的。」

越是這樣才越是難弄，全憑心意，一兩盞茶說明心意太輕，有了新主忘了舊主；一兩個時辰，她這趟潭柘寺之行就全交代在這文殊殿了，哪都別想逛。

帝姬也沒法子，陪著跪了一炷香，膝頭子實在受不住，最後敗下陣來。安慰式的在她肩頭一拍，低聲道：「妳且耐住了，我去尋摸點佛果子來給妳，吃了消災解厄的。」言罷吐舌一笑，抽身出了文殊殿。

外頭風光正好，這八月的天，正是碩果豐收的季節。她站在滴水底下瞇眼吸口氣，空氣裡滿是香火的味，聞著有點濁，卻叫人心定。沿廊子信步往東走一段，上年來潭柘寺進香看見那裡有棵棗樹，算算時候，這會兒應當滿樹繁茂了吧！她把腰上荷包解下來，裡頭的金銀角子都倒在宮女手心裡，自己拎著抽繩便往舍利塔那去了。

果然沒記錯，那顆棗樹極粗壯，枝頭綴滿了棗兒，大約和尚不吃果子的，皮都長得鮮紅了也不見人採摘。她欣然笑起來，宮裡的瓜果都是從各地進貢，一個個裝在白玉盤子裡，沒有她自己動手的機會。畢竟是十幾歲的女孩，左右無人登時歡天喜地，貓著腰轉到樹下，伸手去搆，還沒摘到果子，手腕就被樹上的尖刺劃破了。

她嘶地吸了口冷氣，定睛看，那些刺有半寸來長，怪自己不小心，果子沒吃著，自己倒先弄傷了。正懊惱，舍利塔後轉出個人，也沒言聲，試探著伸過手來，輕輕握住她的腕子。

那是一雙白潔有力的手，帝姬原只當是跟前宮婢，可是觸到之後便覺得有異。她心裡一跳，待要看又怯懦了。日光下的人影斜陳在她足前的草地上，頎長俊秀的身條，束著髮冠，絕不是隨扈的太監。可是整座寺廟都戒嚴了，怎麼會有外人在呢！

她慢慢抬起眼，對面的人正低著頭仔細拿手絹包紮她的傷處，單看見一對濃眉，還有直而挺拔的鼻梁。

「你……」

他終於和她對視，一雙光華萬千的眼，筆直撞進人心坎裡來。她居然長長鬆了口氣，是南苑王。

他放開她，謙謙的君子人模樣，溫文笑道：「長公主要摘棗嗎？樹上刺多，摘的時候得留神。這麼的，妳在邊上接應，我來替妳摘。」

他個兒高，探手一搆，不費吹灰之力。帝姬張著荷包站了半天，想想又覺得不大對勁。他怎麼來了呢！是有事求見太后，還是為別的？一想到「別的」，自己禁不住紅了臉。心底裡隱隱哂出一絲快樂，漸次擴大，越來越鮮明，再多的禮教都壓不住自發上揚的唇角。風吹散了鬢邊的頭髮，癢梭梭拂在頰上，她歪脖在肩上蹭了蹭，恰好他回過頭來看她，她怔了下，愈發難為情了。

兩兩緘默總有些尷尬，她說：「那天的事想向王爺道謝，一直沒尋著機會，今兒倒是湊巧。」

他和顏道：「小事罷了，不足掛齒。只是長公主日後要多加留心，這種心懷叵測的人務必要遠著。幸虧這事肖大人接了手，姓趙的在東廠也是活罪難逃，要不我離了京，真有些放心不下。」

這話怎麼說呢，什麼叫放心不下？她垂首揉弄荷包上的緞帶，酡紅的臉，在太陽光下鮮潔得花兒一樣。不好意思順著他的話往下說，轉而道：「你讓庶福晉帶進宮的東西我也很喜歡，多謝你。」

他只是笑，「小玩意不值什麼，喜歡就好。」說著轉過身眺望遠處廟宇，稍頓了下又道，「今天費了大力氣，才求得肖大人放我進來。也沒什麼要緊事，就是來同長公主道個別。明早我要回封地去了，等冬至祭天地的時候才能再來京城……」他似乎有些苦悶，眉心攏了起來，「其實裡頭相隔時候並不長，兩三個月而已，不知怎麼有點迫不及待似的。人還沒走呢，就開始想念，長公主會笑話我吧？」

帝姬背過身去，心跳得要從嗓子眼裡蹦出來，勉力穩住了聲道：「王爺這話我不太明白，是因為端妃娘娘要留庶福晉在京，王爺才會如此？或者今兒來找我，是想請我從中斡旋，讓庶福晉跟你回南京去？」

她是有意裝糊塗，他也不著急否認，話鋒一轉道：「許是在南方住慣了，總覺得江南的氣候比起北地來要宜人些。金陵是久負盛名的古都，若是有機會，將來迎公主過去逛逛，良時必定要盡地主之誼，好好陪公主遊歷一番。」

一個沒出閣的姑娘，怎麼可能獨自去那麼遠的地方，他話裡的隱喻耐人尋味。帝姬含糊道好，究竟心裡什麼想頭，冷暖自知。

「彼時年紀尚幼，行事也不穩重，多虧遇上了長公主。時隔多年，偶爾做夢還能夢見。可惜藩王不能常進京，即便面聖，公主在深宮之中，想見也難，所以夢裡看得見身形，看不清臉。」他回過身來，眉眼含笑，目光專注。綠樹白塔間的的翩翩公子，自有天成的神韻，不需要做什麼，只要站在那裡，就足叫人刮目相看了。

帝姬盈盈一笑，「芝麻綠豆大的事，叫王爺惦念這麼些年，倒弄得我怪臊的。」「於公主來說是小事，於良時卻是天大的恩惠。那時恰逢朝裡有人彈劾我父王，若是我這裡出了紕漏，話到有心人嘴裡又是另一種滋味。回稟上去，我父王的臉面也沒處擱了，所以公主的善行，必然要叫我惦念一輩子。」說著嗓音低沉下來，微微的一點沙啞，有種愁苦的況味，「今日一別，下次不知還有沒有機會再見。怕只怕下次來京時聽見長公主的婚訊，那個時候再想像今天這麼說話可不能夠了。」

帝姬一顆心被他攪得七上八下，不知道他兜兜轉轉是什麼意思。這麼鈍刀子磨人實在難熬得很，她心裡隱約也明白，已經涉及婚嫁了，可能接下來就該掏心挖肺了吧！她覥腆道：「這是沒法子的事……王爺要是有什麼話要交代，庶福晉常在宮裡走動的，叫她帶到就是了。」

他不言聲，眼睛裡卻有千言萬語。金絲髮冠後的組纓垂掛在肩背上，風一吹，回龍鬚穗子絲絲縷縷飄拂起來，莫名把視線隔斷了。就那樣覷眼相望，枝頭鳥聲啾啾，一隻黃鸝騰飛出去，翅羽拍打出楞楞的聲響，才把人思緒重拉了回來。他復一笑：「有的話可以托人轉達，有的話卻不能。長公主能不能答應我一件事？」

帝姬是善性姑娘，他的語調總像給人心頭上了重枷似的，託付的事便也不忍心拒絕，頷首道：「王爺請講，我辦得到的，一定盡力而為。」

「等我三個月。」他突然說，走近一些，廣袖下的手指隔著那塊縴絲雲帕，悄悄握住她纖細的腕子，「良時對公主傾心已久，今生能得公主相伴，死而無憾。只不過宇文氏沒有尚公主的先例，想是朝廷有意規避的，可我……想試試。我等了七年，等公主長大，如果這趟錯過，恐怕這輩子再沒有機會了。」一頭說著，一頭垂下眼睫，「公主是怎麼瞧我的呢？會不會覺得我有意攀附？宇文氏雖是小小的藩王，在江南尚且能夠自給自足，公主下降，我給不了更多的，卻可以許公主舉案齊眉，相攜白首。府裡那些姬妾，討回來也是礙於祖宗規矩，公主若是瞧不上眼，或是遣散或是送到別苑去，都聽公主的意思。那麼公主……能應准良時嗎？」

雖然早在暗裡設想過千百回，他一說出口，還是叫她手足無措。似乎一切都來得太快，快到令她招架不住。她凝目看他，這張臉，真像前世裡就見過的。不是八歲那年殘留的記憶，截然不同的感覺，熟悉的，思念過，觸摸過，滄海遺珠，失而復得。她心裡安定下來，明明歡喜，臉上仍舊輕描淡寫，避開他的目光，輕聲道好：「我等你三個月。」

相信宿命嗎？其實遇見一個對的人，就像是宿命，心甘情願地停滯下來，不管你身處什麼位置，把自己交付他，覺得自己今生有依靠了，開始隨波逐流。比方音樓和肖鐸，雖然她從來沒有向她透露過什麼，但她都知道。那夜立櫃門上的裙角、屋子裡揮之不散的瑞腦香，他們有情，所以音樓這樣的傻大姐可以在後宮這口大染缸裡安身立命。

其實她也喜歡肖鐸呢，喜歡了好多年，可惜不能有更進一步的發展。她和音樓不同，音樓是紫禁城的一部分，他們可以相互扶持著，即便需要避人耳目，仍舊近得觸手可及。她卻不行，她終究要離開，下嫁他人，甚至不能留在北京城裡……這樣也好，遺憾之餘又覺得完滿。總算可以把心收回來了，眼前這人和肖鐸有些像，一樣的青年才俊，一樣的沉穩可靠。退而求其次，對自己也是種寬宥吧！

第七十八章　自足娛情

文殊殿裡的直欞窗悄悄落了下來，彤雲縮回身子道：「不知南苑王和長公主說了些什麼，我瞧他們處得挺高興，南苑王還拽著長公主不撒手。

蒲團上的人合十念了聲佛號，「阿彌陀佛，這回可糟了，要勸也勸不住了。怎麼辦呢，全看各人造化吧！」

彤雲搖頭嘆氣，「真湊到一塊，將來長公主多難啊，站在哪頭好？要我說宇文良時缺德得緊，好好的人叫他拖進棋局裡，不擺布死不踏實嗎？」

「他哪管那些！尚了公主他就是皇親，這年頭，情義值幾個大子兒？」音樓也覺得沒計奈何，數著佛珠道，「廠臣給長公主提過醒，人到了這種時候，什麼話都聽不見去了。妳瞧那南苑王，長得眼睛是眼睛、鼻子是鼻子的，年輕姑娘架不住他的手段，幾句好話就哄得找不著北了。」

彤雲「唔」了聲，再想說什麼，站在神案旁咽了兩口唾沫，臉色一下變了。音樓心裡發緊，跪得起不來身，仰脖問她：「怎麼著？又不舒服了？」

她說沒什麼，「胸口堵上一陣，一晃眼就過去的。太醫瞧不出所以然來，我們家祖上也沒聽說有死在心病肝病上的，料著不是什麼大症候。」瞧她跪了半天了，在邊上勸慰著，「您忒實誠了，跪著上癮是怎麼的？起來吧，趙老娘娘不在，偷會兒懶不要緊的。說起來那天冷不丁聽人這麼稱呼她，真叫我笑得小肚子抽筋。這名號是誰取的？聽說是肖掌印的手筆？這麼會損人，誰得罪他可算倒了八輩子霉了！」正前仰後合，錯眼朝門上一看，說曹操曹操就到了。她笑了半拉憋住了，蹲身叫聲督主，自己識趣，斂著裙子退出去了。

音樓仍舊跪在那裡敲木魚，篤篤之聲不絕於耳。

他先頭忙，到這會兒才得閒。那些后妃們都安置到行宮殿裡去了，她們忙著找高僧搖卦解簽，他趁著去方丈室交接布施帳目的當口遁了，知道她在這裡，心裡熱得一捧火似的，著急忙慌趕過來，來了見她還在裝樣，不覺有點好笑。踱過去，立在邊上探看，「娘娘的法事要做到什麼時候？」

她拉著長音說：「我得對得起舊主，毗盧閣不停，我有什麼道理溜號啊！」

「妳還真把榮安皇后的話當回事？」他背著手彎腰道，「意思意思就成了，先帝看得見妳的忠心。」

她興嘆起來：「我在這跪著，先帝在上頭叉腰琢磨，心裡八成嘀咕呢——這姑娘是誰啊？瞧著有點面生，別不是認錯親了吧！其實先帝壓根不認識我，我連聖駕都沒見過一回。」

「所以我說，面上帶過就行了。」他把一條胳膊伸到她面前，「娘娘請起吧！跪了半天，膝頭子都跪破了，臣看了要心疼的。」

她紅著臉低低啐一聲，到底搭著站了起來，扭頭問他，「是你把宇文良時放進來的？他和婉婉在舍利塔那敘話呢，不知道說了什麼，我怕他哄人，婉婉著了他的道。」

他低頭拂了拂牙牌，「咱們不是佛祖，天下事多了，再憂心也不能代人家做決定。我知會過她的，她不是孩子了，有自己的主意，我總不能強逼她。」

音樓鼓著腮幫子看他，這人很多時候缺乏同情心，即便是在他跟前長大的孩子，他勸過、提點過就已經仁至義盡了。聽不聽是人家的事，他同樣的話絕不說第三遍，這麼看來真夠沒人情味的。

「你就眼睜睜瞧著婉婉被他騙走？」

「要不怎麼？自身都難保了，還管別人的閒事？我如今只想著妳，忙著給妳撐腰、替妳出氣，心都操碎了，哪有那勁道在其他事上耗神！」往外瞥一眼，左右無人，一下子把她拖到帷幔後頭去。欺身貼上來，張開五指壓著她的脊背，讓她服服帖帖趴在他胸前。

低頭看她，她仰起臉來，頤養得滋潤，體態較前陣子更顯豐盈了。熟了的桃，一咬一口水。他捏著她的下巴，狠狠在她頰上親了口，「我把榮安皇后治了一通，聽說嚇病了，這才沒能來進香。我估摸著短期內她不敢來找妳的碴，過陣子就不知道了，所以妳萬事小心。倘或發覺有哪裡不對的，趕緊打發人傳話給我，小事捂著就成大事了，記著了？」

她聽話地點頭，「記住了。不過人家好歹跟過你，你這麼對付人，手太黑了。」

他的眉毛直挑起來，「渾說什麼，什麼跟過我？各取所需罷了！她給我高官厚祿，我替她剷除異己，就這麼回事。」言罷笑著晃她一下，「怎麼，還吃味嗎？」

她在那冒充大鉚釘，「我器量可是很大的，雖然知道你和那些后妃們不清不楚，我也從來不惱火。」替他整整盤領上的金鈕子，覷了他一眼，不陰不陽地嘀咕，「我瞧太后對你寵信有加，別不是有說頭吧！太監也這麼吃香，可見宮裡女人苦。」

還說不醋，分明醋大發了，連太后都牽連進來。他在她鼻尖上親了下，「妳傻嗎？以前為奴為婢的時候要借助她們登頂，如今到了這位子，靠的是自己的能耐。妳只當單憑邀寵就能坐穩掌印的寶座？」他起先還嗤笑，轉瞬又睨起了眼，目光空空落在佛堂西牆張貼的儀文上，「接下來得想法子澈底摧垮西廠，留著于尊是個禍害。至於咱們的事，暫且只有按捺。皇上既然有了耳聞，斷不會輕易放人的，咱們要在一處，恐怕得費很多周折。」

這麼說來真有些傷感，不過音樓想得不怎麼長遠，她覺得只要他們之間沒有誤會，皇帝視而不見，她一直在宮裡生活下去也沒什麼不好。

她兩手一勾，挎住他的腰，「等我老了，你還會在我身邊嗎？如果權力越來越大，大到你不用忌諱任何人的時候，你會不會嫌棄我，又去找年輕貌美的姑娘？」

他在她臀瓣曖昧地撫摩，「妳現在雖年輕，貌美也才沾邊，我還不是在將就了！妳放心，真到了那個時候，我頭一件要辦的就是把妳討回去。咱們關起門生一窩孩子，好好振興肖家。」

她有些惆悵：「我連想都不敢想，但願真有那麼一天。今早聽長公主說，皇上要布施，要建攬仙樓，你勸諫了，鬧得很不痛快，是不是？」

他嘆了口氣道：「國運衰敗是不假，當家人要是勉力挽救，或許能多拖兩年。我也不願意看著大鄴就這麼毀了，改朝換代，對我這樣的人來說沒有好處。所以盡我所能拉扯一把，可惜收效甚微。」

他一副莫可奈何的樣子，音樓覺得很心驚，拽著他的衣襟道：「船到橋頭自然直的，你依著他，不要違逆他。橫豎這江山是他慕容家的，他愛作踐就由得他去吧！我怕你觸了他的逆鱗，回頭再生嫌隙，他又要借機削你的權。咱們現在這樣很安穩，維持下去也很好。你就算為了我，別管他的閒事，成嗎？你不知道我聽見這個有多擔心，我是個沒用的，不像當初的榮安皇后，你遇上什麼難處還能幫襯一把。我都指著你呢，萬一你有個好歹，那我真不能活了。」

他掩住她的口，低聲說：「我都明白，也有分寸。順著他的意，我也想，可要國庫裡調撥得轉才好。眼下批紅他是不管了，戶部的票擬他連看都不看，光知道伸手要錢，哪裡來的銀子供他驅使？這麼大個國，兵部、工部、吏部、各衙門各司，睜眼就有開支，這些錢哪裡來？」說了半天才發現把她說悶了，她又不懂這個，叫她跟著操心也沒意思。兩個人難得見面，身貼著身說話更是少之又少，把時間花在議論國政大事上，白白浪費了。

佛堂裡整天香火不斷，煙霧繚繞中看她的臉，別有一種朦朧的美態。其實他說錯了，她不是和美剛沾邊，她在他眼裡一點毛病都挑不出來，都是他喜歡的——他喜歡的臉架子、他喜歡的五官、他喜歡的身型、連那個自以為是的狗脾氣都是他喜歡的。喜歡到一定程度，恨不得把她嵌進眼眶裡去。四下寂靜，只聽見毗盧閣隱約傳來鐃鈸的聲響，清脆的碰撞，一記記敲得不緊不慢，像一齣冗長的悲歌。

他心潮澎湃，但終歸不好意思，扭捏道：「這會兒行宮殿裡開了素宴，太后和主兒們都在用齋飯，咱們……找點事做？」

音樓「哦」了聲，無限落寞：「她們吃飯都不叫上我。」

他聽了很不是滋味，「吃飯有那麼要緊？比和我在一起都要緊？」

他一副委屈的嗓子，叫她心疼起來。這麼大的人了，有時候還像孩子。她摸摸他的臉，踮起腳尖親他的紅唇，「自然是你要緊，婉婉去摘佛果子給我了，回頭在車裡吃，也餓不著的。你剛才說找點事做，做什麼呢？一道出去走走？我怕人看見，傳到皇上跟前不好。」

「那就不出去了，外頭大太陽照著，什麼趣兒！」猶豫了一下，試探道，「做什麼好呢……妳聽過《玉堂春》嗎？有個橋段，蘇三和王金龍，那個……神案底下敘恩情。」才說完，氣血倒流，一張白淨的臉霎時漲得通紅。

音樓怔了下，心道這人真是太壞了，這樣的地點，他卻在想那些東西！滿肚子花花腸子，偏偏長了張薄臉皮，在外面長袖善舞，往旖旎處說，又是另一種截然不同的姿態，簡直叫人匪夷所思。她忙對菩薩拜了拜，「阿彌陀佛，罪過罪過……」

他垂下眼，濃密的睫毛蓋住裡頭跳躍的火焰，「好不容易見的……我叫人外頭守著，不許任何人進來打攪。」說完含情脈脈瞅著她，探過來牽起她的手，輕輕壓在那個地方，小聲嘀咕，「這模樣，怎麼出去見人呢？」

音樓大窘，想縮手他又不讓，只覺小督主熱力驚人，隔著料子都能描繪出劍拔弩張的形狀。她嘆了口氣，「你以前是怎麼料理的？外頭走著，突然……這樣，那多危險吶！」

他怨懟地看她一眼，「以前從來用不著為這個操心，現在就像我那把三刃劍，嚐過了血，一靠近獵物就震動嗡鳴。」

音樓忍不住扶額，好個比喻，十分的形象貼切。

「咱們就別蹉跎這大好時光了吧！我提前知會了方丈，才把妳安排在這文殊殿裡的。這裡安靜，來往的人也少，倘或有個動靜，外頭即時能傳報的。」他一面說，一面咬了咬嘴唇，把手放在她高聳的胸房上，「不著急，慢慢來。」

她酥倒了半邊，想起上回的經歷，心裡有點怕，「沒的玷汙了佛門聖地，要遭天打雷劈的。」

他倒懂得開脫：「菩薩救苦救難，知道咱們這段苦情，定然也可憐咱們。」

細打量她的臉色，她半闔著眼睛不說話，想來已經默認了吧！他竊竊歡喜，壯了膽子解她的交領，兩個人都緊張，大殿的落地罩上垂掛緒黃色的帷幔，背靠在上面瑟瑟發抖，那幔子也跟著高低起伏。他低頭吻她，手指盤桓在那一捻柳腰上，逐漸撩起她的裙角轉移過來，找到原點輕攏慢撚，她倚向他懷裡，梅蕊初綻，不勝嬌羞。

青山古廟，斜陽在翹角飛簷下一寸寸擴散，照著廟牆頂上朱紅的連楹和六角門簪，鮮紅如血。

依舊是赫赫揚揚的富貴排場，因為要趕在下鑰前回宮，交未正時牌就已經清道擺鑾儀了。彤雲攙音樓登車，車裡的帝姬顯得呆呆的，手肘支著窗櫺看外面山水，眼梢隱約夾帶笑意。不說話也好，音樓自己滿腦子昏沉，索性閉目養神，於是各藏心事，一路無話。

回到寢宮人也乏力了，本打算用過膳早早安置，沒想到才躺下，宮門上吊嗓子高喊「萬歲爺駕到」，把她驚得縱起來，慌忙穿鞋抿頭到滴水下迎駕。

皇帝走得極快，沒等她磕頭已經上了臺階。經過她面前腳步並未停頓，聲氣也不好，冷冷扔了句「朕有話問妳」，舉步便進了正殿裡。

第七十九章　萬象埃塵

她心裡發慌，和彤雲交換了下眼色進殿裡，笑道：「主子這會兒來，用膳沒有？我打發人去置辦起來，伺候主子進些。」說著回身對彤雲擺了擺手。

皇帝一臉陰沉，寒聲道：「不必了，朕這會兒心裡不痛快，什麼都不想進。」看了她一眼，眼神像薄薄的刀片劃過她鬢邊，「端妃，朕問妳，妳可知罪？」

音樓嚇了一跳，腦子轉得風車也似，唯恐皇帝知道了今天文殊殿的事，又或者是音閣那裡出了什麼岔子，要來尋她的晦氣。橫豎心亂如麻，咚一聲跪在了駕前，「主子這話叫奴婢惶恐，奴婢究竟哪裡做得不好，惹主子動了怒，求主子明示，奴婢就是死，也好做個明白鬼。」

皇帝嘴角噙著冷笑，並不搭話，站起身繞室踱步，半晌才道：「今兒潭柘寺之行，端妃遊得可還暢快啊？」

音樓伏在地上，心頭跳得隆隆作響，勉強穩住了聲息道：「回主子話，一切都還順遂。」

「順遂？」他哼了聲，「前兒朕去皇太后處請安，太后曾經提起過，榮安皇后奏請在潭柘寺為先帝設壇超渡，念在天家骨肉親情，朕沒有不應准的。可是萬事皆有個度，該當多少高僧做法事，只管安排就是了。妳呢，妳做了些什麼？朕親手寫詔冊封的妃子，居然不顧禮制，在大行皇帝神位前焚香悼念了兩個時辰，這麼大的動靜，妳把朕顏面置於何處？這就是妳的譽重椒闈，秉德溫恭？套句市井裡的糙話，妳還記不記得自己的男人是誰？」

他只是申斥，語調裡沒有大怒，卻冰冷入骨。音樓沒想到是出於這個原因，頓時鬆了口氣。這事上不管怎麼懲戒，只要不牽搭上肖鐸，一切都有轉圜。心裡的擔子放下了，面上不能做得鬆泛。也虧得她有一副急淚，伏地泥首，哽聲道：「主子，我不敢狡辯，是我自己沒成算，主子訓斥得對。可這事是皇太后首肯的，奴婢也是奉了榮安皇后的令……奴婢在後宮是個麵人兒，自己沒出息，沒法兒抬頭挺胸地活著，別人說什麼我都照著做，一時失算，掃了皇上金面，絕不是出自奴婢本意。」

他轉過臉去，背手鵠立著，「榮安皇后的令？她是什麼東西，妳要遵她的令？這多事之秋，妳偏給朕尋麻煩。當初冊封妳，朝臣諸多勸諫，都叫朕一一駁回了。沒曾想妳不給朕長臉，先帝手裡的諍臣閒置在那裡無事可做，這回可又有話說了。妳給朕出出主意，朕應當怎麼處置妳才好？」

音樓膝行兩步上去抱住他的腿，仰臉哭道：「主子念在往日的情，且饒了我這一遭吧！奴婢也是沒法子，跪得打不直腿，誰願意受這份罪呢！您不心疼我，叫我往後怎麼活啊！」

我見猶憐的一張小臉，在燈下哭得震心。皇帝垂眼看她，嘆息著在那纖巧的輪廓上描摹，「時候不對，或前或後，朕都能赦妳，可惜是這當口，朝中有人對朕的話有疑議，大概還在計較朕和先帝的功過。妳曾經是先帝的後宮，如今叫人說起來一心念著舊主，連朕的枕邊人都三心二意，那些臣子還怎麼服？」他直起身來，漠然道，「去吧，去奉天殿前的天街上跪著，跪到明早卯時上朝，叫那些舊臣看看，也是個警醒。」

原以為了不得罰俸思過或是打入冷宮，沒承想他居然這麼算計。她醒過味來，拿她做筏子，不是要給別人看，就是為了給肖鐸抻抻筋。現在這時期，朝中的諍臣早就閉口不言了，只有肖鐸苦巴兒的，為了國庫中那些銀子錢傷盡腦筋。她心裡只覺難過，自己去跪著倒不要緊，叫他看見怎麼樣呢？他大約會牽腸掛肚，然後想法子滿足皇帝所有的願望。

她一味地垂淚，這回不是裝的了，是突然頓悟後的痛心。她捂住臉，抽泣道：「求主子貶黜奴婢，奴婢願回泰陵，青燈古佛了此殘生。」

他冷眼打量她，「晉了位再回去守陵，從來沒有這先例。真要打發妳去了，不但叫人說妳心繫先帝，連朕都要得個搶占寡嫂的罪名。得了，什麼都別想了，收拾收拾過去吧！」

倒也沒有撕破臉皮，因為留著可以繼續利用。他排駕出了曦鸞宮，音樓癱坐在地上神魂俱滅。

彤雲上來攙她，嘴裡絮絮罵著，「真不是人，朝廷裡的事帶進後宮來，算什麼能耐！一樣的爺們，這位真叫人瞧不上！」又細看她臉色，小聲道，「我讓四六去找曹春盎，不知道今兒肖掌印在不在司禮監，通個氣好作打算。」

她搖了搖頭，「皇上下的令，他那得了消息又能怎麼樣？沒的叫他操心。不就是一夜嗎，我去跪。他這會兒得沉住氣，倘或言行出格了，更叫皇上吃準了拿捏他。他也難，前有狼後有虎，有時候我想想，自己死了倒乾淨了。」

喪氣話說了一筐，該去還得去。一個晉了位的妃子，前陣子還心疼肝斷處處小心呵護，轉眼就罰到奉天殿前跪青磚去了，這反差太大，音樓覺得丟不起這人。幸虧是晚上，天將暗的時候人也不走動了，各處都下了鑰，只有大殿兩腋的石燈亭還有微微的亮。因為離得太遠，像個橘黃色的銅錢，顫抖著，在黑色的幕布上泛出模糊的光暈。

她不讓人往肖鐸面前傳，可他是幹什麼吃的？這宮掖甚至整個北京城，沒有一樣事能瞞得住他。人不在宮裡，消息照樣能夠遞過來。

曹春盎跑得氣喘吁吁，進了東廠衙衙來不及和門上人搭話，麻溜竄進了衙門口。時辰不早了，屋裡人卻還沒散。他乾爹坐在官帽椅裡，展開一張畫了押的供狀偏頭看，燈下的頸子拉出極漂亮的弧度，笑著誇讚底下檔頭，「做得好，一樁一樁慢慢清算，回頭砍了姓高的腦袋，給咱家掛到靈濟宮的旗桿上去。」

靈濟宮是西廠的廠署，聽這意思又是得了什麼好信了。屋裡人笑著應承，亂哄哄調侃上幾句，再順勢的奉承拍馬一番，等督主發了話，一個個按著刀靶去了。

曹春盎上前叫了聲乾爹，「宮裡出事了。」

他轉過頭來，臉上斂盡了笑容，「說！」

「皇上責怪端妃娘娘過問先頭主子爺的佛事，罰在奉天殿前跪一宿，要跪到明兒五更散朝才叫起來。」曹春盎咽著唾沫道，「娘娘不叫人傳話給乾爹，彤雲急得沒法兒，說主子病氣才散的，要是露天跪一晚上，明兒又該病倒了……乾爹您怎麼打算？」

他睋眼看燈花，喃喃道：「這是給我下馬威呢！橫豎是要錢，要不著就為難她。我也瞧明白了，他慕容家的江山，想怎麼折騰全憑他。既然如此，我霸攬著做什麼惡人？明早同內閣協議，各省稅賦調高三成，這麼著來錢最快，連他都不在乎百姓死活，我一個當差的，我怕什麼！」

他起身要走，曹春盎忙攔住了，「乾爹這會兒進宮？皇上既然罰娘娘跪磚頭，邊上定然有人看守的，您這麼直刺刺去了，叫人什麼想頭？」

「什麼想頭？我是宮裡掌印，還過問不得？其實大家心知肚明，就算我眼下去，他未必會動我。」他語氣再平靜，裡頭風雷仍舊畢現。氣憤之下一掌摑開了桌上的山水茶盅，那茶盞哐地一聲撞在香几上，茶水淋漓潑得滿地盡是，驚動了門外把守的番子，進來查看，見了這情形沒敢多嘴，復卻行退了出去。他踱步轉圈，略頓了下吩咐，「你去傳我的令，把東廠的人都散出去，連夜去敲那些富戶的大門……」想想不對，又叫住了，扶額嘆氣，「我真是氣昏了頭，這麼做只會授人以柄。還是暫緩，等明兒天亮了再聽我示下，倘或自作主張了，這筆帳最後不知道算在誰的頭上。」

曹春盎道：「正是呢，乾爹這麼說嚇了兒子一跳。依兒子看，您暫且忍了吧！娘娘受罪就這一晚上，咬咬牙也就過去了，後頭咱們再想轍。于尊乾放著不使，白便宜了他。明兒覆議後，富戶那頭籌錢的差使索性交由西廠辦。那龜孫子急功近利，為了討好皇上，多沒屁眼的事都幹得出來。他一出馬，還不雞飛狗跳天下大亂！等他把錢籌到，言官們彈劾的陳條也擬得差不多了。皇上是又想快活又不願意脫褲子，但凡這種情形，必定要推人出來頂缸，到時候咱們不費一兵一卒，照樣坐收漁翁之利，嘿嘿……」

滿口汙言穢語，說得卻很有道理。肖鐸乜他一眼，出門看天，今晚星月全無，要她跪上整整一夜，到明早不知人還能不能瞧了。

眼下心急火燎進宮確實不太明智，別人舉槍等著，你往槍頭子上撞，就算那是個蠟槍頭，一不留神也容易弄傷自己，所以只有等著。

等著，等得他油裡煎熬似的。越等心裡怨恨越大，他和音樓的將來不知是個什麼結局，如果一直由慕容高鞏執掌乾坤，還能不能有真正團圓的一天？他早想明白了，要在一起，除了改朝換代別無他法。皇帝只知道他和音樓的私情，卻不知南苑已經虎視眈眈。自己不想做有負家國天下的事，可若是被逼得走投無路了，不得已也要想辦法自救。

極其難熬的一晚，他徹夜沒合眼，四更便整理了儀容進宮。掌印值房在慈寧宮以南，離奉天殿只隔著一條甬道兩堵高牆。他站在院子裡努力眺望，看不到，唯見晨曦之中紫色的一團霧靄。快了……時候快到了，他踱回值房裡，在案後坐了下來。靜靜坐著，窗紙漸漸泛了青，趨身吹滅油燈，屋裡仍舊昏沉朦朧。

迎他上朝的人在到了門外，細聲稟告，「老祖宗，是時候了。」

他站起來，撩袍出門，從夾道裡過去，進西朝房候旨。

西朝房是樞要，內閣的首輔和閣老們都在。東廠權傾朝野，自打他起復之後風頭更健，內閣的人見了他都要行禮參拜。他對外倒是一直溫文儒雅的，手段可以黑，嘴上卻客套光彩，進門和眾人讓禮，笑請諸位落座，對戶部尚書道：「皇上不看摺子，那咱們就費些功夫，嘴上上奏也是一樣的。把今年的進項和開支細細的羅列一遍，也好讓聖上心裡有數。」

他對插著袖子長長嘆息，「咱們做臣子的，就是要為主子分憂。家國家國嘛，國也譬如一大家子，帳房上沒銀子，什麼都幹不動。今年的水澇、旱災、時疫、船務、軍需，明擺著的大頭，不說那些，光是黃河口決堤就花完了絲綢買賣的全部貨款。前兒主子提出來，要建個樓。按說這也是應當，從古至今，哪朝皇帝不興土木呢！可如今咱們兩手空空，我這頭是沒法子想了，各位呢？有什麼好主意沒有？」

說到錢，大夥都束手無策，國庫的充盈與否都要看百姓的，羊毛出在羊身上嘛！只不過誰也不敢貿貿然提增加賦稅的事，鬧得不好就是個佞臣的大帽子。

他低頭沉默了會兒，「咱家知道大夥的憂慮，都不提，這事沒法解決。今兒朝議咱家開個頭，大傢伙都附議吧！先過了這個坎，等財政好轉了再免稅，也是一樣。」

這是沒辦法的辦法，眾人自然諾諾稱是。

天街上響起了羊腸鞭，「啪」一聲破空，激徹雲霄。眾臣手執笏板，整理衣冠，出門往奉天殿方向去。

他打頭走在第一個，上了御道放眼四處看，腳下從容，心裡已經滴淚成冰。終於在丹樨一角找到她。小小的身量，跪在那裡低垂著頭，應該是羞於見人，盡可能的縮成一團。一夜過來，精氣神都散盡了，就像個破布偶，離他不遠，他卻不能奔過去抱緊她。

他調過頭，渾身劇痛，只有咬牙把酸楚咽下去。那些大臣嘀嘀咕咕交頭接耳，在他聽來猶如凌遲。他死死攥緊笏板，邊角壓進肉裡，似乎這樣可以緩解胸腔的疼痛。不去看她，即便腿彎裡沒有力氣，也要昂首挺胸走完全程。

第八十章　千山路難

音樓回宮是太監們抬回來的，因為入秋後天氣轉涼，夜裡起了霧，青磚地上泛潮，濕氣滲透過袍子鑽進膝蓋裡，陰沉沉地痛。她連腿都沒法伸直，更別提走路了。跪得太久，連腰都出了毛病，只能保持一個姿勢，稍動一動，就像木傢伙脫開了榫頭，可以聽見那種恐怖的吱呀聲。

不過短柄烏頭的毒都驅散後，她又是以前那個耐摔打的音樓啦。一夜過來除了受點罪，面子折損殆盡以外，基本沒什麼大的妨礙。癱在榻上喝白粥就醬菜，粥是彤雲自己點爐子拿砂鍋熬煮的，勺兒攪一攪，連米粒都看不見，全燉爛了，這就是火候！

她把醬菜嚼得咯嘣響，嘟囔著，「半夜裡差點沒餓死我。」把碗遞過來，讓再添點。

彤雲知道她又在裝樣，心裡不定苦得黃連似的。盛了粥捧過來，低聲道：「五更看見肖掌印了嗎？」

音樓筷子點在菜碟裡愣神，隔了會兒才道：「我沒敢抬頭，臊都臊死了，哪裡有臉見人！」說著眼裡聚起了淚，擱下碗盡情抽泣起來，「我往後不能踏出噦鸞宮了，滿朝文武，整個大鄴後宮，誰不知道我在奉天殿罰跪！我要是個宮女就算了，我頭上還頂著妃子的銜兒，這算什麼？」

她總得發洩，彤雲垂著嘴角看她，「都過去了，等別人把這茬忘了，您又能出去走兩圈了。」

「真的嗎？」她放聲嚎一通，緩過勁來拿手絹擦擦眼淚，重新捧起了粥碗。吃完睡一覺，醒過來的時候天快黑了。口渴想找彤雲，叫了兩聲人不在，底下小宮女上來蹲安，「主子要什麼？姑姑身上不大好，說主子要是醒了，就讓人上梢間叫她去。」

「又不爽利嗎？」她掙扎著下了榻，心裡隱隱擔憂起來。披了衣裳過梢間裡，見案頭一盞燈火搖曳，炕上被捲兒捲得蠶繭似的。她過去扒拉扒拉，把她的臉摳出來，一看她臉色鐵青，嚇得忙回身喊，「來人，快去聽差處請王太醫！」

外面小太監應了，撒腿便跑出去。太醫院設在欽天監之南，禮部正東，從噦鸞宮過去有挺長一段路。暮色昏沉裡低頭疾行，剛過外東御庫夾道口，迎頭撞上一個人，對方「哎喲」一聲，「這是哪個宮的猴息子，走道不長眼睛嗎？」

小太監定睛瞧，是太醫院值房的二把手陳慶餘。他插秧做個揖，笑道：「奴婢是噦鸞宮的人，著急找王院使瞧病，天黑沒留神磕撞了您，對不住了。」

陳慶餘撣了撣衣襟，「噦鸞宮的人啊！找王坦？他今兒不當值，我跟你去吧！」

小太監有點遲登，「咱們宮是專派給王太醫的……」

陳慶餘咂了下嘴，「我分管著慈慶宮這一片，是你們老祖宗定下的，王院使不在，值房我說了算。你硬要找王坦，回你主子一聲，讓人出宮上他們家找去吧！」說著轉身就走。

沒法子了，只有死馬當活馬醫。小太監上去點頭哈腰說了一車好話，最後把人請進了噦鸞宮。

音樓見來人不是王坦，轉過臉問：「進了值房沒有？這位太醫瞧著好面生。」

小太監到底沒上聽差處看，心虛便應：「回主子話，今兒王太醫休沐，這位是副使陳大人。王太醫不在，值房裡一切由陳太醫支應的。」

陳慶餘上前請了個安，正色道：「下官醫術雖沒有王院使精湛，普通的傷風咳嗽還是能瞧一瞧的。」

音樓有戒心，外人看病總不踏實，便道：「您別誤會，我倒不是信不及您的醫術，主要是王太醫常來常往，一向是他經手的，咱們這裡的病根他都知道，瞧起來心裡有底，不費周張的。」

陳慶餘應個是，弓腰道：「娘娘只管放心，臣和王院使是一樣的心。早前肖掌印使人來知會過，臣領了掌印的令兒，不敢有半點馬虎。」

這麼說來是肖鐸這邊的人，音樓打量他神色從容，說話鏗鏘，料著不會有差池的。再看彤雲那模樣，耽擱下去就要壞事似的，也顧不得那麼多了，讓了讓手道：「那就勞煩陳太醫了，要用什麼藥只管說，我打發人上司禮監要去。」

陳慶餘連聲道好，坐下撩袖子號脈，號了一遍再號一遍，重新把被角給病人掖好。又讓張嘴看舌苔，這才起身寫方子，一頭道：「倒不是什麼大症候，臣細瞧過了，姑娘脈澀，舌質紫暗，應當是氣機鬱滯而致血行瘀阻。吃兩劑藥，善加調理一番便無大礙的。」

音樓鬆了口氣，又問：「看她冷得厲害，是什麼緣故？」

陳慶餘笑道：「血瘀便體氣不旺，陰陽失和，寒邪就順勢入侵了，身上虛寒也在情理之中。要實在冷得厲害，先用湯婆子晤著，等吃了藥，轉天就會好起來的。」寫罷方子呵了呵腰，卻行退了出去。

底下人跟著去抓藥，音樓坐在她炕前看護，「吃了東西再睡吧，我叫人準備。妳也真是的，身上不好怎麼不告訴我？這麼憋著能成嗎？才剛大夫說妳血瘀，我也不太明白，什麼叫血瘀呢？妳肚子疼？」

彤雲「唔」了聲，「有時候抽抽的疼，渾身不舒坦。月事過了二十來天了，大約血瘀就從這上頭來吧！」

音樓訝然道：「過了二十來天了？怎麼現在才說？」

彤雲似乎不以為然，「以前就愛往後挪，晚個三五天的常有，我也沒在意。後來宮裡事不斷，我忙前忙後的，把這茬給忘了。橫豎不打緊的，大夫不是說叫吃藥嗎，頤養兩天就好了。」

音樓越想越不對，先頭的王太醫從來沒提過血瘀這個說法，便問她，「上回是什麼時候來的？」

彤雲想了想，紅著臉道：「侍寢前剛完。」

音樓心裡一跳，湊近了說：「我以前剛進宮時尚儀嬤嬤指點過，才落紅最容易受孕，妳該不會是懷上了吧？」

這下子傻了眼，簡直像道破了天機，兩個人怔怔對視著，半天沒回過神來。

「要是有這說頭，兩個太醫怎麼都不言聲？」彤雲撐身坐起來，自己心慌得厲害，壓著胸口低喘，定了定神道，「才一回，不能這麼巧。」可是細思量，這症狀以前都沒有過，真往那上頭靠，越靠越實在了。她惶駭捧住她主子的手，「被您一說我真不踏實，是不是兩個太醫都忌諱我是宮女，不方便直言？」

音樓也沒了主意，喃喃道：「他們都是肖鐸的人，應當不諱言的。」回身看外面，天都黑透了，宮門下了鑰不好走動，暗琢磨著明天天亮得請他來說話，看能不能把方濟同帶進來。宮裡御醫的手段似乎並不高明，上回她要死要活，還是外頭帶藥進來治好的。彤雲這病症拖了有十來天了，總不見好，萬一真有了身孕，捂著可要捂出大禍來的。

然而算計雖好，不及變化來得快。早上才睜眼，慈寧宮來了幾個嬤嬤，進了噦鸞門各有各的去處，兩個進來給音樓請安，兩個直奔梢間。音樓披了氅衣出門，看見彤雲被人從被窩裡拖了出來，披頭散髮連衣裳都沒來得及穿，她心裡吃驚，高聲喝道：「這是怎麼回事？衙門拿人是怎麼的？」

兩個嬤嬤賠笑蹲了個安，「端妃娘娘別著急，咱們是太后派來的。因著太后今兒早起聽了些不好的傳聞，要請娘娘和彤雲姑娘過慈寧宮問個話。娘娘快收拾收拾，這就跟奴婢們過去吧！」

驚動了太后，看來要出大亂子了。如果是潭柘寺祭祀的事，昨兒罰了一回，皇帝也說了既往不咎的，那今天這是為什麼？音樓知道不能慌神，一慌神容易露馬腳，左思右想，既然牽扯上彤雲，大概是昨晚上那個太醫那裡出了岔子。

「太后問話，我們沒有不去的道理，嬤嬤這麼急吼吼的做什麼？見老佛爺總得叫人穿戴好，這模樣到跟前，好看相嗎？」她上前格開了架住彤雲的人，扶她進殿裡去，揚聲叫宮女伺候更衣，悄悄對站班的太監使個眼色，讓他趕緊上司禮監通知肖鐸。

「主子，這回大事不妙了。」彤雲緊緊扣住她的腕子，手指勒得發白，「不管怎麼樣，您什麼都不能承認。奴婢著了道不打緊，有您和肖掌印，我就有指望。要是您鬆了口，把他拖下水，咱們就什麼都不剩了。您光叫冤，可勁兒哭，問您什麼您都不知道，記住了？」

再多的話來不及囑咐了，慈寧宮的人等不得，進來盯眼瞧著，扯過宮婢送來的衣裳粗手粗腳一通包裹，拉扯著就把彤雲攙架了出去。

音樓沒法子，只得在後面跟著。進了慈寧宮簡直是三堂會審的架勢，皇太后在寶座上坐著，兩腋是貼身的哼哈二將。下首還有皇后、榮安皇后和貴妃，一個個覷著兩眼瞧她們。領人的心眼壞，一把將彤雲摜到地上，她身子本來就弱著，哪經得起她們這通折騰，伏在地上連跪都跪不起來。

音樓上前攙住了，給太后和皇后磕頭，哭道：「老佛爺最慈悲的人，我跟前宮女哪裡不周到，犯了錯處，我這個做主子的替她賠罪。她今兒身上不好，瞧瞧病得一灘泥似的，委實受不得這麼施排。老佛爺開開恩，救人一命勝造七級浮屠。」

太后坐在南窗下，一臉怒色打量底下伏跪的人，恨聲道：「妳別忙，用不著替妳奴才討人情，回頭問明了，連妳一道開發。」往前挪了挪身，咬著槽牙冷笑，「我原說不能晉位，皇帝鬧得不成話，這才破格封了妃。如今這是什麼意思？竟要成精了不成？把那些汙穢氣帶進來，好好的宮闈叫妳們弄得不成個體統！」手指往彤雲面門上一指，「我問你，妳肚子裡是誰的種？老實交代，還能留妳個全屍，要是敢跟我耍滑，管叫妳死無葬身之地！」

音樓一下子塌了腰，果然是的，大約先前孩子小，王坦瞧不出症候來。昨天又發作一回，偏巧換了人，這事就捅到皇太后這裡來了。

榮安皇后自從上回被肖鐸恐嚇，好幾天打不起精神來。陳慶餘是她的人，盯著噦鸞宮許久了，本來是防著音樓坐胎的，沒想到撿了個天大的漏，高興得她一晚上沒睡好。步音樓可恨，她身邊的人也都該死，這回終於叫她抓住了把柄，一氣兒把主僕倆踩碎了才合她的意，於是今早宮門一落鑰就急匆匆趕過來告發了。

「活長了這麼大，沒聽說這麼荒唐的事。闔宮只有皇上一個爺們，端妃記檔也只一回，怎麼主子沒動靜，奴才倒懷上了？」她靠著椅背撥弄手裡十八子手串，轉臉對皇太后道，「老佛爺，這種穢亂宮闈的事，一定要澈查才好。宮人走影，那是要剝皮下油鍋的。多虧了陳副使留了個心眼來通稟我，否則大夥蒙在鼓裡，回頭孩子落了地，豈不是要貽笑大方！」

音樓早料到是榮安皇后背後搗鬼，她抬眼看她，哂笑道：「趙老娘娘不是今天才算計噦鸞宮的，裡頭內情，我不說，留妳個臉面，妳不要欺人太甚！妳說彤雲懷了孩子，證據呢？咱們宮一向有專門的太醫伺候，王坦是太醫院院使，也是皇上親指的，曾替彤雲瞧過兩回病，從沒有懷孕一說。娘娘眼下言之鑿鑿，無非是依據陳慶餘的話，我這裡卻要質疑，是不是娘娘串通了那個太醫來誣陷人？妳說彤雲有孕，我說沒有，怎麼計較出個長短來？」

這時候陳慶餘進來覆命，對太后長揖下去，「回稟太后老佛爺，臣在太醫院，專攻的就是女科。宮裡女眷有孕，但凡孩子著了床，哪怕是一個月大小，臣也能斷出來。昨兒替端妃娘娘宮裡宮女診了脈，這宮女寸脈沉，尺脈浮，表像雖不明顯，但憑藉臣數十年行醫的經驗，可以斷定是有孕無疑。」

音樓急起來，「你一派胡言，老虎還有打瞌睡的時候，何況是你！你是來吹噓自己醫術高明嗎？院使還不及你一個副使？舉頭三尺有神明，你站邊別站錯了，這麼誣陷人，仔細天不饒你！」

皇太后聽他們打嘴仗聽得不耐煩，一個咬定了說懷上了，一個死都不肯承認，這麼下去沒個決斷了。她轉而狠狠看著彤雲，「孩子在妳肚子裡，妳主子維護妳沒用，今兒要妳說個明白。供出姦夫是誰，尚且能饒妳一家子的性命。要是嘴硬，我這有一百種法子逼出真話來，不信妳試試！」

彤雲也不哭，只管咬牙磕頭，「沒有的事，老佛爺叫奴婢怎麼承認？奴婢捧著一顆心對大太陽起誓，和外間男子有染，叫我不得好死！求老佛爺給奴婢做主，給我主子做主。我主子就是受了趙老娘娘的坑害，前兒罰在奉天殿外跪了一宿，今兒才活過來，老娘娘又出么蛾子要置咱們主僕於死地。我主子可憐，怕攪了皇太后好興致，不敢來向您訴苦求情，有委屈自己直嗓子咽下去，我們做奴才的心裡也疼。橫豎老娘娘要奴婢的命，奴婢一頭碰死就是了，好歹別害我主子，就是老娘娘積德行善了。」

「公說公有理，婆說婆有理，這叫人怎麼斷？」皇后含笑看了貴妃一眼，「弄得這樣，我這個中宮也沒法向主子爺交代。妹妹妳說，依著妳，怎麼料理才好？」

貴妃垂著眼撫撫蔽膝，輕笑一聲道：「娘娘聽明人，倒來問我？這還不簡單，太醫院又不是只有一位太醫，據我所知女科聖手也不少，都傳來，來個會診，不就真相大白了嗎！」

榮安皇后卻有顧忌，王坦是肖鐸那頭的，他又是正院使，既然他沒診出來，別人就算看明白了，誰敢嗆頂頭上司？她搶先道：「何必那麼麻煩，老佛爺跟前嬤嬤費費心，帶人進去驗個身就是了。倘或還是完璧，前頭的話全當白說；倘或不是，那可有一論了。或者進了宮才破的身子，萬歲爺在曦鸞宮只留宿一晚，總不見得主僕兩個都進幸。我看還是請端妃一道進去……」她吊起唇角一笑，徵詢式的看了對面的現任皇后一眼，「都驗驗，又沒有壞處的，皇后說是不是？」

音樓漲紅了臉，「我是皇上親封的端妃，這樣侮辱我，妳把皇上置於何地？」

這話也是，皇后遲疑了下，對皇太后道：「底下人怎麼處置都好，沒有主子連坐的道理。我看帶彤雲一個人進去就成了，母后以為呢？」

皇太后耷拉著眼皮應了聲，慈寧宮的人才要動手，門上小太監進來通傳，說司禮監肖掌印到了，在廊子外求見皇太后。

「來得正好，宮裡出了這麼大亂子，早該打發人傳他去了。」太后一手擱在紫檀嵌螺鈿炕桌上頷首，「傳他進來罷！」

第八十一章　碧樹冥蒙

門上簾子一挑，他從外面進來，先對皇太后深揖下去，「臣身為掌印，未盡督察之職，這樣的事鬧到老佛爺跟前，臣萬死難辭其咎，請老佛爺責罰。」

他當的雖是太監首領，兼的卻是首輔的職權，一個人操持了宮裡還要忙外頭的事，也怪難為的。皇太后是從元貞皇帝時期起就瞧著他的，一個年輕孩子，人能幹，辦事圓滑，嘴上又謙讓，自然樣樣討人喜歡。皇太后對他印象極好，這點雞毛蒜皮當然不會苛責他，因道，「這事不和你相干，你也不必著急往自己身上攬。你來前必定問明白原委了，這頭正要叫嬷嬷給她驗身，驗完了自有決斷。」

肖鐸朝地上人看了眼，復對太后又作一揖，「驗身的事暫且緩一緩，臣傳了良醫所醫正來給彤雲診脈。不論如何，宮人有孕事關重大，請醫正瞧明瞭大家踏實。等塵埃落定，臣這裡還有個奏請，要求老佛爺的恩典。」

太后沉默下來，忖了忖，似乎兩樣都不能放鬆。不管有沒有孕，就像榮安皇后說的那樣，驗一驗總沒有壞處。宮人若破了身子，那也是罪無可恕。她長出一口氣，「既這麼，先叫醫正瞧罷！我知道良醫所的人都是靠得住的，正經藥王的後人，說出來的話有份量。等瞧過了脈再驗，宮闈要緊一宗就是清白，倘或不是處子，有沒有孕都是一樣處置，傳你東廠的笞杖來，拉到外頭打死，對宮人也是個警醒。」

皇太后這話叫音樓打顫，這麼說來今天是非要有個決斷的，就是肖鐸在也無可挽回了。

她瑟縮著看彤雲，她倒是一副大無畏的樣子，嘴唇緊抿著，許是視死如歸了。

肖鐸應個是，回身命人放醫正進來，抽了空打量皇后和陳慶餘，笑吟吟道：「臣這兩天正在澈查宮裡門禁記檔，發現啃鳳宮傳太醫傳得十分頻繁，白天倒罷了，夜裡下了鑰還有走動……怎麼，娘娘身上不好嗎？」

他這是什麼意思？是在警告她，還是打算往她身上潑髒水？榮安皇后臉上五顏六色，又是恐懼又要強作鎮定，別過臉去不搭他的話。反正只要除掉噦鸞宮的人，往後怎麼樣，她也顧不得了。

眼下大夥心思都在彤雲這裡，巴巴兒等著醫正的診斷。那醫正取了脈枕來墊腕子，側著頭擰著眉，一副苦大仇深模樣，斷了半天道：「請姑娘撩起衣襟。」又探手在她腹上按壓，邊壓邊問痛不痛。

彤雲當然是攪得越亂越好，碰到哪裡就痛到哪裡。那醫正起身看了肖鐸一眼，轉而向上拱手，「啟奏太后，臣適才看了這宮女的脈象，並未發現孕脈。又查驗了肌理，胸肋脹悶、刺痛拒按，乃是個瘀血內停、食積火鬱之症。」

「積了食？」太后覺得不可思議，轉頭問陳慶餘，「你說她有孕，這會兒怎麼成積食了？」

陳慶餘自肖鐸進門起就嚇得一腦門子汗，眼下點名問他，駭然不知如何自處。已經是這樣了，就算是個誤診也不打緊，可是扳不倒她們，落到肖鐸手裡只怕沒活路了。他結結巴巴道：「回老佛爺話……臣查出的……確實是孕脈。」

「有沒有不打緊，且看驗身的結果吧！」榮安皇后不耐煩了，銳聲道，「老佛爺跟前的人總是靠得住的……」

她話沒說完，卻見肖鐸跪了下來，在皇太后寶座前伏地叩拜，「臣說要求老佛爺恩典，正是這一宗。臣奉皇上旨意伺候端妃娘娘南下，這期間與彤雲互生情愫，可礙於皇家體面，一直隱瞞到今天。眼下事情既然已經出了，臣在老佛爺跟前便不諱言了。臣十三歲入宮，這些年來兢兢業業為主子效命，上回皇上曾要賞宮女給臣，臣一直推諉，全因彤雲捨不下端妃娘娘不肯隨臣去。說來沒臉，臣是個六根不全的人，本該心無旁騖，可一天差事下來，每常周身不適。底下小子伺候總不及女人仔細，今兒硬著頭皮來，懇請老佛爺成全。」

所有人都驚呆了，音樓簡直像吃了一悶棍，沒想到他會想這個法子來超生。這是逼到絕路上了，不得已而為之，可是她心裡好苦，單是聽著就已經痛不欲生。

榮安皇后跌坐進圈椅裡，心裡隱隱覺得大勢已去。這個肖鐸總善於出其不意給人一擊，上回榮王繼位的事是這樣，如今彤雲懷孕的事又是這樣。他和一個婢女兩情相悅？滑天下之大稽！終歸還是為了保全步音樓，她真不明白，這麼一個姿色平平心智也平平的女人，哪點值得他煞費苦心去愛？

太后震驚過後倒平靜下來了，嘴裡喃喃著：「原來是這麼回事，怪道呢！宮裡太監宮女結對食，祖上沒有明文禁止，我想想，連各局管事的都蓋宅子成家立室了，你一個掌印要討房媳婦，也說得過去。」小兒女的私情不足為外人道，驗身就不必了，驗出來也打臉。皇太后有點尷尬，摸了摸額頭道，「這事我做主了，把這丫頭賞你。回頭具道懿旨給你們賜婚，該操辦的就操辦起來吧！」又囑咐音樓，「好歹伺候過妳一場，打點妝奩送出宮，就完了。」

音樓道是，磕下頭去，「老佛爺慈悲為懷，奴婢感激涕零。」

一場熱鬧的大戲就這麼收場了，后妃們都有些意興闌珊，紛紛起身蹲安告退。皇太后朝地上人擺了擺手，「起來吧，不鬧起來還不知道有這樣的內情。既然都說開了，收拾起來早些去吧，留下也不成個話。」言罷甚感頭痛，揉著太陽穴往偏殿裡去了。

肖鐸起身，轉過頭來看榮安皇后，眼神恨不得生吞活剝了她。在慈寧宮裡不好發作，待退出慈寧門，外面早有錦衣衛候著了，他一揮手，兩個人上前把陳慶餘的胳膊反剪在背後，押著聽他示下。他猙獰一笑，「活膩了，送進昭獄裡去。先吊著，回頭咱家親自審問。」

陳慶餘嚇癱了，傻了似的被架了出去。榮安皇后哆嗦著，邊上女官攙扶著趁亂想遁逃，被他揚聲叫住了，「趙老娘娘且留步，早該知道這結局的，何必觸這霉頭呢！我原想上回小雙的事叫娘娘看見臣的決心，沒曾想對娘娘沒有半絲觸動。今兒這事倒是個契機，本來忌諱娘娘身分，沒有罪名貿然處置了，皇太后跟前不好交代，現在這難題迎刃而解了。」趦身下令魏成，「把喈鳳宮的人都給我撤乾淨，一個不許剩。今兒起斷了喈鳳宮供應，一切等我審完陳慶餘再作定奪。老娘娘雖過了氣，私通太醫也不光彩，別說謚號，連玉牒裡都要除名！我勸娘娘，活著丟人，不如一條綾子去了倒乾淨，也省得咱家多費手腳！」

榮安皇后瞠大眼睛瞪著他，「肖鐸，你好狠的手段！」

「彼此彼此。」他冷笑一聲，對左右喝道，「還等什麼？把她叉回喈鳳宮，宮門上打發人把守，今天起不許任何人進出，辦去吧！」

魏成忙應了，飛快示意人接手。兩個太監上前，像拉扯刑犯一樣，吭哧吭哧就往夾道裡拖。榮安皇后還在不屈尖叫，被人往嘴裡塞了帕子，後來就嗚嗚咽咽聽不清口齒了。

事情都過去了，音樓腿裡還在打顫。她也說不出話來，剛才的一切都像做夢似的，彤雲保住了命，可是要嫁給肖鐸了。她閉起眼，簡直就像一齣鬧劇，往後的路該怎麼走，她一點頭緒都沒有。

「回去吧！」她拉了拉彤雲，「回去準備準備，妳得早些出宮才好。」

肖鐸有話同她說，礙於大庭廣眾下不方便多言，只得眼睜睜看她去了。

他回過身來，放眼望去，天是瀟瀟的藍，再明麗，看上去也顯得孤淒。

只怪發現得太晚，紅花只能墮胎不能避子。噦鸞宮裡沒有派嬤嬤，兩個年輕女孩子什麼都不懂。剛才醫正給他使眼色，就說明彤雲的確是有了身孕，脈象上可以敷衍，驗身卻無論如何都逃不脫。一個皇帝、留宿一宿，兩個女人都開了臉，怎麼說得過去？他要是不站出來，彤雲必然是個死。人在生死面前，什麼情義都是空話，若是把老底一股腦兒交代，那大事可就不妙了。東廠再了得，不過是個刑偵的機構，玩陰的可以，明著來還是有顧忌。大鄴的五軍都督府就駐紮在皇城裡，在他沒有完全控制錦衣衛之前，任何妄動都是送死。

所以只有轉圜，三個人的關係變得尷尬，但是不影響什麼。彤雲控制在他手裡才能讓他放心，倘或隨意放出去或是找個人配了，好比頭頂上懸著一把刀，不定什麼時候就要落下來。

曹春盎伺候他回司禮監，輕聲問他：「乾爹真要迎娶彤雲姑娘？」問完了自己不滿地嘀咕，「兒子是盼著乾娘呢，沒想到最後是彤雲！」

肖鐸不理會他，只問：「給皇上引薦的道士帶來沒有？」

曹春盎應個是，「太宵真人已經在宮門上，只等乾爹的令就可進宮來。」

當今聖上是一天一個方兒的折騰，近來頭暈體虛，太醫院開了藥也沒用，沒想到被一包香灰吃好了，這下子悟上了道，一發不可收拾。

要想隨心所欲，皇帝太聖明不是好事。他收羅了不少各地奇聞，都是關於道教的，如何煉丹長生不老，如何得道白日飛升，把個二五眼皇帝唬得一愣一愣的。心生了嚮往，一切都好辦。要仙人指引，就出去尋訪；要煉丹鼎爐，就花重金購置。橫豎皇帝要稱心，全按他說的辦，國庫空虛也好、民不聊生也罷，全不在考慮之中了。

他出門，親自引了太宵真人往乾清宮去。皇帝一見道士的平冠黃帔，立時被這身道骨仙風折服了，下了寶座以禮相待。太宵真人會些小把戲，左右環顧，斷言乾清宮有陰靈作祟，以至於皇上晨昏神思不得清明。於是桃木劍左劈右砍，一道符紙當空一拋，刺中了浸泡在瑤池仙水裡，整個銀盆都紅了，這叫殺鬼見血，替皇上清理了業障。

皇帝頓覺眼前一亮，「果然好仙術！真人若願留下，可封國師矣。」

肖鐸斂袖笑道：「道家手段頗多，驅邪伏魔、消災祈禳，全憑個人意思。不瞞皇上，臣以往是不信這些的，那天拜訪真人，路上遇見一大家子圍著一個落水的婦人嚎哭，那婦人已經氣息全無，四肢也僵硬了，沒想到真人念了幾句咒便將人魂魄招了回來，臣旁觀過後大受震動。如今皇上要封國師，臣以為名至實歸。」

太宵真人謙和一笑，「舉手之勞罷了，也不是什麼高深的法術，不敢在皇上和督主跟前賣弄。」

「好、好……」皇帝卻滿心歡喜，攜了仙人手問，「朕是一國之君，雖一心向道，畢竟肩上擔著江山社稷。若不出家，道行是否會大打折扣？」

太宵真人捋著鬍鬚道：「出家道士在道觀內，所受拘束多了，只為個人修行，很難修道有成。火居道士卻不然，世間俗務纏身尚能注重道教傳承，一切順其自然，待到功成之日，道自然而來。」

皇帝喜出望外，「如此甚好，國師打消了朕的顧慮，便可全心全力供奉老君了。」回身對肖鐸道，「傳令下去，在西苑興建宮觀，朕要跟隨國師靜心修玄。」

肖鐸長揖道是，看準了皇帝這會兒五迷六道，趁機上奏：「臣今早的疏議還要討皇上一個示下，錦衣衛拿人向來要由司禮監出具印信，如今指揮使郭通率緹騎詐偽，進出關防、下衙門提審全不需僉簽駕帖，如此大權獨攬、目無法紀之事，還請皇上裁度。」

皇帝哪有時間過問這個，潦草應付道：「朕已悉知，一切都交由廠臣料理，毋須問朕。」說著引真人往齋宮，講經論道去了。

他直起身來，長長鬆了口氣。回過頭吩咐閆蓀琅，「著東廠拿人，讓大檔頭持咱家信物，倘或膽敢反抗，格殺勿論。」摘下牙牌一拋，自己背著手緩緩踱過了隆宗門。

曹春盎在邊上呵腰侍候，他遠眺宮牆上的那片藍天，喃喃道：「春子，你說她會怨我嗎？」

曹春盎回過神來，知道他說的是端妃，便道：「娘娘識大體，也知道今兒這局勢沒有退路。何況乾爹迎彤雲過門不過是幌子，娘娘心裡有數，不會怨恨您的。」

他摘下蜜蠟珠串茫然數著，過了很久才道：「府裡趕緊布置起來，儘快接彤雲出宮。她在宮裡夜長夢多，沒的再出什麼岔子，神仙也救不了了。」

第八十二章　參差雙闕

皇太后的懿旨下得也挺快，第二天傍晚就到了。彤雲托著手諭愣神，回過身來看她主子，蹭過去，不知道說什麼好。

音樓還在打點，把首飾匣子捧出來，揀好的給她包上，一面道：「出閣有個出閣的樣子，我是頭回嫁丫頭，不知道怎麼料理呢！妳瞧瞧，缺什麼妳說，我讓人到庫裡取。」

彤雲拽住她的胳膊，「奴婢就覺得自己成事不足，要是早早的發覺自己身子不對付，也不會鬧得今天這地步。這叫什麼事呢！我盼著您能和肖掌印成事的，沒想到最後嫁他的變成了我。您怨我嗎？我知道您怨我，我簡直沒臉見您了。」

音樓也揪心掙扎，可是這份委屈和誰去說？彤雲走到今天也全是為了她，要不是她替她侍寢，自己和肖鐸早就斷了。時運不濟沒法子，一晚上就坐了胎，老天爺太會戲弄人了。最委屈的還是彤雲，懷著孩子，不能和自己男人有個結果，跟了肖鐸也是個不尷不尬的身分，她心裡的苦處必然不比自己少。

「妳別這麼說，再說下去我該挖個洞把自己埋起來了。」她拉住彤雲的手，引她在羅漢榻上坐定。兩個人對視了好一會，都覺得很難堪。她嘆了口氣，問她：「這會兒覺得怎麼樣？才剛良醫所的醫正說了，妳是體虛蓋住了孕症，不大好斷，這才耽擱了時候。現在這樣也好，到了宮外強似在宮裡擔驚受怕。肖鐸面上難處，其實他是個好人，妳在他身邊，我也能放心。」

彤雲卻哭喪著臉說不，「肖掌印這會兒八成恨我恨得牙根癢癢呢，我怕是一到提督府就被給他弄死了。」

音樓啞然失笑，「怎麼會呢，妳別瞎想。」

「是真的，上回您中毒，您沒看見他怎麼對付我，恨不得把我活撕了。眼下和他拜堂，不把我腦袋擰下來才怪！」她往她身邊靠了靠，「主子，曹春盎不是給咱們送過紅花嗎，我把藥喝了吧！孩子這會兒小，打下來就成了，我還想留在宮裡伺候您。您身邊沒個知冷熱的人，我就是死也上不了路。」

音樓看著她，替她捋了捋鬢角的髮，眼眶一紅道：「別混說了，什麼死不死的，花大力氣圓了謊，就是為了再叫妳死一回？妳別怕，我想法子遞封信給他，請他好好待妳。我這輩子沒福氣嫁給他，妳就再替我一回，和他拜堂成親，跟在他身邊代我照顧他。妳比我腦子好使，不像我，天生是個累贅，要他操碎了心周全我。現在想想，這樣的結局是最好的。妳對我的情，我自己還不了，讓他幫著還。我也不知道自己將來是什麼命運，與其大夥不死不活在宮裡耗著，妳出去了，比兩個人困在一起強。也別說打胎的話，女孩打胎是好玩的嗎？有了不要，想要的時候懷不上，那才是罪過呢！再說老佛爺賜了婚，妳不出去就是抗旨，木已成舟了，咱們大夥想著怎麼過好是正經。就是……我真捨不得妳，妳一走，我連個說話的人都沒有了。」

主僕倆說到傷心處抱頭痛哭，彤雲直捶肚子，「也是個孽障，就這麼不請自來了。」

音樓忙壓住她的手，「妳怨他做什麼！他是自個兒願意來淌渾水的嗎？也是個可憐孩子，要是托生在富戶人家，不知道多少人盼著他呢！妳好好作養身子，畢竟是妳身上的肉。我沒能在皇上跟前保妳晉位已經太對不住妳了，讓妳把寶寶生下來，也算贖了我的罪。」

彤雲呆坐著，自己想想還是沒有出路，「怎麼生呢，就算借著肖掌印的排頭出去了，他是個太監，憑空來個孩子，也說不過去。」

音樓垂頭喪氣，「這是個難題，還是得聽他的意思，看他有什麼法子沒有。或者把妳藏在別院，等孩子落了地再回來，對外就說是抱養的，也成。」

正商量呢，啓鳳宮裡又傳來了哭聲。噦鸞宮和啓鳳宮是前後街坊，隔了一堵牆，大點的動靜這裡都能察覺。彤雲瞧了她主子一眼，低聲道：「活該，好好的日子不過，非攪得大家不安生。這下子好了，惡人自有惡人磨，遇上個手黑的肖掌印，就看著她活活餓死吧！」

音樓垂著嘴角嘆息，這榮安皇后說起來也是個可憐人，以前萬丈榮光養成了個強脾氣，死都不肯認命，才落到今天這步田地。太后不過問，現任的皇后八成盼她早點死，合德帝姬心眼好，可她連她都得罪了，誰還能去救她？

她嗟嘆一陣，轉身接著收拾，雖說知道是演戲，該有的排場也得像樣。肖鐸因為被賜了婚，反倒來不了了，叫曹春盎送了兩回東西，說府裡都布置得差不多了，明兒就開宴把人接過去。

她的男人，娶了她最好的姐妹，她知道自己不該心窄，可一個人的時候還是忍不住垂淚。她想嫉妒吃味，可惜連個由頭都沒有，自己心裡憋得難受，就是說不出來。

彤雲寬慰她，「主子，您別吃心，我敬畏肖掌印都來不及，不敢打他主意。您放一百二十個心，他還是您的，跑不了。」

音樓強撐面子應付，自己心裡明白，他們真拜了堂，往後大夥都硌應得慌，看見他就想起彤雲，哪怕他們有名無實，他也再不屬於她一個人了。

她強顏歡笑實在累，打發她道：「眼看著天黑了，妳去歇著。如今不像從前，太勞累了虧待孩子。」揚聲叫底下小宮女，「攙姑姑回梢間去，明兒出門子，今晚上好生睡個囫圇覺。」

彤雲一步三回頭去了，她轉身去開螺鈿櫃，取袱子出來包東西。新做的幾身衣裳她還沒捨得穿，全給彤雲吧！晉封時候皇帝賞的頭面原就該是她的，也一併帶出去。收拾好了包裹再想想，把現有的金銀錁子都包好塞進包袱裡。一切都料理完了，她站著無事可做，坐下來發了會兒愣。後面喈鳳宮裡嚎得人心頭發涼，榮安皇后斷水斷糧快兩天了，這麼下去恐怕真要餓死了。

心裡亂糟糟一團，騰挪到南炕上做針線，一塊鴛鴦枕巾繡了兩個月還沒繡完，要是早知道有今天這齣，早點完了工好給彤雲添妝奩。

燭火跳得厲害，她揭了燈罩拿剪子剪燈芯，好好的來了一陣風，把火苗吹得東搖西晃。抬頭看，落地罩外進來個人，走到她跟前也不言聲，在炕桌另一邊坐了下來。

她把花繃放在笸籮裡，「你怎麼來了？外頭不是下鑰了嗎？」

他「嗯」了聲道：「我要過門禁，沒人攔得住我。今天懿旨發下來了？」

她點了點頭，「我這已經籌備起來了，小春子中晌送紅綢來，說府裡都安排妥當了，宴席備了多少桌？朝裡同僚八成都要走動的。」

他略沉默了下才道：「那些都交給底下人去辦了，又不是什麼高興事，我也沒心思過問。」說著探過來牽她的手，「音樓，這是逼不得已，妳別難受。等面上敷衍過去，彤雲還是處置了吧！留著終究是禍害。妳要是早答應，就沒有今天這種事了。」

音樓惶然抬起眼來看他，「什麼叫處置了她？」

他說得心平氣和，「這世上有哪個奴才能一輩子對主子忠心？她眼下懷了孩子，心思還和從前一樣嗎？萬一回過神來，想讓孩子認祖歸宗做皇子，到時候怎麼辦？她手裡捏著咱們太多的祕密，要叫我放心，除非她永遠開不了口。」他在她手背上慢慢地撫摩，「妳心太軟，這樣可不好。人心隔肚皮，今兒掏心挖肺，明兒就捅妳刀子。我之所以把她討出去，可不是為了和她過日子的。她到了宮外，解決起來方便得多。咱們要成事，少不得犧牲個把人。妳也別說我心狠，我全是為了咱們的將來。」

音樓白著臉搖頭，「不能這樣，她沒做錯什麼，不能殺她。哪怕是設法把她遠遠送走，好歹留她一條命。」她心裡害怕，幾乎是在乞求他，「我知道你想得比我長遠，可是彤雲千萬動她不得。我娘家親人不親，你也看見的。音閣留在北京，和皇上偷雞摸狗多少回，從不到我宮裡來坐坐。上回慧妃問起我，我都不知道怎麼接人家話茬。彤雲就像我的親人，她一心為我好，比親人強百倍。你殺她，我成什麼人了？她才剛也和我說來著，怕你要她命。她是聰明人，必定管得住嘴的，你行行好，叫她平平安安把孩子生下來吧！」

女人吶，就是頭髮長見識短！他無可奈何，沉吟了會兒才道：「那就只剩一個辦法了，孩子是務必要生的，落了地就遠遠送到外埠去，叫她不知道下落，也好牽制她。」

人到底都會替自己打算，音樓權衡很久，這已經是他作出的最大讓步了，再要求別的，恐怕是在自尋死路。她頷首道：「只要不動彤雲……」說著頓下來，臉上浮起一層愁苦，「其實她是個好姑娘，如果咱們不能有將來，她在你身邊，尚且可以彌補我的缺憾。如果能行，你和她……」

他眉頭一擰，「別說胡話！那件事妳知道就罷了，多個人攪和進來，嫌我命太長嗎？我說過的，我沒那麼愛將就，誰都能過日子，我找妳幹什麼？」

她聽了低頭抽泣，「可是我心裡好難過……我對不住彤雲，也捨不得你。說起你們成親，就像拿刀活剮我似的。我一直想嫁給你，可是不能夠，你曉得我多眼紅彤雲嗎？」

她哭得他束手無策，唯有開解她，「都是做戲，妳明知道的。等這事一過，我就讓人把她送走，往後顯了身腰，北京城裡也待不下去。」說著離了座來抱她，「妳可算嚐到我當時的痛了吧？聽說妳進了幸，我心裡就是這滋味。」

她扭過身來偎在他脖子上，「咱們你來我往的算扯平了？」

他一手壓住她小小的腦袋，在她額上親了口，「會好起來的，慕容高鞏眼下迷上了道術，打算移宮到西苑去，等他一走，咱們能轉騰的空間就更大了。只要把號令緹騎的權奪過來，我就有底氣和五軍都督府抗衡。紫禁城裡沒有人能掣肘，還有什麼可叫我忌憚的？到時候妳有意犯個錯引老佛爺發落，略使些手段我就能把妳接出宮。」

音樓心裡燃起了希望，歡喜得坐不住，搖著他的胳膊問：「是真的嗎？你說話算話？」

他笑起來，「三天沒見，腦子都不好使了？我何嘗騙過妳？就像妳說的，和家人不親，沒了彤雲，妳還有我。我比奴才更忠心，而且能保證忠心一輩子，妳永遠不需要提防我。」

她上去摟住他的脖子，蹬掉了腳上的軟鞋踩在他腳背上，仰臉道：「有你這句話我就安心了，可是宇文良時那裡怎麼料理呢？」

他攬緊那纖腰，在一片柔豔的燈光裡負載著她慢慢挪步，她就那麼掛在他身上，像一簇依樹而生的菟絲花。分開這樣久，到一起都是匆匆的，人前小心翼翼，他甚至記不清上回在太陽底下正大光明打量她是什麼時候了。

他低頭在那嫣紅的唇上親吻，「為什麼要料理？他要顛覆朝綱就由得他吧！這江山又不是我的，我得逍遙時且逍遙，只要有妳在我身邊，管他誰做皇帝。」

皇帝昏庸，底下人才好混水摸魚，要換了個精明人當家，他這樣的是斷容不下的。她貼在他身上惆悵不已，「到時候咱們只好離開大鄴到別處去了，走得遠遠的，誰也找不到咱們。」

他笑了笑，小聲道：「通州碼頭停了艘寶船，是我偷偷安排在那裡的。船上什麼都有，哪天見勢不妙咱們就跑吧，不拘去哪，到番邦隱居也不錯。」

彷彿那種生活觸手可及似的，彼此緊緊依偎，堅信走過這段波折就順遂了，以後有大把的時間可以彌補之前的遺憾。眾目睽睽下大聲地笑、放肆地手牽著手，誰也不能把他們怎麼樣，想起來就讓人快活呵！

他按在她腰背上的手漸漸滑下去，落在緊實的臀瓣上，嗡噥道：「我今兒不想走，至少前半夜不走，成嗎？」

她當然想留他，高抬起手來撫他的臉，廣袖落下去，露出雪白光潔的臂膀。他見勢立刻追過來，楸住了仔細地吻，從手腕一直到肩頭，可是她卻笑著往回縮，「不成啊，小不忍則亂大謀。」

他喪氣地蹙起眉，暗道這丫頭，突然長出心眼來了。正懊惱，隱約聽見有悲鳴，高一聲低一聲，九泉底下飄上來般。他不耐煩道：「陳慶餘那頭都招了，明兒回稟了太后，這事該有個了斷了。」

她遲疑了下，「你是說他們真有染？不是你屈打成招吧？」

他瞪了她一眼，「妳糊塗嗎？她如今這樣處境，沒這層關係，哪個會冒這份險？一個小小的太醫，能得皇后垂青，腦子一熱連命都不要了。可惜她所託非人，草芥子一樣的下九流，能幫襯到她什麼？她要是識時務，就不該來招惹我，這下子倒好，害人終害己。送她一程好叫她上路，一切都是她自找的。」

第八十三章　蕭條自傷

肖鐸果真是個說到做到的人，第二天是他大婚的日子，他完全沒有討利市的想頭，或者根本不在意吧，從議事處散出來便去了慈寧宮。

皇太后心裡也有底，榮安皇后這回的確是得罪了他，自己身又不正，結果被人拿住了把柄。她有些悵然：「可憐她寡婦失業……」話說半句又咽了回去，人證物證俱在，倘或有個偏頗，後宮那麼多宮眷都看著，豎了這個榜樣，往後還得了！太后閉了閉眼，「賞她個全屍吧！」

他行了禮退出來，宮門上早就有人候著了，兩個膀大腰圓的太監看他眼色行事，進喈鳳宮把人叉出來。中正殿是紫禁城裡的誅仙台，不管你品級高低，賞了綾子就得去那裡上路。他掖手站在門墩前，見人來了便在前面開道。今天天色不大好，昏沉沉的，似乎要下雨。南北看，筆直的甬道上人影全無，大約各宮都知道這事了，怕觸了霉頭，有心避諱。

寒風瑟瑟，像牛芒細針，從領口袖口裡鑽進來，直插心臟。榮安皇后仰頭往上看，宮牆頂上一顆枯草吹得折了腰，一切都是灰濛濛的。她做了十一年皇后，臨了連個送行的人都沒有。三天沒吃飯了，卻也不覺得餓，只是腿裡乏力，走起來艱難。進了中正殿的宮門，那正殿像個張開的巨口，叫人心生懼意。

她如今已經沒有什麼可反抗的了，橫豎到了這步，再往前一點就超脫了。兩個宮人把矮桌搬到廊子底下，桌上供著吃食，那是她的斷頭飯。她在中路上站定了腳，看了肖鐸一眼，

「把他們支開，我有話同你說。」

他原不想聽，念在她曾經提拔過他的份上，姑且按她說的去做了。

她沉默了下，「你真的那麼恨我？」

他說：「我給過妳機會，妳自己沒有珍惜。」

「你知道我為什麼這麼做？」她眼神哀戚，嘴唇顫抖著，站在風裡搖搖欲墜，「因為我嫉妒。我承認，剛開始你在我眼裡不過是個消遣，互相利用各取所需，應當沒有感情的。可是自先帝駕崩，我所有的支撐都垮了。別人指望不上，唯有你……我甚至不恨你幫助福王奪位，只要你還能顧全我，前皇后便前皇后吧！但是出現了步音樓，一個跳牆掛不住耳朵的傻丫頭，哪點叫你念念不忘？你為了她多番違逆我，到底我在你眼裡算什麼？」

他表情淡漠，連聲音都是沒有溫度的，「妳想知道？妳對我來說是雇主，有錢有權我替妳賣命，如今妳什麼都沒有了，我念在往日的恩情，也願意保妳榮華到老，只可惜妳並不領我的情。至於音樓，她不過太年輕，從來沒有受人重視，活在夾縫裡，活得戰戰兢兢。所以不要說她傻，妳這麼說她，我會忍不住再殺妳一回。」語畢往臺階上比比手，「時候差不多了，娘娘用飯吧！妳放心，妳雖入不了皇陵，我另外替妳修墓，不會叫妳曝屍荒野的。」

她聽了苦笑起來，「原來我的結局還不如邵貴妃，至少她能陪在先帝身邊。我呢？連個妃園都進不去。」

「這樣不好嗎？」他側目看她，「這一生是黃蓮鍍了金，我勸娘娘來世莫再入這帝王家，小門小戶裡過日子，能夠安享天年最要緊。」

他對送人上房梁這套不怎麼感興趣，料著話也說得差不多了，揚聲喚人進來。暢蔡春陽撫膝上前唱了個喏，對榮安皇后道：「奴婢伺候娘娘。娘娘用些飯，下去道兒長，吃飽了好上路。」

她傲然抬高了下巴，蔡春陽見她不挪步便伸手來拉她，被她狠狠一把格開了。中正殿前有口金井，平時不上橫木，她寧願自己死，也不要被人架住了往脖子上套繩圈。回首看了肖鐸一眼，冷笑道：「我若陰靈不遠，就等著看你如何求而不得，身敗名裂！」

大夥一個閃神，她提裙便往井亭那跑。蔡春陽要攔也來不及了，只見裙角一旋，井裡水聲轟然四起，再要論長短，榮安皇后早就不見蹤影了。

肖鐸拿手絹掖了掖鼻子，邊往外邊吩咐，「回頭把人撈起來停在安樂堂裡，著裘安打點，在城外建了墓地再通知她娘家人。宮廷醜聞，傳出去不好聽。叫她娘家人管住嘴，祭奠祭奠就罷了，別整出大動靜來，顧全些臉面。」

出夾道口的時候恰巧碰上了合德帝姬，她前兩日傷風歇在宮裡，她嬤嬤關起門來到處薰醋，連外頭出了這麼大的事都不知道。眼下遇見了，她愣著兩眼看他，「你打哪來？」

他行了一禮，「從中正殿來。」

她往他身後張望，蹙著眉頭喃喃：「要足了強，最後落得這樣下場，何必呢！」又問他，「聽說你今兒娶親？」

他怔了下，她不提起，自己簡直要忘了。

帝姬只是輕嘆，自覺和他遠了一重，好些話也不方便說了。初聽聞他問皇太后討了彤雲，真讓她大吃一驚，還琢磨是不是自己弄錯了。後來想想他們裡頭故事多了，自己一個局外人看得似是而非，也不好隨意打聽，便不再多言，轉身朝噦鸞宮去了。

天還沒黑，過大禮要到晚上，這會兒音樓正忙著給彤雲上頭。本來一個宮女出嫁，不興那麼多講究，大不了換身朱衣就算天大的面子了。但他們不同，是皇太后賜婚，又礙著肖鐸的身分異於旁人，掌印嘛，天字第一號的，所以彤雲可以戴狄髻插滿冠，打扮全照命婦的排場來。

帝姬進門，坐在檻窗下旁觀，笑道：「果然人靠衣裝，宮女常年穿紫袍戴簪花烏紗，瞧上去一個模子裡刻出來似的，這麼一打扮，和以前大不一樣了。」示意隨行的女官把賀禮呈上來，和煦道，「今兒是妳的好日子，這是我的一點意思，給妳添妝奩的。」

彤雲忙蹲身下去，「謝長公主的賞，奴婢微末之人，勞動長公主大駕，真不好意思的。」

帝姬扭過身子端茶盞，應道：「我和妳主子常走動，妳出門，我理應來盡一份心，也不枉相熟一場。只可惜了咱們在宮裡討不得妳的喜酒喝，」探過去拉了下音樓的衣袖，「彤雲走了，我料著妳也寂寞。回頭我吩咐下去，今晚上不回毓德宮了，在這裡和妳作伴。旁的沒什麼，萬萬別遇上萬歲爺翻牌子才好。」

音樓有些難堪，「我在宮裡出了名的留不住皇上，妳不知道啊？」

她當然知道，聽旁人說酸話都聽了多少回了，她那位姐姐雖然藏著掖著，所受的帝幸卻無人能及。皇上這會兒遷到西苑煉丹，據說步音閣悄悄跟著一道去了，這下子是老鼠落進了米甕裡，要不是礙著她是南苑王寵妾，只怕老早就下旨冊封了。

帝姬想起她那哥哥就皺眉頭，虧他有這個臉，臣子的女人，說霸占就霸占了。南苑王怪可憐的，一走三個月，再進京發現物是人非，也不知是個什麼想頭。

她抿口茶道：「皇上煉丹煉得正火熱呢！據說打算造丹房，那個太宵真人常睡夢裡溜達上天的，說仿著太上老君的來，妳道好笑不好笑？前兒早上我遇見皇上，他說煉成了給我送兩丸嚐嚐鮮，我可不敢。往裡頭加那些個烏七八糟的東西，萬一吃死人怎麼辦？」

音樓對煉丹很好奇，坐在杌子上打探，「妳說真有長生不老的仙丹嗎？」

帝姬葫蘆一笑，「要有，秦始皇也不死了。我只知道皇帝玩物喪志不是好事，歷朝歷代妳去瞧，哪個信佛通道的人君能治理好國家的？如今朝政他是不管了，好在有廠臣，樣樣能幫襯上，否則這偌大的社稷，乾放著怎麼料理？我知道他心裡大約也忌憚，看元貞皇帝早逝，難免憂心起自己的身子。要我說那些都是假的，修身養性才是延年益壽的良方呢！」

音樓和彤雲一道笑起來，「可惜妳不是個男兒身，要不也能支撐起大鄴的半壁江山來。」

大夥揶揄調侃，不知不覺時候漸晚了，往外一瞧天擦了黑，不一會兒門上曹春盎進來，對帝姬和音樓行禮，復對彤雲跪下，磕頭叫了聲乾娘，「兒子打發人抬肩輿來，順貞門上停著花轎，等到宮外再給乾娘換代步。」

彤雲被他叫得發懵，張惶回頭看音樓，音樓起身，親自挽了包袱遞給曹春盎，笑道：「這是小春子的禮數，該當的。花轎既到了就走吧，別誤了吉時。」

闔宮的人都送她，等她上了肩輿，音樓上去給她放蓋頭，在她手上握了一下，「別忘了我說的話，到那好好的，當心身子。得了空常進宮來坐坐，再不然托人捎信進來，我在宮裡閒著沒事，時候長了沒消息叫我掛念。」

彤雲應個是，略躬了躬身，排穗簌簌輕搖，她在蓋頭後面齉著鼻子說：「主子，奴婢去了，您也要好好保重，過陣子我一定進宮來瞧您。」

音樓道好，往後退一步，裹著紅綢的滑竿上了肩，一路寂靜往夾道深處去了。

帝姬也有些惘惘的，一直目送著，直到拐彎看不見為止。「回去吧！」她嘆了口氣，「就這麼嫁了，心裡怪難受的。」

音樓想像不出提督府眼下是怎樣的一番熱鬧景象，一定是客來客往、高朋雲集。再看看這噦鸞宮，總覺冷清沒有生氣。還好有個帝姬陪著她，這月令，晚間已經點薰籠了，音樓要了壺酒，揭開籠罩溫在裡頭，兩個人坐在月牙桌旁，喝酒佐茴香豆。

「榮安皇后死了。」帝姬說，「我來的時候在夾道裡碰見廠臣，他剛從中正殿出來。」

音樓打了個寒噤，「死了……」一條人命就這麼沒了，突然有點看破生死的意思。人活著，今天不知道明天光景，也許一不小心命就丟了。

帝姬呷了口酒道：「死了，死在中正殿，大概是賜了綾子。這帝王家……說到底就是這麼回事。各人自掃門前雪，宮裡本來就不能談感情。榮安皇后與人不善是這樣，換個老好人受了難，其實也是這樣……我問妳，妳今兒難過嗎？」

音樓被她問得發愣，稍頓了下老實點頭：「有點呀。」

帝姬不知道怎麼安慰她，因為她從來沒向她透露過真實感情，一切都是自己瞎猜罷了。她捏著酒盞和她碰杯，「咱們沒喜酒喝，自己也得找點樂子。來，乾杯。」

音樓回敬她，一仰脖子灌了進去。擰眉咂嘴，覺得花雕的味不算太好。不過你來我往幾輪，慢慢服了口，就咂出些味道來了。

「妳和廠臣是怎麼認識的？我聽說很有意思。」帝姬托腮問，「他救了妳的命是嗎？」

她「嗯」了聲，低頭道：「我那時本該在中正殿吊死的，是他提前讓人把我放了下來，雖說他是受命於皇上，可我心裡真正感激的還是他。沒有他我這會兒早死了，也不能坐在這陪妳喝酒了。」

帝姬笑道：「緣分有時候說不清，沒想到他最後娶了妳身邊的人，妳也算做了回月老。」

「是啊……」她屈起胳膊，把臉枕在肘彎上，喃喃道，「真好……妳說彤雲這會兒該到了吧？那麼多人觀禮，新郎新娘拜天地，結髮為夫妻，恩愛兩不疑……」

她說得好好的，突然頓下來，把臉埋進臂彎裡，嘟囔了句真睏，可是帝姬分明看到她顫抖的肩背和緊握的雙拳。她不好直隆通寬慰她，所以靜靜在她身邊陪著她，是她唯一能為她做的了。

音樓知道自己失態，緩了很久才緩過來。酒氣衝頭，手腳發冷，臉頰卻熱烘烘燎人。她站起身挪到薰籠前，提起蓋扣上去，透過勾纏的鏤空雕花往裡看，爐膛裡燃著紅籮炭，那炭是炭中最上等，渥在那裡，火光綽約，若有似無的藍，稀薄跳動。坐下來探手去捂，視線也挪不開，看著看著，彷彿穿過縱橫的街巷，一直抵達提督府上空。俯視下去，他穿著公服，烏紗帽兩側簪花，站在臺階最高處，臉上帶著公式化的微笑。新娘子從中路那頭過來，他眼睛裡看不出悲喜，只是笑著，到他面前，他把她的手攏在掌心裡……

不敢再想了，她捧住了臉，指縫間冰涼一片。

第八十四章　春色可替

跨馬鞍，跨火盆、拜天地，眾目睽睽下攜手入洞房。

洞房裡的布置紅得扎眼，進了門該喝交杯酒了，肖鐸把人都打發了出去，新娘子揭了蓋頭在桌旁坐下來，喘著氣笑道：「托乾爹的福，我這輩子也能當回新娘子。」邊說邊摸索著拔下狄髻上的頭面感慨，「女人辛苦，一腦袋首飾怪沉的，把我的脖子都舂短了半截。」

肖鐸調開眼，賊頭賊腦的半大小子，穿金戴銀塗脂抹粉，多看一眼都能叫人吐出來。關於拜堂的事，他終究不能對著一個陌生女人彎下腰去。這是人生的大事，禮一成，就算自己不承認，事實上那個人已經是你的女人了。就像銀錠上打了簽印，要抹去除非重新煅造。還好有這個乾兒子，要緊時候派得上用場。他身量和彤雲差不多，裝扮起來蓋上蓋頭，誰也看不出端倪。這是臨時起意，但能叫人心裡稍感安慰，將來要散夥，也不至於愧對彤雲。

曹春盎想起今早他乾爹看他的神情就覺得好笑，在司禮監圍著他打轉，把他嚇得渾身寒毛直豎。他實在受不了了，佝僂著身子表忠心：「乾爹有事兒只管吩咐兒子，兒子肝腦塗地為乾爹效命。」

他乾爹撫著下巴問他，「會學女人走路嗎？」

太監整天和宮妃宮女打交道，再說身上缺了一塊，有意無意也往那上頭靠。便應個是，花搖柳顫走上幾步給他乾爹瞧，他乾爹大為贊許，「準備一抬小轎，從角門上把彤雲接進後院，花轎你來坐，過禮也全由你頂替。」

他愣了好半天，「乾爹呀，男人和男人也不能隨便拜堂，拜了堂就是契兄弟[1]，您是我乾爹，輩分不對……」話沒說完腦袋上給鑿了個爆栗，後來不敢多言了，怕多嘴挨揍。

好在流程走完了，後面就剩交杯酒了，他嬉笑著倒了兩盞，覥臉遞過去，「善始善終嘛，把酒也喝了吧！」

肖鐸白了他一眼，「彤雲都安頓好了？派人前後把守住，別叫她有機會捅婁子。」

曹春盎訕訕的，把兩杯酒都悶了，抹抹嘴道：「乾爹放心，兒子早就布置好了。您只管上外面招呼客人，後頭有我呢！我去看著，保證出不了岔子。」

他「嗯」了聲，到鏡前整了整衣冠，出門應付酒席去了。

他一向不擅飲酒，喝幾口就撂倒的名聲早已遠播，朝中同僚來參加婚宴，本來抱著討好攀附的意思，絕不會像外間那樣，勸酒灌酒無所不用其極。大家知趣，小來小往，點到即止。他穿梭在賓客間，潔白的手指捏著一盞芙蓉杯，游刃有餘的模樣，就是新晉的狀元郎都不及他那派儒雅風采。

于尊也來賀喜，東西廠暗流洶湧，面上光彩，各人心裡都有一桿秤，好賴還是分得清的。「太監娶親，好大的排場！」他哼哼笑道，「瞧瞧這滿朝文武，皇上難得一回早朝都有人

1　明朝中晚期閩南一帶盛行的男同性戀風俗，當男孩長到十六歲左右時，常會認一位年齡稍大的未婚男子為契兄，經過一定儀式後，兩人就像夫妻生活般同吃同睡，直到年長男子結婚。

告假，這位娶活寡奶奶，來得倒齊全。」

「可不！」一桌上全是他西廠的人，竊竊道：「早前的立皇帝，如今皇上移了宮，他可就成坐皇帝了。」

于尊嗤地一聲道：「也得看他有這個命沒有！上回的狐妖案他出力不少，打量咱家不知道。他東廠想一家獨大，西廠也不是吃素的。世人都怕他，咱家可不怕！他不是不喝酒嗎，老子非叫他喝不可！」

一幫酒囊飯袋，暗地裡耍猴似地歡呼起來。眼看著他來了，眾人都站了起來。于尊是副雌雞嗓子，抖呵呵的聲調，像根立在風口裡的破竹竿。

「肖大人大喜啊！」他抱拳道，「前兒就聽說了府上要辦婚宴，今晚過府來討杯喜酒喝。皇太后賜的婚，」他大拇指一豎，「了得！這種好事以往都是背著人幹的，現在名正言順了，您可真給咱們太監長臉！」

太監不離嘴，叫別人不自在，也不在乎是不是連帶著自己一塊損了。肖鐸轉過臉一笑，「于大人氣色不錯，看來最近皇差辦得順遂？」

于尊往上拱了拱手，「托皇上的福，賦稅和徵銀都順順當當的，我還要具本請萬歲爺放心，主子的意思就是奴才的本分，只要主子舒心，刀山油鍋咱家連眼睛都不眨一下。」

肖鐸笑著點頭，「于大人這份忠心叫人敬佩，今兒人多，有不周全的地方還望海涵。在下酒量不濟就不獻醜了，以往公事來往一板一眼，不像現在是私下裡交情，諸位盡興暢飲，千萬別客氣才好。」

通常主家提前打了招呼，有眼色的人客套幾句就對付過去了。于尊不是，他滿臉堆笑攔住了他的去路，「今兒和往常不同，是您小登科的好日子。您瞧咱們來得也齊全，」他蒲扇似的大手豪邁一揮，「我底下當事的檔頭都到了，就是為了來給肖大人敬酒的。您要是推諉，那實在太不給面子了。」

面子豈是人人配討的，只不過今天不宜發作，他耐下性子來笑了笑，手裡半盞殘酒往前一探，「那在下就略盡心意，諸位見諒吧！」

他喝了，可是于尊並不肯就此甘休，吵吵嚷嚷道：「咱們桌上八個人，肖大人只喝半盞怎麼成！來來來，滿上！」碗碟間一只青花纏枝酒壺霍地奪過來，撩袖就要往他杯子裡斟。

借酒蓋住了臉，難辦的事也變得好辦了。于尊興致高昂，以前肖鐸沒少給自己上眼藥，這回也換自己來消遣消遣他。推推搡搡間肖鐸握住了他的手腕，一個小白臉，能有多大的力氣？他壓根沒放在眼裡。可是一陣劇痛襲來，痛得他簡直要失聲。手裡的酒壺懸在他酒盞上方，還沒來得及倒酒，突然啪地一聲四分五裂了。

他駭然抬頭看他，他臉上依舊掛著淡淡的笑意，眉頭卻蹙了起來，「于大人用力過猛了，喜宴上弄碎東西是大忌，莫非于大人對肖某有所不滿？若是為了朝堂上那些過節，朝堂上解決便罷了。今天是肖某的大喜之日，弄得這般光景，看起來不大體面啊！」

賓客們都看過來，于尊一時下不來臺，他隨行的檔頭疲於解圍，牽五辟六怪上了窯口，要不是胎子不好，哪裡那麼容易碎！

肖鐸逐個打量席面上的人，沉下臉道：「這是先帝御賜的貢瓷，東西不好，就要追究地方官員的罪責，可不是隨口一句話就能敷衍的。」

眼看著難以收場，閆蓀琅忙上來打圓場，笑道：「罷了罷了，督主大喜，碎碎平安！于大人也別放在心上，總歸是奉旨完婚，力求盡善盡美。這種事，外頭喜宴尚且忌諱呢，更何況咱們這樣人家！」一頭說一頭招呼小子來收拾，口頭上周全幾句也就完了。

于尊氣性卻很大，拱了拱手道：「今日多有得罪，原想大夥樂呵樂呵，沒想到鬧得這般田地。咱們戳在這也礙人眼，就先告辭了，改日再來登門賠罪。」言罷一拂袖，負氣去了。

眾人面面相覷，這算是東西廠督主明面上頭一回針鋒相對，不知往後會有什麼樣的軒然大波呢！肖鐸倒沒事人一樣轉過身來，笑著招呼大家繼續吃喝，不必理會那些無關緊要的人。

「督主打算怎麼辦？」人群安撫下來，閆蓀琅瞧准了時候低聲道，「于尊這是仗著捐銀的事辦得深得皇上的意，存心到咱們跟前顯擺來了。」

他撫著筒戒哼笑一聲：「他也不瞧瞧這差事是誰派給他的，我能叫他這麼安逸的立功？他西廠捐銀，弄的虎狼模樣，那些富戶，哪家子在朝裡沒有點關係？等錢籌得差不多了，發動他們上順天府告狀去，瞧著吧，一告一個准。皇上要名聲，總得推出個替死鬼來，于尊這會兒張狂，過兩天就落到我手裡了。」

閆蓀琅想了想道：「那些富戶告狀，皇上要辦于尊少不得追繳那批銀子，到時候怎麼料理？」

他調過視線看天幕，夷然道：「進了國庫的銀子再吐出來是不可能的，朝廷了不得打欠條。皇上的欠條，誰敢接？那些人都不傻，這是個人情，全當破財消災，就算把錢堆到他們跟前，我料準了他們也不會收。」

閆蓀琅笑起來，「原來督主都有成算了，這麼的最好，屬下知道該怎麼辦了。」

他「嗯」了聲，「你替我招呼客人，我去去就來。」說著抽身出了前院。

彤雲安頓在音樓住過的那個院子裡，院牆上每隔幾步就有一扇鏤空回紋窗，一路走來且行且看，中路兩側的燈亭前站著人，舉了把銅柄勺正往碟子裡添燈油。他進門去，她早早就看見他了，放下手裡的東西上來蹲安，表情有點難堪，嘴唇動了動，不知說什麼好，到底還是沉默。

「我記得音樓說過，妳以前在別的主子那裡當差，最討厭的就是添燈油。」他朝油桶抬了抬下巴，「今兒怎麼又重抄舊業了？」

她縮脖笑道：「眼下不當差，我閒著不知道幹什麼好。」

「是個閒不住的人。」他道，「妳身邊的婢女是我信得過的，叫她們伺候著，自己小心身子。我也不瞞妳，原先是打算處置妳的，是妳主子好話說盡求我饒了妳，但願她這個決定沒作錯。妳才過門，不能一下子憑空消失，在京裡逗留一個月，然後我叫人送妳上莊子裡待產，生完孩子再回來。畢竟是老佛爺賜婚，人說沒就沒了，萬一問起來不好交代。妳記著，妳能活著全賴妳主子，忠僕歷來不會受虧待，可要是耍花槍，叫我知道了，妳的下場比月白慘一萬倍。」他站在燈火下，白淨的臉孔看起來有些瘆人，睨著眼問，「至於孩子，妳有什麼想法？妳要是想讓他認祖歸宗，宮裡有的是嬪妃願意裝懷孕替妳認下這孩子，究竟怎麼樣，全聽妳的意思。」

彤雲臉上有了怯色，囁嚅道：「奴婢絕不敢有這樣的想頭，主子留著奴婢已經是顧念咱們主僕的情了，我把孩子送進宮，這不是要了主子的命嗎，我絕不能幹這樣的事！」她咽了口唾沫向上看，「奴婢和主子說過想把孩子打掉的，主子念咱們可憐沒答應。督主眼下替奴婢拿個主意吧，督主說怎麼就怎麼，奴婢全聽督主的。」

果然是個聰明人，很懂得生存之道。落在他手裡可不像在音樓身邊可以討價還價，他剛才說送孩子進宮不過是試探，只要叫他看出她有一絲攀龍附鳳的心，必定連骨頭渣子都不能剩了。

還算滿意，他慢慢點頭，「既然音樓想讓妳生，那孩子就留下吧！我還是那句話，好好頤養，孝敬主子要放在心裡，光憑嘴上說沒用。往後自稱奴婢的習慣也要改掉，畢竟身分不一樣了，萬一叫外人聽見不成體統。」

他這口吻簡直叫人害怕，彤雲瑟縮著道是，「那奴婢……我，我往後在督主跟前伺候吧！我答應主子照料您的起居。」

「不必了，我身邊人用得稱手，妳如今身子沉，保重自己才是當務之急，旁的一概不用過問。」他轉身朝門上走，走了幾步頓下來吩咐，「別在外頭晃悠了，萬一有個好歹，我沒法向妳主子交代。」

彤雲蹲身道是，目送他出了院子，忙快步進屋關上了房門。

◆

後來的日子很平靜，兩個多月時間，一眨眼就過去了。

臨近年底，滴水成冰的天氣，西北風呼號起來沒日沒夜。頭一天睡下去還是月朗星稀，第二天一推窗戶已經是白雪皚皚琉璃世界了。

音樓倚在炕桌上看彤雲寫來的信，她在別院學了字，歪歪扭扭寫得不甚好看，但是勉強能看明白。滿紙都是對主子的思念，又說孩子的境況，說肚子大起來了，這陣子長得飛快，站在那裡低頭看不見腳。

屋裡供了炭盆子，她看完撂進炭火裡，火舌翻滾，一團豔麗的亮，轉眼燃燒殆盡。

有時也會回信給她，說說自己的情況。比方肖鐸指派了新的女官給她，她們把她照應得很好；十月裡她病了一回，有幸得皇上賞賜金丹，擱在桌上沒敢吃。第二天嵌進盆栽裡，結果過了半個月，那地方竟然長出了一棵草……

說起皇帝煉丹，這回大有十年如一日的決心，聲稱在國師指引下很受啟發，隨時可能脫胎換骨位列仙班。

帝姬對這個哥哥是無能為力了，提起他就搖頭。宮廷裡的事不讓人舒心，外頭卻另有高興的事。她端端正正坐在炕上，紅著臉說：「南苑王進京了，他上回讓我等他三個月，現在期限到了，不知是個什麼結局。」

音樓蹙眉看她，「妳喜歡他嗎？」

帝姬歪著頭忖了忖，「剛開始不覺得喜歡，後來分開了，倒是越想越記掛了。」

她明白這種感覺，和那時候戀著肖鐸是一樣的。偶爾他會從腦子裡蹦出來，蹦躂得時候長了，漸漸成了習慣，不愛也愛了。可是明知道宇文良時用心險惡，她卻沒辦法告訴她，只得旁敲側擊，「在一方稱王的人心思必然深，這回找時候處處，瞧準了人品再說吧！」

帝姬頷首，才要說話，門上寶珠進來朝音樓蹲身，「主子，姨奶奶來了，在宮門上等召見。您沒瞧見，兩隻眼睛腫得核桃模樣，想是遇著什麼大事了。」

音樓納罕，和帝姬面面相覷。雖說不待見她，既然找上門來總不能迴避，便叫傳進來。看看她葫蘆裡賣的什麼藥，反正這大雪天裡閒著，也是個消遣。

第八十五章　計乘鸞凰

透過檻窗往外看，中路上太監打著傘送音閣過來。她披一件寶藍的鶴氅，乾淨的一張巴掌小臉未施粉黛，看上去氣色不大好。進門來細瞧更覺慘白得厲害，和平時判若兩人。上前向座上請安，本想說話的，看見帝姬便頓住了，拿腳尖搓著地，欲言又止。

音樓頗覺納罕，「姐姐這是怎麼了？受了什麼委屈嗎？外頭冰天雪地的，看凍著了。」示意寶珠往爐膛裡加炭，努嘴道，「橫豎沒外人，姐姐在薰籠上坐著，暖暖身子罷！」

音閣道了謝，細長美麗的眼睛也不像往日那麼有神采了，怯怯看了帝姬一眼，勉強笑道：「長公主也在呢？」

帝姬點了點頭，直白道：「是啊，我也在。怎麼，庶福晉有體己話和端妃娘娘說？我在這裡不合時宜，就先告辭吧！」

她作勢站起來，音閣忙起身壓她坐下，「不不……長公主和娘娘交好，我原沒什麼要緊話，不過進宮來瞧瞧娘娘……」

早不來晚不來，偏南苑王進京了就來，裡頭必然有貓膩。音樓也不忙著追問她，她要是能憋住就不來這一遭了，故意的遠兜遠轉，笑道：「今兒這雪下得好，我做東，都別走，在我宮裡吃飯，下半晌湊上寶珠，咱們摸兩圈。」

帝姬自然是應承的，搓著手說：「許久不摸雀牌，手指頭都不活絡了。以前不沾邊還好些，自打跟妳學會了，簡直像上了癮，晚上做夢還夢見呢！瞧瞧，都是妳帶壞的。」

「怨我？」音樓笑道，「是誰死乞白賴要學，連晚上都不肯回去的？」她們你來我往地戲謔，音閣到底忍不住了，卻也不說話，只是頻頻拿手絹掖眼睛。她這模樣，那頭兩個人終究不能再視而不見了，只得問她，「到底出了什麼事，哭得這樣，眼睛都要擦壞了。」音樓又吩咐底下小宮女打水來給她淨臉，從梳妝檯上挑個粉盒子遞給她，口氣有些生硬，「姐姐別這樣，妳到我這來哭，外人不知道的以為我欺負妳。妳有話就說，這麼半吞半含的，妳不難受我都要難受了。」

音閣道是，挪過來在下首的圈椅裡坐定了，躑躅了下才道：「我們爺來京了，您聽說了嗎？」

音樓「哦」了聲，「這個我倒沒聽說，來京做什麼呢？」

「冬至皇上要祭天地，年下要往朝廷進貢年貨，都是事。」音閣聲音漸次低下去，「可是……我這裡出了岔子，我們王爺跟前沒法交代了。」說完捧臉抽泣起來。

音樓和帝姬交換一下眼色，似乎這岔子不說也能料到七八分了。音樓嘆了口氣道：「我也堪不破妳到底遇著什麼難題了，我在深宮裡待著，抬頭低頭只有巇鸞宮這麼大一塊地方，也幫不上妳什麼忙。要不妳說說，說出來咱們合計合計，出個主意倒是可行的。」

音閣漸漸止了哭，低頭搓弄衣帶，遲遲道：「我說出來怕叫妳們笑話，昨兒身上不好，請大夫看了脈象，我……有了。」

大家都有點尷尬，帝姬嘟囔了句，「南苑王這三個月不是不在京裡嗎？哪來的孩子？」其實也是有心戳脊梁骨，一個人造不出孩子來，還不是偷人偷來的！

音閣臊得兩頰通紅，扁著嘴道：「我是個女人，自己再多的主意也身不由己。娘娘，咱們嫡親的姐妹，您好歹替我想想法子。我昨兒知道了嚇得心都碎了，這種事……我可怎麼向王爺交代啊！」

音樓心裡都明白，她留在京裡是為了什麼？南苑王就差沒把她送給皇帝了，心照不宣的事，哪裡用得著哭哭啼啼！她數著念珠道，「我也想不出好辦法來，要不妳找皇上，請萬歲爺聖裁？妳瞧咱們女流之輩，誰也沒經歷過那個，冷不丁這麼一下子，真叫我摸不著邊。」

她是事不關己高高掛起，壓根不願意淌這淌渾水。音閣也不計較，轉而苦巴巴兒看著帝姬哀求：「長公主心眼最好，您就幫幫我吧！您對我們爺有恩，替我求個情，強過我說破嘴皮子。還有萬歲爺那裡……好歹是龍種，是去是留要聽主子意思。您是主子御妹，您替我討主子個示下，我給您立長生牌位，感激您一輩子。」

帝姬訝然指著自己的鼻子，「我？我一個沒出閣的姑娘，怎麼管你們這些事？」回過神來笑道，「我打從開蒙起嬷嬷就教授《女訓》、《女則》，裡頭的教條從來不敢忘記。如今連聽都是不應當的，更何況摻合進去！我想木已成舟了，說什麼都沒有用。孩子的事，妳不言聲誰知道呢！皇上的子嗣不單薄，序了齒的統共有十一位。妳這的……留不留全在妳。」

音閣被她這麼一說倒是愣了，音樓要笑，忙端杯盞遮住了嘴。音閣進宮不是朝著她，八成是聽了南苑王的指派來和帝姬套近乎，恰好帝姬在她這，這才順道借著看她的名頭進來。他們裡頭爾虞我詐她不想理會，可是音閣懷孕，這倒是個好契機。音樓雖傻，也有靈光一現的時候。她閒閒捏著杯蓋看過去，音閣大約對晉位的事也很感興趣吧！便道：「我有個主意，或許能解燃眉之急。」

音閣轉過臉來看她，「請娘娘賜教。」

音樓道：「咱們一路走來，其實太多的陰差陽錯了。原本該進宮的是妳，我頂替了，妳只能嫁到宇文家。誰知道緣分天註定，兜了個大圈子又回來了。現在眼見妳這樣，懷著身子東奔西跑的求周全，我心裡也不落忍。我瞧出來了，妳和皇上是真有情。要不妳去求求皇上，讓皇上把我的妃位騰出來給妳，只要南苑王那裡不追究，宮裡的事，悄沒聲的就辦了，妳說好不好？」

帝姬愕然瞪大眼睛瞧她，連音閣都有些意外，「這是大逆不道，借我個膽子我也不敢想。娘娘為我我知道，可是……皇上怎麼能答應……」

還是有鬆動的，到底沒哪個女人真正不計較名分。以皇帝昏庸的程度來說，當初的初衷也許早忘了。她往前挪了挪身子，「皇上心地良善，妳同他哭鬧，他總會給妳個說法的。本來這位子就該是妳的，皇上心裡也有數。以前大夥都不認真計較，現下妳有了身子，不替自己考慮，也不替龍種考慮？」

音閣並不知道音樓和肖鐸的關係，作為宇文良時的棋子，唯一的使命就是勾引皇帝，其中什麼利害她一概不通，也沒人把內情告訴她。初是心儀宇文良時，那樣一個英挺的貴胄，又是自己的男人，是個女孩都愛的。正因為愛，什麼都無條件答應。後來見了皇帝，皇帝的溫柔體貼實在令人心醉，一個是藩王，一個卻是一國之君，高下立見。於是愛情轉移了，愛皇帝多過了南苑王，自己當然想求個好結局。

可是當真要奪音樓的位分，那不是與虎謀皮？她遲疑了很久，尤其這個建議是她自己提出的，危險性太大了，靠不住。

帝姬不聲不響，卻明白音樓打什麼算盤。也是的，她在宮裡這樣蹉跎歲月，能逃出生天是樁好事。這些日子和她相處，發現她實在不適合宮廷裡的生活，她和這個紫禁城格格不入，要不是頭頂上有把傘替她遮風擋雨，她連自保的能力都沒有。不過沒什麼心機的人，相處起來叫人放鬆，所以她喜歡她，寧願看見她自由，也不想見她枯萎在深宮中。

「這也是沒辦法的辦法，畢竟茲事體大，什麼都能緩，」帝姬瞥了音閣的肚子一眼，「皇嗣只怕等不得。且去試一試，成不成的再說吧！」

她們異口同聲，音閣不得不靜下心來好好考慮。未必要取代音樓，那麼多的位分，為什麼偏要眼熱一個端妃？皇帝說過愛她至深，這輩子不會再看上別人，那她何不把眼光放得更長遠些？受命於南苑王是不假，也要有自己的打算才好，總不能一直這樣偷摸下去吧！

好話不說二回，音樓全由她自己考慮。起身往牆上掛梅花消寒圖，回過頭笑道：「明兒就冬至了，肥過冬至瘦過年，那天上花園裡去，半道上看見幾十個太監運麵。宮裡人口多，連著趕上三天餛飩皮才夠過節用的。」

帝姬道：「每年餛飩不算，還要吃鍋子、吃狗肉。說起狗肉，狗爺得打發人帶出去，冬至宮裡不養狗，一個不小心跑出去了，打死不論。」

音樓「喲」了聲，低頭看那隻伏在腳踏邊上打盹的肥狗，在那大腦袋上摸了兩把，「這麼好的乖乖，打死可捨不得。」

音閣在旁應道：「我難得來，這狗也和我親，叫我帶出去吧，等過了節再送進來就是了。」

倒不是真的和誰親，這狗就是個人來瘋，見誰都搖尾巴。音樓說不成，「妳懷著身子呢，萬一磕撞了不好。回頭我讓人裝了籠子，太監們下值出宮帶到外頭寄放一天，也不礙事。」

音閣是真的喜歡那隻狗，上回叫人尋摸，天冷下的崽子少，裡頭挑不出好的來，就擱置了。這回聽說狗要送出去，自己心裡發熱，央道：「橫豎裝著籠子，牠也不能胡天胡地亂跑。滿世界打狗呢，託付底下人倒放心？還是給我帶走吧，借我玩兩天就還妳。」

她這麼黏纏，音樓沒辦法，看了帝姬一眼道：「妳瞧著的，她硬要帶走，回頭狗闖了禍可別來找我。」

音閣見她鬆口喜出望外，什麼龍種、晉位全忘了，忙招呼人套上繩圈裝籠，笑道：「妳放一百二十個心，就算叫牠咬了我都不吭聲，反悔的是王八。」

就這麼收拾收拾，打發人提溜上就出宮去了。帝姬靠著肘墊子發笑，「她今兒進宮來是為了什麼？」

音樓心裡明白，為的就是讓她知道她哥哥對不住南苑王，這會兒珠胎暗結了，南苑王何其無辜，遇上這種倒楣事，她這個做妹子的也該跟著感到愧對南苑王。

她笑了笑，「依妳看，音閣會不會去和萬歲爺說？」

帝姬抻了抻裙上膝欄道：「她如今在南苑王身邊待不成了，皇上再不管她，往後日子可難捱。她又不傻，不見得真撬妳牆角，鬧著要晉位是肯定的。」

音樓往外看，雪沫子靜靜地下，倒不甚大，細而密集。一個宮婢端著紅漆盆跨過門檻，腳後跟一抬，撩起了半幅裙擺，出了宮門冒雪往夾道裡去了。

音閣這回沒乘轎子，因著皇上在西苑，她進宮也光明正大不怕人瞧見。南方雪少，不像北方常見，她有這好興致自己走上幾步，並蒂蓮花繡鞋踩在積雪上，發出咯吱咯吱的聲響。她笑著，恍惚回到了童年。跟著父親的烏篷船走親訪友，途中遇上了風雪，忘了是哪個渡口了，總之停了兩天，她還專程上岸堆了個雪人。

穿過御花園的時候也愛挑雪厚的地方走，她身邊的婢女怕她摔著，兩腋緊緊攙著不放。太監們抬著狗籠子跟在身後，狗爺不習慣被關著，在裡頭嗚嗚吹狗螺。她回身看，掩嘴笑道：「可憐見的，關在裡頭舒展不開筋骨。」吩咐太監，「把籠子打開，繩頭給我，我牽著牠溜溜，不會有事的。」

太監們有些為難，她立馬板起了臉，底下人沒辦法，只得把狗放出來，把牽繩交到她手裡。

叭兒狗塊頭不算大，渾身的毛長，直垂到雪地裡，走起來屁股帶扭，十分的有趣。她牽著慢慢走，走得好好的，狗爺突然對著一個方向吠起來，她轉過頭看，不遠處站了兩位華服美人，是皇后和貴妃，正帶著幾個宮女踏雪尋梅。

要說狗，大概也有對付和不對付的人。平時老實溫馴，今天不知怎麼呲牙咧嘴起來。音閣怕牠撲上去，狠狠攥住了繩子，一頭叫著牠的名字，一頭蹲下來安撫。太監們見勢不妙忙把狗關回了籠子裡，黑布簾子往下一放，終於讓牠安靜下來。音閣正要蹲身請安，卻聽那頭皇后身邊女官道：「果真什麼人養什麼狗，朝誰都敢亂叫的！主子沒嚇著吧？」

皇后吊著嘴角一笑，「不打緊，一隻畜生罷了，還和牠計較不成？」

皇后姓張，皇帝為王時就封了福王妃，出身很有根底。本來是個韜光養晦的人，可皇帝近來的反常令她很不稱意，加上聽說音閣幾乎隨王伴駕，便覺得皇帝一切的荒唐舉動全是這狐媚子攛掇的，不由咬牙切齒地恨起來。說話也就沒以往那麼圓融了，頗有點指桑罵槐的意思。

音閣懷了龍種後自覺身分不同，被她們這樣夾槍帶棒的數落，哪裡擔待得住！本來要見禮的，禮也不見了，斂了裙角兜天一個白眼，轉身就走她的道。

有時候觸怒一個人不需要說話，只需一個動作、一種姿態。皇后見她這樣倨傲怒火中燒，高聲道：「站著！妳是什麼人，見了本宮怎麼不行禮？這皇宮大內是市集還是菜園子，由得妳說來就來說走就走？」

看來是槓上了，音閣也作好了準備，礙於不能落人口實，潦草蹲了一安，「見過兩位娘娘。」皇后貴妃不分，統稱娘娘，就說明沒把這個皇后放在眼裡。

貴妃是精明人，有意在皇后跟前敲缸沿：「這不是南苑王的庶福晉嗎？中秋宴上見過一面的，瞧著滿周全的人，怎麼形容這麼輕佻怠慢？」

皇后微錯著牙哂笑：「我是不大明白那些蠻子的稱呼，單知道福晉就是咱們說的王妃，卻不明白什麼叫庶福晉。後來問人，原來庶福晉連個側妃都不是，不過是排不上名的妾。咱們主子愛稀罕巴物兒，不是瞧上先帝才人，就是和藩王的小妾對上了眼。尤其這兩位還是出自同一家子，妳說怪誕不怪誕？」

貴妃點到即止，掖著兩手不說話，含笑睋眼看人。音閣驕矜的脾氣發作起來控制不住，腦子一熱便陰陽怪氣接了話頭，「可不是，皇上放著鳳凰不捧，偏兜搭我這樣的，可見有些人連小妾都不如。」

這話過了，一國之母豈能容人這樣放肆，厲聲對身邊女官道：「去，教教她規矩！再打發人傳笞杖來，回老佛爺一聲，我今兒要清君側，誰也不許攔著我。」

音閣沒想到她絲毫不讓皇帝面子，慌亂之中臉上挨了兩下，直打得她眼冒金星，下盤不穩跌坐在地。還沒鬧清原委，兩條臂膀被人叉了起來。皇后傳了笞杖，要把她往中正殿拖。她跟前婢女駭然抱住她的雙腿，回首告饒道：「娘娘息怒，萬萬打不得，我們主子肚裡有龍種，倘或有個好歹，誰都吃罪不起啊娘娘！」

這麼一來皇后愣住了，大鄴宮裡最忌諱殘害皇嗣，不管是有意還是無意，只要事情做下了，最後只有進昭獄大牢的下場。她雖是皇后，也不敢隨意犯險，看這賤人披頭散髮模樣，兩邊臉頰又紅又腫，自己氣也撒得差不多了，便命人把她放了，居高臨下道：「本宮今兒給妳教訓，教妳什麼是尊卑有別，不怕妳上皇上那告黑狀。既然妳有了龍種，姑且饒你一命。往後好自為之，再犯在本宮手裡，天王老子也救不了妳！」

音閣伏在雪地裡，只見幾雙鳳紋繡鞋從面前佯佯而過，她哭得倒不過氣來。婢女上前攙她被她推開了，也不修邊幅，狼狽地衝出了宮，直奔西苑面聖去了。

第八十六章　芳草依依

音閣出了這樣的事，癱在西苑裡起不來身了。那麼這下子就難辦了，畢竟還要顧全臉面，以前南苑王不在，愛怎麼走動都沒人敢過問。現在正頭男人來了，她是這般光景，人迷迷糊糊的，又懷著龍種，皇帝也不知怎麼料理才好。

說起來都怪皇后，皇帝恨得牙根癢癢。明知道他眼下寵幸她，還有意給她小鞋穿，分明是在敲山震虎！他知道朝中官員對他這個皇帝頗有微辭，沒想到他的皇后倒出來做了出頭椽子，這還了得？治不住別人還收拾不了她了？他光腳在光可鑑人的木地板上旋磨，撈起了廣袖霍然一揮，呼地一片風聲，「傳朕的令，命皇后閉門思過，沒有朕的手諭，她就給朕老老實實待著，待到她認清利害為止！」

音閣捧心長嚎：「您怎麼這麼偏心？她打了我，我肚子裡的孩子險些保不住，單是閉門思過就罷了？要不是我跟前人求饒，她能打死我！這北京我是待不下去了，我去給我們王爺磕頭，求他帶我回南京去，也免得受這份窩囊氣！」說著就掙扎起身。

皇帝唬著了，忙上去安撫她，「那妳說怎麼處置？」

「廢了她！她這個毒后，明知道我懷著身子還指派人打我，好在一腳踢來我讓得快，否則您這會兒看見的就是我的屍首！」她使勁搖撼他，「您對我說的話都是騙人的？您是一國之君，連心愛的人都保不住，您在我跟前還有臉？」

一個心肝玉美人哭得梨花帶雨，皇帝心都要化了。帝后本來也就是湊合相處，皇帝好色，皇后常勸諫，日積月累的怨恨也打這上頭來。從前少年結髮的情全忘了，皇帝突然覺得皇后罪無可恕，廢了就廢了，沒什麼可惜。

他回身朝外面喊，「把廠臣給朕傳來！」旁的都好料理，音閣留在西苑傳出去難聽，便順口道，「端妃也一併接來，庶福晉弄成了這樣，叫她來寬寬庶福晉的心。」

崇茂領旨去辦了，這是打算頂音樓的名頭，音閣也不反對，只嬌滴滴枕在皇帝膝頭道：「事到如今我不打算回王府了，我不願意再這麼偷偷摸摸的，想見您還要使把子力氣。」說著滿懷抱上去，在他耳畔吐氣如蘭，「我要和您在一起，從今往後形影不離。」

是個美好的願望，提得也合情合理。皇帝伸進她的衣襟，在她飽滿的乳上撫摩，表情卻顯得猶豫，「南苑王這頭……怕是不好交代。」把音樓弄進後宮是因為先帝已經龍御，收房就收房了，可音閣畢竟不同，南苑王還活著，皇帝強占臣子的女人，到底說不響嘴。

音閣早就受了囑託，便道：「依著我，這事太容易辦了。皇上知道南苑王沒有正妻嗎？我們底下拉拉雜雜好幾個，全只是庶福晉的頭銜，連一位側福晉都沒有。皇上何不替南苑王指婚，賜他一位妃以示榮寵？南苑王心裡有數，睜一隻眼閉一隻眼就過去了，謝恩都來不及，還會來和皇上較真？」

「這倒是個好主意！」皇帝拍了下大腿道：「朕回頭就下令尋摸貴女，挑個門第合適的賜婚就是了。」

音閣道：「用不著大費周章去尋摸，眼下有個現成的。合德長公主到了婚配的年紀，南苑王人品學識都是萬裡挑一，尚公主也不會委屈了帝姬，皇上以為呢？」

這下子皇帝兩難了，畢竟是出於交換的目的，他就這麼一個胞妹，把她指給南苑王，自己心裡很覺愧疚。他搖了搖頭，「不成，另選。」

音閣道：「其實長公主和南苑王早前就有交情的，上回王爺來京，公主曾和王爺單獨見過面，皇上不知道罷了。如今指婚，不單是成全了咱們，也是成全了長公主的姻緣，皇上當真不考慮？」說著又柳條一樣款擺起來，「當真不在乎我？」

皇帝被她鬧得沒法子，想想既然婉婉和宇文良時有情，那指就指吧！也是一舉兩得的好事兒。

崇茂來傳話的時候，音樓正站在鏡前搔首弄姿試她新做的留仙裙。崇茂眉花眼笑朝她長揖，「許久沒見娘娘，娘娘鳳體康健？」

音樓笑著頷首，「總管是大忙人，今兒怎麼到我這來了？」

崇茂把皇帝叫傳旨的前因後果都說了一遍，音樓聽了覷外頭天色，眼看到了後蹬兒[2]。她

2 傍晚。

調過頭問：「明兒冬至祭天地的，眼下就去嗎？皇上還沒齋戒？」

崇茂應個是，「皇上破舊立新，說自個兒天天向道，沒什麼齋戒不齋戒的。晚上在道場將就一夜就得了，所以這會兒還在辦事呢！」

音樓「哦」了聲，又問：「庶福晉的傷怎麼樣？我下半晌聽說了這事，把我唬了一跳。皇后平素人挺和善的，怎麼能對她下這狠手？」

崇茂歪脖一笑，「娘娘是善性人，和誰都不交惡，瞧誰都是好的。說句打嘴的，這宮裡哪個是吃素的？沒有利害關係，逢著不舒心了還要踩一腳，要是有點利益牽扯，那還不往死了整人！不過庶福晉這回命大，正好有天王星保駕，要不是皇后礙著小皇子，這會兒八成要給她收屍了。」

音樓聽著也驚險，嘆氣道：「她這人脾氣就是不好，那位是什麼主，能容她沒遮攔的說話！」言罷轉過去抿頭，一面道，「你稍待，我換了衣裳就過去。」

崇茂道是，卻行退了出去。

有陣子不見肖鐸了，他忙著收拾西廠，內廷走動見少。男人不像女人似的，有了愛情就能活命。男人外頭要應付的事多，她再想他，也只有咬牙忍著。上回榮安皇后和陳慶餘的事一出，太后如臨大敵，對後宮約束愈發多了，再加上彤雲出宮後少了走動的藉口，兩下裡只有忍耐。

才剛聽說肖鐸也受命要往西苑去的，西苑管束不嚴，借著機會能見一見總是好的。

她心裡緊張得嗵嗵跳，真是奇怪，不管見了多少回，她永遠不能有顆熟稔的心，想到他就歡欣雀躍。搓了搓臉，笑話自己這點出息！坐在梳妝檯前仔細地撲粉點口脂，換上了新做的麒麟芝草褙子，寶珠送猞猁猻大氅來披上，收拾停當了，出宮的時候已經擦黑了。

西華門外停著一抬小轎，上月打通了紫禁城和西海子，從這裡過去不費多少功夫。夜裡行路，隨侍的內官不少，提薰香爐、挑琉璃宮燈照道，十幾人的隊伍也甚堂皇。

音樓瞇眼望，穿過紛揚的雪片子，找到了隊伍前頭最打眼的人。黃櫨傘下他穿銀白曳撒，披朱紅大氅，不動不笑也是最耀眼的存在。有時覺得他比她還精細，他極注重外表，莫說身上穿著，連飾物都一絲不苟。比方領口的紐釦，雖不像女人那樣嵌紅寶，但是瓔珞圈式的金鑲銀流雲排搭也實在罕見。她問過他一回，那些七事、筒戒、手串，包括荷包、香牌，為什麼樣式那麼少見，人家說了有專人專做給他，紫禁城獨一份，走出去那叫體面！他自己洋洋自得，卻被她不加掩飾恥笑了很久。

今兒人多，見了也是場面上的往來。音樓目不斜視到了轎前，旁邊一雙手上來攙扶，闊袖之下十指交扣，那份甜蜜便放大到令人心悸。她低下頭眼波微轉，他頰上笑靨隱隱，視線一個交錯旋即調轉開，她端坐下來，他替她放下垂簾，關上轎門。

雪依舊下得不疾不徐，肖鐸的坐輦在前面開道，知道她就在後面跟著，心裡漸次平靜下來。

這段時間忙，臨近年底朝廷裡的事也格外多，他顧得了這頭顧不了那頭。手上停不下來，可是一得閒就想她，不知道她吃得好不好、睡得好不好。所幸有帝姬常去串門子，也好排解一下她的寂寞。不見面尚且能壓抑，無非像以前那樣過，可是見了她就開始慌亂，辦事毛躁，條理也不清晰了。什麼接手西廠、什麼財務鹽務，他全想不起來了，一門心思盤算怎麼偷出閒來和她在一起。說來不好意思的，他是食髓知味，這輩子認準一個女人，就像從佛壇上跌進了萬丈紅塵，五體投地，再也站不起來了。

他事先打聽過，今晚上皇帝要閉關，傳召他們必定有事吩咐，吩咐完了沒那份閒心過問他們行蹤。明早上祭天地，皇帝五更沐浴換袞冕出行，到時候匆匆忙忙心無旁騖，那件差事不是他伺候，對他來說又騰出個大空閒，這樣算來，竟然有一夜時間可以和她廝守。

他心裡撲騰起來，只盼快些到西苑，快些把事張羅完。想起她的模樣神情，要瞧他又不敢瞧的樣子，真甜到骨頭縫裡去了。一路心神蕩漾，好容易到了宮門上，弓腰把她的手搭在自己腕上，迎她下轎進門檻。

風雪迷人眼，頭頂上打著傘，雪沫子還是直往臉上撲。他攏起大氅門襟抵擋，那氅衣本來就打了無數的褶子，拉扯開像扇面，可以嚴嚴實實把她護住。她看不清路了沒關係，有他牽引著。自覺別人也瞧不真她這裡的境況，便挪開在他腕上借力的手，把他的胳膊滿滿抱進懷裡。

這點小動作，說起來太幼稚，可在彼此眼裡卻有別樣的溫情和刺激。肖鐸拋來一個羞怯的眼神，音樓忍不住發笑。這人什麼都好，就是男女相處起來面嫩，簡直有點匪夷所思。以前看他威風八面，再打量眼下模樣，真鬧不清哪個才是他的本來面目。

胡思亂想間到了太素殿前，西苑一向是皇帝靜修的地方，宮妃又不得擅出紫禁城，因此哪怕近在咫尺，她也未曾有幸到過這裡。世人眼中的皇家苑囿都應當是金碧輝煌的，可這處卻大不相同。白土粉牆，殿頂覆茅草，難得一派洗淨鉛華的純真氣象。進門也不消通傳，皇帝就在正殿裡，因著燒了地龍子火牆，殿裡暖氣暾暾，他就穿著雪白的雲錦長袍，頭髮鬆垮垮束著，據說是效法仙師呂洞賓。聽了太宵真人的話要道法合一，光腳走路，腳底在地板上拍得啪啪作響。

兩人依矩上前行禮，皇帝直截了當道：「廠臣擬詔，朕要廢后。此事不必交由內閣合議，朕說了算。」

音樓和肖鐸都有些意外，難道就因為今天皇后打了音閣兩巴掌，便要動這麼大的干戈？肖鐸遲疑道：「廢立皇后是動搖根本的大事，乾坤震盪則天下不安，還請主子三思。」

皇帝這半天被音閣哭得腦子發僵，她越鬧他越恨皇后，到最後心頭恨出血來，不廢幹什麼？還留著過年嗎？

「朕是大鄴天子，朕做得天下萬民的主，還做不得自己後宮的主？朕能冊封她，自然也能廢她。」他揚手一揮，「此事不必再議，按朕說的辦。起草詔書細數皇后罪狀，記著，那是給百姓看的，用不著摳字眼，就照老百姓最恨的來。皇帝雖執掌社稷，說到底也是尋常家子過日子，休了個把不成事的混帳老婆，算得了什麼！」

音樓在一旁聽得無關痛癢，誰當皇后和她沒什麼相干，要是哪天皇帝能像廢黜皇后一樣攆她出宮，那才是她幾輩子的大造化。

他們外頭議事，她由宮人指引著進了後殿裡。龍鳳地罩後面的拔步床上躺著音閣，她是細皮嫩肉的臉，挨了兩巴掌到現在還隱約有指印。音樓在床沿上坐下來，擰著眉頭問：「姐姐這會兒怎麼樣了？她們下手恁地狠，這是把人往死裡打！」

音閣卻不見難過，倚著引枕道：「皮肉傷罷了，養兩天就會好的。只是折了這面子，實在氣不過。妳從外頭進來，聽見皇上給肖大人下令了啊？」

音樓點頭道是，「說要廢后，看來皇上這回是氣大發了。」言罷打量她，看她滿臉得意之色，試探道，「有廢就有立，我瞧皇上對妳是真心實意的，說不定這回咱們步家要出皇后了。」

音閣儼然十拿九穩的樣子，音樓心裡有些小小的遺憾，看來指望她來頂替端妃的位子是不可能了，人家有更遠大的志向。

皇帝和肖鐸商議了很久，全因隔了兩重門，外間說些什麼聽不真切。音樓音閣兩姐妹感情本來就不好，到一起也沒有共同語言，兩兩相對，氣氛淡薄，總熱絡不起來。

後來見皇帝進來，音樓自覺留著尷尬，便蹲身行禮打算退出去。皇帝負手看她，不知是不是點了口脂的緣故，在燈下有種難得一見的婉媚顏色。皇帝嘴角微沉，頓了頓道：「許久沒去瞧妳了，妳好不好？」

音樓依舊恬靜笑著：「謝萬歲爺垂詢，奴婢很好。只是多時未見主子，又不得西苑的消息，心裡記掛聖躬。」

皇帝「嗯」了聲，深深再看一眼，收回視線從她面前經過，邊走邊囑咐道：「往後妳姐姐留在西苑，妳常來走動走動。畢竟親姐妹，做個伴也好。」說完揚長進帷內去了。

音樓道是，對著幔子行個禮，斂裙退了出來。

外面雪還沒停，她在簷下站了一會兒，寶珠上前接應她，給她扣好了鶴氅的鈕子。前面太監挑燈引路，她們在後頭撐傘跟著。太素殿臨水而建，門前有遠趣軒和會景草亭，循岸南行還有天鵝房，左顧右盼，有種徜徉山水間的錯覺。

大宮門就在前面不遠處，從這裡能看見門上的錦衣衛。她邁步過垂花門，腳還沒落地，一陣天旋地轉就被人拖進了暗處。看不清來人的臉，卻聞得見那股幽幽的瑞腦香。他拉著她疾行，她也不追問，就這麼走著，走到天涯海角去才好呢！

終於到了一處角門上，這裡無人把守，也許門禁早被他撤了吧！檻外門墩上牽著一匹高頭大馬，通體雪白，環上配紅纓，鼻子噴著氣，天寒地凍裡像銅吊燒開水，胡嘴裡射出兩管筆直的白煙，在燈光下尤其分明。

她有些好奇，這是要帶她私奔？才要打趣問他，被他托著屁股往上一送，就把她送到馬背上去了。

第八十七章　聯璧宜家

他換好了油稠衣，大約早就有準備了吧！上馬拿灰鼠皮披風裹住她，一抖轡繩，那馬四足發力狂奔起來。音樓頭一回被扔在馬背上，被顛得找不著北，又怕掉下去，死死摟住了他的腰駭然道：「黑燈瞎火的，咱們上哪去？」

他戴著幕籬，面紗下的臉一團模糊，唯見一張嫣紅的唇，在雪地反射的藍光下慢慢仰了起來。

「如果能一直走，就這樣走出北京城、走出大鄴，該有多好！」他要控制馬轡，分不出手來抱她，只能低頭親她的額角，「冷不冷？堅持一會兒就到了。」

不知道他在打什麼算盤，音樓也不多言，把手鑲進他的玉帶裡，可以觸摸到他的體溫。走出西海子彷彿逃出了牢籠，暫時脫離那片皇城，心頭不急躁，信馬由轡也很愜意。他把速度放緩，這樣的月令這樣的時辰，老百姓都關門閉戶了。他們從石板路上經過，沒有見到行人，唯見萬家燈火。

就著路旁高懸的燈籠光看她，「今兒精心打扮過？」

她有點不好意思，嘟囔了句，「不是要見你嘛！」

他笑著嘆了口氣，「打扮得這麼漂亮，萬一叫皇上動了心思怎麼辦？」

她倒是從沒往那上頭想，只道：「他如今有音閣，不會瞧上我的。音閣比我漂亮，皇上只愛美人。」

他的下頜在她頭頂上蹭了蹭，「何必妄自菲薄，在我眼裡妳比她漂亮多了。人有一顆乾淨的心，由裡到外都透著美。她心腸不好，不管多漂亮都是爛了根的芍藥，有種腐朽發霉的味道。」

這人嘴甜，說起情話來也一套一套的。她嬌憨把臉貼在他胸前，「看你把人家說成這樣！不過音閣這回的算盤打得有些大了，難不成真的想做皇后？」

「那就要看皇上對她的感情有多深了。」他夷然望四周光景，曼聲道，「她畢竟在中秋宴上露過臉，滿朝文武誰不知道她的出處？她身分尷尬地位低，一下子做皇后不容易。我料著是不是會效法漢武帝時期的衛皇后，先進宮充宮女，往上報了孕脈晉個妃位，等生了皇子再封后。飯總要一口一口吃，所以她得耐得下性子來。要是攛掇著皇上想一蹴而就，恐怕弄巧成拙。」

她「唔」了聲，遺憾地喃喃：「我本來想把位子讓給她的，可惜人家如今瞧不上。」

他聽了笑道：「妳這腦袋瓜就想出這點主意來？別說她不答應和妳換回來，就是答應了，皇上也不會首肯。畢竟是做皇帝的人，孰輕孰重心裡有計較。他可以揮霍，可以荒唐，但是絕對不會丟了根基，妳當他傻嗎？」

她噘嘴不大痛快，「他如今一心向道了，腦子怎麼還沒糊塗？」

「他只想長生不老做神仙罷了，離傻還有程子路呢！不過仙丹服多了，哪天突然暴斃倒有可能……」他捏捏她的鼻尖，唇角挑得愈發高了，「妳也是個沒出息的，只等人家糊塗了才敢跟人較量嗎？」

她是傻，早就傻得出名了。她從沒想過要拔尖，情願窩窩囊囊地活著，即便這樣還有人要來坑害她，要是太過精明張狂，不知要給他多添多少麻煩！

「你喜歡我變得厲害些？」她仰著臉問他，「自從跟我有了牽扯，你覺得累嗎？」

披風緊緊包住她的身體，只露出一張娟秀的臉。他低頭審視她，她的眼神看起來可憐兮兮，裡頭隱約夾帶恐懼。大約怕他會厭煩，語氣變也得小心翼翼。他怎麼同她細述滿腔的愛意呢！只能告訴她，「我不累，妳的這點小事同我政務上遇見的麻煩比起來算得了什麼？如果有一天妳變得像榮安皇后一樣，那才是真正叫人失望的。妳聽我說，守住妳的一畝三分地，不惹事不怕事，做到這樣就足夠了。如果有誰存心和妳過不去，妳不能像音閣那樣硬著頭皮頂撞，吃些啞巴虧，回頭我來替妳出氣。」說著笑起來，「關於這點，咱們之前分工合作得天衣無縫，往後也要保持。音閣今天是運道好，遇見的張皇后膽子不及榮安皇后大。要不當真打死了，她名義上只是南苑王的妾，誰還能大張旗鼓說皇后害死了皇嗣？命是撿著了，臉上卻挨了兩巴掌，何苦受那皮肉苦！」

音樓道：「我也覺得她太莽撞了，皇后留了她一條命，沒想到後頭弄出這麼多的波折來。」別人的事談起來也沒意思，她回首張望，這條道似乎不是通往提督府，冰天雪地的，要帶她上哪去呢？

「咱們這麼走，不怕被西廠的人刺探到？萬一于尊到皇上跟前回稟怎麼辦？」

「于尊早就蹦躂不動了，留他到現在就是要他籌錢。現如今差事辦完了，他也沒有再存在下去的必要了。明兒一早皇上祭天我就打發人去收拾他，下了昭獄剝皮抽筋砍手腳，全看我的意思。」怕嚇著她，忙換了個話題道，「妳不是問上哪去嗎，我帶妳去西四牌樓，那裡有間屋子，是當初拿肖鐸的淨身銀子和月俸買下的。後來死的死、進宮的進宮，那地方就一直空關著。上個月我想起來叫人去收拾了下，其實對於我來說，錦繡繁華都看遍了，提督府再氣派，不過是個落腳點，不是真正的家。」

馬蹄噠噠進了一條小衚衕，衚衕曲裡拐彎，有個形象的名字叫羊腸衚衕。到了一家小四合院前停下來，他抱她下馬，她站在門前看，的確是個窮地方，窄窄的門臉，牆上嵌了小碑，豪氣萬丈寫著「泰山石敢當」。

他推門讓她進去，自己把馬牽進了院子。院子也是個小院，人多點可能騰挪不過來。他看她愣愣的，笑道：「這還是重新布置過的，換了屋頂粉刷了牆面。原來是個土坯，不小心一蹭就一身泥。」拉了她的手往正屋裡去，屋裡點著油燈燒著炭盆，打起門簾一股暖意撲面而來，「我早早讓底下人來布置了，否則進門再一樣樣張羅，非得凍死不可。」一頭說一頭替她搓手，讓她到炕上坐下，自己去拎吊子斟茶讓她暖身。

沒有下人伺候，只有他們兩個人獨處，他忙裡忙外的，撇開那身錦衣華服，看著真像個居家過日子的男人。音樓捧著茶盞抿嘴笑，多難得啊，遇上這麼好的機緣。他們在豪庭廣廈裡住著不得親近，到了這茅屋陋室，似乎心都貼在一塊了。

南牆下還堆著木頭疙瘩，他拿簸箕進來舀，駕輕就熟顛了兩下，搬起來就往外去。音樓噯了聲道：「這麼晚了，不是要做飯吧？」

他靦腆笑道：「我往爐膛裡加點柴禾，燒水好擦身子。炕裡不續柴，後半夜越睡越涼……今兒咱們不走了，在這裡過夜。」

音樓訝然，臉上熱烘烘燒起來，燒得兩隻耳朵滾燙。心說怪道把她劫到這裡來呢！嘴上說得好聽，什麼家不家的，原來是存著這份心思！再看他，他自己也不好意思，扭頭便出去了。

聽見牆外打水的動靜，音樓端正坐著，心裡跳得厲害。他說要在這裡過夜，那就是不回宮了，不會出什麼岔子吧！再想想他是個靠得住的人，既然敢這樣安排就能保證萬無一失。今晚可以踏踏實實在一起，不用那麼匆忙了，一個枕頭上睡著，唧唧噥噥說私房話，光是設想就能掐出蜜來。音樓捂住了臉，越琢磨越害臊，有了這一晚，她的人生也算齊全了。這麼好的人，這麼美滿的夜，是老天爺對她開了恩。

他進來，在靠牆的帽椅裡坐下來。有點扭捏，還要故作大方，「兩頭門禁都下了鑰，各宮都不往來了，沒人會知道。就算上頭問，我也能改記檔，所以不要緊，妳別憂心。」

音樓「嗯」了聲，「我不憂心。」看他的手在膝欄上抓了放、放了抓，便道，「你很緊張嗎？」

他愕然抬起頭來，頰上飄紅，臉色卻很正派，「這話不是該我來問妳嗎？我一個男人家，有什麼可緊張的！」

音樓點了點頭暗自好笑，轉而問他，「你在殿裡和皇上聊了那麼久，都說些什麼？」

提起這個他就擰了眉頭，「聽皇上的話頭，是要把長公主指給宇文良時。我知道他這麼做的用意，弄大了人家小妾的肚子，就拿自己的妹子頂缸。」他冷笑著一哼，「這樣的皇帝，早晚要亡國的。虧他有這個臉，長公主什麼身分？那個步音閣又是什麼身分？他倒好，長短一概不論，自己的親妹子，說填窟窿就填窟窿，我一個外人聽了都寒心。」

音樓知道帝姬喜歡宇文良時，可因愛而嫁是一宗，被人像貨物一樣交換又是一宗，兩者怎麼混淆？她長吁短嘆，「看來婚是要指的了，宇文良時的算盤不就是這麼打的嗎！回頭別和長公主說實話，就說皇上聽說了他們的事有意玉成，也叫她心裡好受點。」

他說知道，「我只是傷嗟，連長公主都要許人家了，不管好賴總是段姻緣。咱們這樣的呢？幾時才能守得雲開？」

音樓也很難過，他們身處這種位置，兩頭都有不得已。要一樁一樁地解決，可能真要熬到白頭了。

他離了座朝她走過來，身上薰香遇著熱，愈發氤氳成災。彎下腰，臉上帶著笑，語氣卻很正經，兩手扶住她的肩，輕聲道：「音樓，咱們成親吧！即便只是個儀式，也讓我娶妳。能和妳拜天地，是我這幾個月來的夢想。」

音樓眼裡蓄滿了淚，她以為自己可以遏制，然而沉重的份量打在手背上，才發現自己已經哭得難以自持。

他就在她面前，離得那麼近，說要娶她。不管是不是臨時起意，他想和她拜天地，自己當然一千一萬個願意。她探出手摟住他的脖子，「好，我嫁給你。」

明明是歡喜的事，卻哭得這麼傷感。肖鐸替她拭淚，嘆息道：「可惜了沒有紅燭，也沒有嫁衣。等下次補辦，我一定把最好的都給妳。」

只要有這份心意，那些瑣碎的俗禮都算不上什麼。音樓說：「沒有紅燭咱們有油燈，沒有美酒咱們有清茶，只要能和你結成夫妻，那些東西我都不在乎。」

早該這麼做了，太后賜婚前就該和她拜堂安撫她的心，延挨了那麼久，所幸她沒有怨恨他，還在癡癡等著他。肖鐸滿懷感激，回身看，他的大紅鶴氅搭在椅背上，揚手一撕，撕下方方正正的一塊，那就是她的蓋頭。他替她覆上去，遮住了如花的容顏。

她看不見他，忍了許久的淚才敢落下來。定了心神拉住她的手，「我沒有高堂可拜，咱們對著天地就算通稟過爹娘了，好不好？」

她用力回握住他，「你領我到院子裡，咱們要叫老天爺看見，請他給咱們作見證。」

他說好，挑了簾子引她出門，這白茫茫的天地間一切都是虛無的，只有她的蓋頭紅得耀眼。他們跪在院子裡對天叩拜，沒有人觀禮，也沒有人唱喜歌，但是緊緊握住彼此的手，堅信有了今天，這輩子就不會再分開了。

雪下得漸大，打在臉上很快消融，心裡熱騰騰的，並不覺得冷。過了禮牽她進門，扶她到炕上，勻了兩口氣才去揭她的蓋頭。她眼睫低垂，匆匆看他一眼，又羞赧地調開視線。他一味地笑，笑得像個傻子。興高采烈去倒了兩盞茶來代替交杯酒，杯沿一碰，手臂勾纏，尋常不過的茶水也喝得有滋有味。

新人坐炕沿，接下來該幹什麼來著？新郎官瞟了新娘子好幾回，慢慢挨過去，終於抬手去解她領上的金鈕子。

第八十八章　玉庭瑞色

只不過一向靈巧的督主這回有點呆滯，他不知道她的金釦上有機簧，歪著脖子倒騰了很久也沒能拆開。

音樓本來很羞怯，自己不動手顯得矜持，姑娘家臉皮薄點總沒有錯。她滿以為交給他就行的，誰知道他忙了半天都是無用功。她轉過眼看他，威風八面的督主急得滿頭汗，那白生生的臉被汗水浸透了，像塊秀色可餐的嫩豆腐。

她抬手幫他擦擦，有意調侃他，「瞧瞧這一腦門子汗喲！到底是熱的還是急的？」

他幽怨看她一眼，「妳說呢？下回把這副釦兒換了，什麼做工，解起來這麼費勁！」

「自己笨，怨人家工匠手藝不好，蠻不講理！」她笑著把一片花瓣往下一壓，交接處順順當當就斷開了，「瞧好了？單是嵌進去的容易鬆動，這麼卡住了隨意動彈不擔心領口豁開。」

他心裡還嘀咕，好好的良辰美景，被這麼個領搭破壞了。管他如何巧奪天工，橫豎就是礙眼。也不接她話，繼續埋頭解底下葡萄釦。

音樓看他的臉，湊得近，想起一路走來的艱辛，心在腔子裡痙攣。她撫撫他眼角的淚痣，細細的一點，別有風致。靠過去在那位置親了親，「郎豔獨絕，世無其二。」

他聽了很高興，眨著眼睛問她，「真的？」

她和他相視而笑，「我還小的時候我娘請人給我算命，那個瞎子說我將來嫁得很好，有個絕色無雙的乘龍快婿。我娘嘴壞，常取笑我像個泥菩薩，誰配了我誰倒楣，得天天給我洗臉洗衣裳。」

「妳娘說著了。」這是醍醐灌頂，他回身找盆，往外一比，「我去打水，伺候妳洗漱。」

新女婿忙著表現，衣裳解了一半跑了，音樓覺得好笑，索性把褙子脫下來搭在椅背上。炕頭有個黑漆螺鈿櫃，她扭身開門，拖出一床秋香色五幅團花炕褥，歸置好了他恰巧進來，端著盆，盆裡熱氣繚繞，這麼個精緻人幹粗活，看上去還是有點傻。可是傻歸傻，音樓看著卻心滿意足。以小見大，一個過分驕傲的人心甘情願給你做碎催，那就說明他是真的很在乎你。

她像個大爺，笑吟吟坐著，並不搭手。他絞了帕子來替她擦臉，輕手輕腳把她唇上胭脂卸了，趁機上來吮一口，像中途討了打賞，歡喜得眉開眼笑。音樓閉上眼任他忙，他解了她的中衣和主腰，手巾從臉上移到了胸口，熱乎乎擦一擦，擦完清涼一片，然後他低頭相就，峰頂是溫暖的，在他口中。

這節骨眼，火星子濺到了柴禾堆似的，轟然一聲就著了。他反手把帕子扔了，準確無誤砸進木盆，水漾得滿地都是也顧不上，如狼似虎把她壓進了被褥裡。

今天是他們的洞房花燭夜，雖然不是頭一回，但是心境不一樣。音樓眼梢含春，他撐著身子在她上方，她受不得懷裡空虛，勾手把他拉下來，密密和他貼合在一起。

「我覺得有點對不住彤雲。」她含著他的耳垂模糊地咕噥，「她是你明面上的夫人。」

「傻話。」他的手在她乳上揣捏，微喘道，「我的夫人究竟是誰，妳不知道？雖說迎她過了門，沒有婚書沒有拜堂，她自己心裡都明白。如果有一天咱們能離開這裡，我會給她錢，保她一世吃穿不愁也就是了。」

只有在他們脫身的時候才能放她自由，如果局破不了，那麼這個圍城就一直存在，誰也不能提前離開。雖然對彤雲殘忍，卻也是沒有辦法的事。一個人脫離了掌握，再要讓她唯命是從就不容易了。

可是眼下這種情況，拿個不相干的外人做話題，顯然不合時宜。他俯身親她，香糯的吃口，果真是個好寶貝。真難得，頭回在含清齋，叫她吃了大苦頭。二回在佛堂裡，帷幔後頭續恩情，連個借力的地方都沒有。還是這回好，不怕有人中途打攪，有炕有褥子，天時地利得無與倫比。

他吻她，把那根丁香小舌勾出來細細咂弄，屋裡燈火朦朧，她的眼神也是迷茫的。他捧住她的臉，「音樓，咱們終於成親了。」

她笑起來，「嗯」了一聲，眼淚滾滾從眼角流進鬢髮裡，「我真高興，以後就算不能常相見，我知道自己是你的妻，你在宮牆那頭等著我，我就覺得有力氣，一定能夠撐下去。」

他閉了閉眼，「咱們的事，只有等到改朝換代了，否則誰都逃不出去。我不知道還要多久，大鄴中樞雖然是個老朽的軀殼，但是周邊還有藩王，宇文良時起兵也需要時間。」

她說：「我不急，你自己要小心，一步步穩扎穩打，千萬不要急進。我在宮裡好好的，有吃有喝頤養得不錯，你派來的寶珠也能接彤雲的班了，我沒什麼後顧之憂。只是你……我不說出口，其實最擔心的就是你。你和皇帝打交道，和那些朝臣藩王打交道，他們對你雖有這樣那樣的忌憚，可他們都恨你。」

「我知道，我自己會多加小心。」他的手探到她溫熱的小腹，不無遺憾道，「我在宮裡看著那些皇子滿世界撒歡，其實挺不待見。別人的孩子怎麼那麼煩人呢！咱們自己的肯定不一樣，可惜了……」

可惜不能懷上，就算懷了也不能生。音樓明白他的遺憾，自己也是同樣的心。皇帝後來沒有翻過牌子，冷不丁懷了孕，那就是潑天的大禍。她搖了他一下，寬慰道：「不要緊的，總能等到那一天。到時候咱們生好多，有男有女，房前屋後全是孩子，吃飯八仙桌坐不下，咱們得打個大檯面。」

兩個人貼嘴笑，牙撞著牙，設想一下已經異常滿足。

笑夠了，音樓才發現自己早就被他剝光了，他倒好，還穿得嚴嚴實實。她不依了，把他推倒，自己翻身起來扒他衣裳。他覷著兩眼，滿臉的讒樣，音樓知道他視線在她胸脯上打轉，有點不好意思，一手掩著，一手去解他衣帶。他來搬她的手，嬉笑道：「別擋著，我愛看的。」

「色胚！」她捶了他一下，橫豎被他摸夠了，再看看也沒什麼。

她手上動作，不經意間一個捧夾，看得他目瞪口呆，「養得果真好……」

音樓回過神來捂住了臉，「不許說！」又扭捏道，「奶媽子似的，丟死人了！我也想法子想叫它小點，每回都勒得喘不上來氣，還是這模樣。」

她真是個傻子，什麼話都敢說。嫌自己胸大穿衣裳不好看，卻不知道在男人眼裡簡直就像撿了漏。肖鐸溫聲安撫她，「別人求都求不來，妳怎麼能不知足呢！暴殄天物要遭天打雷劈的，這麼漂亮，長在妳身上，妳要好好待它。往後不許勒著它，看勒小了我找妳算帳。」

她從指頭縫裡看他，「爺們喜歡？」

他點點頭，「反正我很喜歡。」

只要他喜歡就好了，音樓覺得很欣慰，他靠過來，把臉埋在她懷裡，她壞心眼地壓住他的後腦勺，險些把他給捂死。

光溜溜躺在一起，鑽進被窩，被窩裡很暖和，他覆在她身上。專心致志吻她，從鎖骨一直往下。她那麼美，起先還有些放不開，後來大約也適意了，漸漸像朵花，一片花瓣接著一片花瓣地綻放，叫他這鄉巴佬目眩神迷。

他的嘴唇所到之處都能引發一場大火，音樓渾身燥熱，只是表達不出來。他托起她的臀，舌尖在溪谷遊走，她倒吸一口涼氣，連腳趾頭都蜷縮起來。掙扎著去推他，他分明堅定不移，她化成了一汪水，他愛怎麼擺布都由得他吧！被別人不小心碰了一下都要做臉子的人，如今這樣侍候她，她知道他在以他全部的方法愛她，盡夠了。

他把她拋到半空中，上不接天下不接地。她攥緊了被褥不知所措，他的手指挪過來按住那處，自己攀身尋她的嘴唇，把她難堪的尖叫堵在了口腔裡。

音樓渾身打擺子，眼裡含著淚，「這是什麼？」

他含蓄一笑，「這是真正的快活。」

她想起上回在烏衣巷裡裝樣，羞得兩頰通紅。心滿意足了，自己也想回報他，便按他躺下，學著他的套路，舌尖在那茱萸上畫圈，把他撩得頻頻抽氣。

他這些年養尊處優，身子保養得很好。她的嘴唇滑過玉做的平原，看見小督主頭戴盔帽腳踏祥雲，正遙遙朝她點頭哈腰。她嗤地一笑，湊過去貼面同它打了個招呼。

小督主很漂亮，筆直的身條色澤溫婉。只可惜了肖鐸的身分，怕長鬍子就得用藥控制，連帶著它也一塊遭罪。她愈發的憐愛它，細細吻它，一個錯眼往上瞧，肖鐸滿面桃色，咬著唇，忍得辛苦難當。

她停下來，咧嘴想揶揄他幾句，還沒開口就被他搬到了身上。

他通身都舒暢了，閉著眼，靜靜躺著。上面的人有點慌張，兩手撐著他的胸口呆若木雞。他終於睜開眼瞧她，無可奈何扶住她的胯，手把手地教她。師父領進門，修行靠個人。音樓不算笨，試了試，妙趣留給她自己發掘。可惜體力不好，沒多久就敗下陣來，懶洋洋趴在他身上不肯動彈了。

肖鐸心裡急，女人靠不住，緊要關頭還是得靠自己。他翻身把她壓在底下，她幽幽瞥他，媚眼如絲。他心頭火燒得旺，練家子，身手和耐力都了得。也不知是怎樣一片昏天黑地的交戰，她咬著唇隱忍，他急切地吻她，「快活就叫出來。」

她嗚嗚咽咽地迸出聲，伸出兩手來，彷彿溺水的人尋找浮木。他重新低下身子讓她能夠摟住他，只是越來越急，浪頭也越翻越高，突然到了失控的邊緣，迷亂、激烈、渾身顫抖，如大潮襲來，禁不住吟哦長嘆。

街口傳來梆子聲，一路篤篤敲擊過去，燈油耗盡了，燈芯上的火頭漸次微末，粲然一跳便熄滅了。

黑暗裡聽得見彼此的喘息，隔了好一會兒音樓才問：「什麼時辰了？」

他說：「三更了。」

在一起的時光總嫌短暫，離天亮還有三個時辰，好在冬至休沐，他也不必趕在五更見那群閣老們。她側過身去，摸索著撫撫他的額頭，「累嗎？」

他的手卻貼在她胸上，「不累，還可以再戰。」

「瘋了！」她吃吃笑道，「仔細身子，這麼混來還得了？」

他探過去，讓她枕在自己的胳膊上。一手與她十指交扣，喃喃道：「如果天一直不亮就好了……這一夜是偷來的，下次不知道要隔多久。」

有些事上女人比男人更果敢，音樓知道自己不能抱怨，他已經夠難的了，不要再增加他的負擔。他說和她拜堂是他長久以來的夢想，對她來說何嘗不是？這樣如珠如玉的人，往後就是她的了，光是這點就夠她消受的。他們還在一座城池裡，總有不期而遇的時候，實在想他，就找個藉口傳召他。皇帝在西海子悟道，榮安皇后又死了，宮裡沒有別人知道他們的長短，偶爾見一次總不打緊。

他語氣哀怨，音樓在他背上拍了拍道：「咱們有一輩子，不急在這一時半會兒。如果宇文良時手腳夠快，咱們就早一些團聚；要是他有生之年不能攻進紫禁城，那咱們就再找出路，沒準兒遇見個契機就全身而退了。老天爺既然讓咱們在一起，能有今天這份福氣，一定不忍心瞧著咱們兩處煎熬。所以你要平常心，不要強求，順勢而為才是上策。」

她是在安他的心，難為她這麼體人意，他摘下筒戒塞到她手裡，「我連聘禮都沒有就把妳娶進門了，真對不住妳。這個妳留著，是我給妳的信物。好好保存，想我的時候拿出來瞧瞧，就像我在妳身邊一樣。」

她道好，緊緊攥在手心裡，「我會小心保管，絕不落別人的眼。」

「好姑娘……」他嗡噥著，把她的一條腿撈起來盤在自己腰上。

音樓怔了怔，他挪過來，火熱的身軀躍躍欲試。她會心笑了，「臭德行！」用力抱住了他。

第八十九章　縱恣成誤

這一夜真縱得沒了邊，肖鐸那份黏纏的勁實在了得，他是個想到就要做到的人，只不過在外面吆五喝六，到了她這裡換了手段，也不言語，就是黏人。音樓嘴裡嫌他鬧，卻鬧得甘之如飴。迷迷糊糊間天色轉亮了，頭靠著頭瞇瞪了一小會兒，起來的時候眼下泛著青影，兩人相視，笑得都有點尷尬。

音樓是個好媳婦，起得略早些，備好了青鹽洗臉水，又伺候男人穿衣束帶。臨要走的時候拔了一枝玉簪遞給他，見物如見人，嘴裡不說什麼，各有一番苦悶的滋味在心頭。

悄悄回到紫禁城，踏進貞順門便有一種重回牢籠的鬱塞，昨晚像個夢，夢醒了，還得按部就班地生活。

今天是冬至，皇太后率后妃們祭奠祖先。奉先殿裡香火鼎盛，大家拈香追思、磕頭化紙，按序走完一輪，便回皇太后宮中開宴。

冬至吃餃子宴，大桌中間擺個銅爐涮鍋子。音樓和帝姬湊在一塊看棋譜，正切切議論，見肖鐸率司禮監的人進來，朝皇太后行一禮，「老佛爺安康。」

皇太后看他手裡托著明黃的卷軸，知道有旨要宣，問：「是給誰的示下？」

音樓心裡早料到了，轉頭看皇后，皇后必定是沒有察覺，神情閒適。把懷裡的大白貓拋了，領眾人起身候旨。

肖鐸略頓了下道：「昨兒臣奉皇上口諭進西海子聽令，萬歲爺命臣起草詔書……是給皇后娘娘的。」

這倒奇了，皇太后有些驚訝，帝后是夫妻，有事只需私底下傳話，這麼大明大放地下旨，該不會要出事吧！然而旨意已經來了，似乎也無從計較，遂不多言，擺了擺手，示意肖鐸頒詔。

偌大的正殿裡鴉雀無聲，只有他的嗓音，不急不慢念道：「皇后之尊，明配朕躬，海內小君，母儀天下。然皇后與朕結髮十載，懷執怨懟、宮闈參商。張氏禮度率略，對上無克恭之心，對下無人母之恩，不足仰承宗廟之重。今廢其后位，歸於微賤、遷居側宮，悔過靜思，欽此。」

一位正統的皇后，說廢就廢了，這對滿屋的嬪妃都是不小的震動。皇后不明白怎麼會毫無預兆地把她貶為庶人，她是授了金冊金印的正宮娘娘，歷朝貶黜皇后，至少要先和朝臣商議吧！這皇帝是吃了迷魂湯，難道原因只在於她昨天打了步音閣兩下？十來年的夫妻恩情，還不如三個月的暗渡陳倉。皇后掩面嚎啕，爬過去抱住皇太后的腿搖撼，「母后為我做主、為我做主啊……」

太后被這道旨意震得回不過神來，又氣又恨斥問肖鐸：「這是怎麼回事？宮闈不修，國之大忌！皇后是一國之母，怎麼鬧得尋常家子似的？」

肖鐸一副無可奈何模樣，呵腰道：「臣昨兒也是這麼勸諫皇上的，可是主子心意已決，臣也愛莫能助。」轉而看了廢后一眼，「娘娘節哀吧，木已成舟，除非皇上突然改變心意，否則此事再難轉圜。皇上念在往日情義，並未讓娘娘進掖庭。臣已經命人收拾了英華殿，娘娘過去後缺什麼短什麼，打發人告訴臣一聲就是。臣能作得主的，一定盡力相幫。」說完了揮手命人上來攙扶，在那困獸一樣的哀嚎聲中把人帶出了慈寧宮。

好好的冬至就這麼被攪和了，太后怔愣許久看眾人，「有誰知道裡頭情由？突發奇想要休妻，好歹也有個說頭。」

貴妃昨天和皇后同行，暗自忖度當時自己要是參與進去，今天不知是個什麼下場？思及此嚇出一身冷汗來，斜眼看音樓，她姐姐如今要升發了，她這個妹子水漲船高，等閒招惹不起。但是皇太后這裡的內情必須要告知，暫且按捺住了，只等人散後再來慈寧宮一趟，替皇后叫個屈，順便提醒太后防著步音閣那個賤人充後宮上位。

出了這麼大的事，再沒有吃喝的興致了，皇太后見無人應答沉默下來，邊上嬤嬤上前相扶，太后長嘆一聲進了偏殿再沒出來。殿裡妃嬪們面面相覷只得散了，音樓到簷下等寶珠打傘，來往的人經過她身邊側目不已，即便有不看她的，也以足讓她聽得見的聲調念央：「家要壞，出妖怪。明兒上觀裡求個平安符，趨吉避凶吧！」

她木然站著，心裡覺得有點委屈。這裡頭有她什麼事呢，一個個甩臉子給她瞧。

帝姬叫人伺候著披好了大紅牡丹團花披風，往外看雪景，淡聲道：「別理那些人，但凡她們有點能耐，何至於籠絡不住君心？」

音樓想想也是，橫豎自己本來名聲就不好，這些人一向看不上她，眼下借著音閣的事冷嘲熱諷幾句，也在情理之中。

皇后雖廢了，音閣要立馬進駐坤寧宮不大可能，最起碼先把她的尷尬身分解決了。要讓她脫離出宇文氏，首先得把南苑王安撫好，這裡頭一樁一件的來，也需要時間。音樓在噦鸞宮沒別的事可做，無非繡花養狗，再不然就找人博弈。她這人鑽進一件事裡容易沉溺，到最後宮裡的人都怕她，她棋藝不精還愛死纏爛打，連合德帝姬都嚇得好幾天不敢露面。

離過年越來越近，音樓的生活照樣單調乏味。雪景看多了沒意思，她又不承帝幸，連梳妝都倦怠了。屋裡燒地炕，她趿著軟鞋穿著罩衣，孤魂野鬼似的遊蕩，乏了倒在榻上打盹，就這麼也能打發一天。

臘月初八那天帝姬終於來了，音樓挽著袖子在殿裡熬臘八粥，見她進門忙招呼寶珠添碗筷，親自盛了一碗遞過去，「我加了桂花糖，味道不賴，妳嚐嚐。」

帝姬臉色不豫，捧著碗只管發愣。音樓偷眼瞥她，挨過去問她怎麼了，「遇著什麼事了？」

她把碗擱下，擰著眉頭道：「我今兒得了賜婚的旨意，皇上把我指給南苑王了。」

音樓聞言勉強一笑，「那妳的意思呢？是不願意嗎？」

她低頭盤弄宮絛，輕聲道：「也不是不願意，我自己心裡明白，皇上是拿我贖罪呢！我覺得挺不是滋味，原本指婚是件喜事，可為什麼偏在這個節骨眼上？說他不是把我當謝禮，我自己都不相信。他和我是一個媽的親兄妹，我以為他不管怎麼荒唐，總是疼我的，誰知道……」

畢竟都不是傻子，那天音閣來，又哭又笑的說自己懷了身子，現在宇文良時一進京，眼看遮不住了就指婚，帝姬這樣的聰明人，能不明白其中奧義？音樓拉住她的手拍了拍，「皇上一意孤行，現在誰都勸不住他。妳別想那麼多，要是喜歡，就高高興興籌備起來，畢竟過日子的是你們倆；要是不願意，那就去面見皇上，明明白白把自己的想法告訴他，看能不能讓他改主意。妳瞧我見識也淺，家國大事不在我眼裡，就想知道妳愛不愛南苑王。」

帝姬臉上發紅，扭捏了下才道：「昨兒我偷著出宮了。」

音樓訝然問：「是廠臣放妳出去的？」

她說不是，「我假扮小太監，跟著造辦處的人出去的。」

音樓自然明白，要不是肖鐸暗中授意，她要想出紫禁城恐怕也不易。一個情竇初開的姑娘，胸口揣著一顆火熱的心，記掛著一個人，刀山火海也攔不住她。音樓仔細辨她神色，「出宮去見他？」

帝姬點了點頭，「上回在潭柘寺就約好的，初七在城裡見面。宮裡守衛森嚴，他要進來很難，那就只有我出去。他早早就在西華門外的歪脖樹下等我了，天又冷，他那麼老實，不知道找個避風的地方待著，在西北風裡站了兩個多時辰。妳曉得的，他是南方人，受不得凍。我看見他的時候他臉色都是青的，我心裡……真是……」

女孩子就是容易感動，心愛的男人都為你這樣了，換做她也會心疼難受。音樓看清了，帝姬這回是認準了要跟他的，就是礙著她哥子這麼安排，自己和自己較勁。

她嘆了口氣，「既然到了這步，硬著頭皮也得走下去。我瞧得出妳並不討厭他，這樣也好，嫁過去不至於太委屈。旨意上說什麼時候完婚了嗎？還得建公主府，少說也要花上一年半載的。」

她說：「皇上的意思是正月裡就辦了，京裡有處花園閒置，重新修葺了賞我。這就是個表面文章，反正我是要跟著去南京的。拖上一年，音閣肚子裡的孩子都落地了，我這頭沒什麼，她那頭等得及嗎？」

這也是個事，音樓唉聲嘆氣，「妳不留京，一出門子就瞧不見了。南京那麼遠，再見不知道要到什麼時候。彤雲走了，妳也走了，我往後一個人在這紫禁城裡，連個貼心的人都沒有。」

帝姬握住她的手，「沒法子，天下沒有不散的宴席。真到了曲終人散的時候，大概就是佛語裡說的緣盡了。」

音樓扭過身子來摟她，輕輕在她背上拍了拍，「嫁就嫁吧，姑娘沒有不許人家的。只一點，過去了要好好的，男人肚子裡的乾坤和咱們沒關係，女人出嫁從夫，日後相夫教子，外頭事一概不管就成了。」

帝姬把下巴擱在肩頭上，緊緊抱住她，「我在宮裡沒有談得攏的朋友，只有妳。」

待嫁的姑娘心裡忐忑，和娘家人念叨念叨，淚水漣漣。音樓替她擦眼淚，才要安慰她，突然聽見門外太監吊著嗓子叫起來：「萬歲爺駕到，端妃娘娘接駕啦！」

音樓嚇了一跳，自己這身落拓穿著來不及打扮，急得抓耳撓腮。眼見著皇帝從中路上過來，沒辦法了，只得慌裡慌張到殿外跪迎。

「奴婢失儀，請皇上治罪。」嵌金絲行龍皂靴踏進她的視線，她叩拜下去，心裡惶惑不已，皇帝聖躬親臨，不知所為何來。

皇帝伸手牽她，語氣頗為尋常，「返璞歸真最好，朕在太素殿也是這樣，花團錦簇的朕瞧得多了，沒什麼稀奇。」他臉上是鬆散的笑意，多情的人，看誰目光都是專注的。

「皇上寬宏，更叫我沒臉了。」音樓難堪地欠身，往殿內比了比，「外頭天寒地凍，主子裡頭請。」

皇帝提袍上了臺階，轉過頭看帝姬，似乎有些遲疑，「小妹妹也在呢？」

帝姬應個是，「我才過來瞧端妃娘娘，和皇上是前後腳。」

皇帝頷首，「給妳的旨意，妳都知道了？」

帝姬臉上無甚喜怒，淡淡道：「廠臣宣過了旨，我都曉得了。只是有些突然，還沒來得及謝主隆恩。」

皇帝心裡有愧，自己一母的同胞，到臨了被他拿來換人，自己很覺過意不去。這個妹子他知道，外表看著柔弱，內裡卻是個剛強的性子。有時候說話一針見血，他甚至有點怕她。唯恐她生氣要埋怨，不怎麼敢正視她，討好式的湊趣道：「這趟下降，紅妝十里必不可少。你是大鄴唯一的長公主，原就該儀同親王。南下路遠，朕賜妳御輦代步，算朕對妳的優恤。至於護送的船隻，披紅掛彩不得少於百艘……還有什麼要求妳只管提，朕能辦到的必然全力滿足妳。」

帝姬望著這哥哥，滿肚子的話，卻不知從何說起，只道：「臣妹別無他求，惟願吾皇勤政愛民，我就是到了天涯海角，心裡都感到寬慰。」

她到底不快活，說完便蹲安去了。皇帝負手看著她纖瘦的背影，一時心緒翻湧，難以自持。

「朕是不是做錯了？」他回過身來看音樓，語調有些悽惶，「婉婉同妳說了什麼？她怨不怨朕？」

音樓沒想到皇帝到她這裡的開場白是這個，權衡了下才道：「長公主年輕，還沒作好準備，說嫁就嫁，似乎有些不適應。倒沒有怨皇上的意思，不過說起至親骨肉，情難割捨罷了，皇上千萬別多心。」一面說一面往偏殿裡引，請他坐下，外間送了御用的茶點來，她雙手托著，恭恭敬敬呈獻上去，「今兒主子得閒出來走走嗎？怎麼有好興致到我這來？您瞧我這模樣忒不像話，請主子稍待，我進去換了衣裳再來伺候主子。」

他調過視線來看她，沉香色素面通袖袍，頭上鬆鬆綰個墮馬髻，不施脂粉，這顏色還是他初見她時候的況味，一點都沒變。他搖搖頭，向她伸出手來，「到朕這坐，朕有話想對妳說。」

音樓心裡慌，不知他到底打什麼算盤，強作鎮定挨著他坐下，他薰龍涎香，入骨的味道，不是她喜歡的。她定了神打岔，「音閣眼下頤養在西苑，我前兒去瞧她，她害喜，腸子都快吐出來了。我料她喜歡吃酸的，酸兒辣女嘛！光吐不吃東西不成，肚子裡的龍種受不住。我有今年新醃的梅子，回頭打發人送過去，叫她開開胃。」

皇帝卻突兀問她，「音樓，妳一點都不生氣嗎？朕接妳回宮不到兩個月就移情別戀，妳一點都不嫉妒？」

他的神來一筆令她大大一震，她看著他的臉，猜不透他所思所想，「萬歲爺怎麼會這麼問？奴婢是後宮的人，不妒不恨是首要。主子是千古明君，聖裁自有道理，豈是我這樣的婦道人家能堪得破的？」

他低頭哂笑，唇角綻開譏誚的花，「這話朕愛聽，但朕不是無所不能。譬如朕真心喜歡的女人，從來沒有把朕放在眼裡。朕就像個傻子，所有的感情只能寄託在另一個人身上，這種痛苦，妳能體會？」

第九十章　聖恩遠道

音樓只覺一串寒栗在背上蠕蠕爬行，爬到脊梁頂端，恨不得痛快打個冷顫。皇帝煉丹煉魔怔了，似乎有點神神叨叨的。這話暗示太明顯，她不敢接話。怕他是在試探，又要使心眼子算計肖鐸。她不懂得周旋，只會一味地搖頭，「皇上有皇上的裁度，奴婢不敢妄揣聖意。」

皇帝抿起唇，沉默半晌又換了個輕鬆的神情，「音閣若要晉位，妳看什麼位分比較好？」

音樓還是不明白他的用意，含糊應道：「皇上喜歡給她什麼位分就是什麼位分，問我，我也不懂那些。」

皇帝定眼看她，嗟嘆了句，「真是個無趣的人啊！她是妳姐姐，她的榮辱和妳休戚相關，妳毫不在意？」

音樓心道自己和音閣不對付，她若是爬得高，對她未必有利。不過反過來想，音閣若是登了高枝，瞧不上她排擠她，打壓她甚至攆她，反倒能幫上她的忙。雖然過程可能會吃些苦頭，那些都不重要，她能挺得住。只要能和肖鐸在一起，就算受點窩囊氣她也認了。

「皇上恕奴婢妄言，前陣子您廢了張皇后，宮裡人紛紛猜測，是不是您要扶持音閣接掌中宮……」她怯怯看他，「主子，您要立音閣做皇后嗎？」

他的手不知什麼時候環在了她的肩頭，她渾身僵直又不能反抗，只得咬牙忍住了。

「立后……」他的目光顯得空曠，「也許吧！她後來居上，妳心裡不委屈？」

她有什麼好委屈的？空占著端妃的名頭好吃好喝到今天，已經是賺大了，誰做皇后和她沒多大關係。她搖頭，「我們姐妹一體，她做皇后我替她高興。皇上寵愛她，這世上千金易得，最難得是兩情相悅。音閣旁的都好，就是脾氣急躁些，如果將來耍小性子，請皇上一定包涵她。」

皇帝聽了微笑，咂出了點拆牆角的味道。其實她還是在乎的，就算跟肖鐸有點牽絆，畢竟一個太監能給她的有限。她是他的妃，正正經經是他的女人。不管心怎麼野，等看透了，想通了，仍舊屬於他。

「朕的端妃果然溫惠宅心。」他抬手撫她一頭黑鴉鴉的髮，「妳是瞧見張后的下場，擔心音閣伴君如伴虎？」

音樓覺得皇帝誤會了，她不過是預先給音閣說好話，將來她要開發自己的時候皇帝能寬寵些，放任她去辦，自己好儘早脫離出去。小算盤只在肚子裡打，嘴上說得很動情，「倒不是，皇上對音閣的心思我都瞧著的，咱們姐妹兜兜轉轉先後遇見了皇上，是咱們步家祖墳上長蒿子了。關於張皇后被廢，裡頭緣故我不太清楚，也不好隨意揣測。我早前聽過一句詩：『君明猶不察，妒極是情深』。她做不得自己的主，或許是因為她太看重。於皇上來說，冰凍三尺非一日之寒，忍無可忍才會狠下心處置她，必定不是一時興起。」

皇帝神情有些凝重，「當初要是有妳這句話，也許張氏就不會被廢了。」他長長一嘆，看見桌上供的紅泥小火爐，細嗅嗅，空氣裡有甜甜的香味，便起身過去看。砂鍋裡八寶粥篤篤翻滾，他回過頭笑道，「妳自己熬粥過臘八？御膳房不是挨著給各宮送過節的吃食嗎，妳這裡沒有？」

她說有，「宮裡山珍海味盡著吃，那些東西固然不缺，可不及自己動手有意思。以前我愛在裡頭找蓮子，一鍋不過點綴三五顆，未必輪得著我。現在我自己做，熬煮的時候我滿滿撒了兩把，愛怎麼吃就怎麼吃……」她大談吃經的時候皇帝都是含笑看著她，目光溫柔，簡直掐得出水來。音樓唬得住了嘴，「皇上要來一碗嗎？」

他緩緩搖頭，來時音閣服侍他用過了，這會兒空有心力也裝不下。吃雖不吃，不妨礙他湊湊熱鬧。他捏著木勺柄饒有興致地攪和，也沒看她，只道：「朕今兒來是有事想同妳商量。」

談正事的好，不再陰陽怪氣的，怎麼都好說。她上前呵了呵腰，「主子別說商量，有事只管吩咐奴婢。」

皇帝稍頓了下道：「不瞞妳，朕的確有心立音閣為后，但她身分尷尬，要想成事恐非一朝一夕。朕是想，孩子落了地，名不正言不順，少不得惹人非議。妳是朕親封的端妃，又是孩子的姨母，若這胎是個皇子，就送到妳宮裡來，由妳代為撫養，對孩子的將來有益處。朕這麼安排，不是站在一個皇帝的立場，是以丈夫的身分同妳商議。妳答應就照著朕的意思辦，若是為難，朕也絕不強迫妳。」

以丈夫的身分？哪有皇帝對嬪妃自稱丈夫的！音樓想起她喪母後，父親把她送到大太太房裡時候的情景，音閣的母親對她簡直深惡痛絕。大概所有女人都不喜歡丈夫帶著別人的孩子搞鄭重託付那一套吧！至少有真感情的肯定不能接受。設想眼前人換成肖鐸，她會是怎麼樣一副光景？一定變成個潑婦，跳起來拔光他的頭髮。皇帝畢竟不是她的良人，對待衣食父母，好態度還是必須的。

「皇上深思熟慮，我沒旁的想頭，只要是主子的吩咐，沒有不盡心照辦的。」她說著，又有點猶豫，「可我沒養過孩子，不知道怎麼料理。」

「那不礙的，橫豎每位皇子都配有十幾個保姆和奶媽子，開蒙前撫養在妳宮裡罷了，並不需要妳親自動手。」皇帝說著，執起她的手道，「妳能這樣識大體，朕很覺欣慰。老話說妻賢夫禍少，張氏當初能有這等心胸，朕也不至於一氣兒廢了她。」

開口閉口夫啊妻的，音樓聽得心驚肉跳。平時話不投機的人，想交談也提不起興致，便兩兩緘默下來。本以為皇帝來就是衝著這件事才移駕的，既然吩咐完了，就沒有繼續逗留的道理。音樓巴巴兒盼著他走，可是他卻在南炕上又坐了下來。

「主子今兒不煉丹？」她笑問，「我那天隔窗看見丹房裡的爐子，真和畫本上的一樣。」

他說不，坐在一片光暈裡，有種文人式的含蓄和溫潤。皇帝相貌很好，生於帝王家，骨子裡透出雍容來，只可惜品性不足重，人也變得無甚了得。

相處一旦有了套路，便很難發掘出什麼精妙趣致的地方了。礙於他的身分，說話也得拘著，無非問一句答一句，不單音樓感到牽強，皇帝似乎也不大滿意。他們之間是個死局，不知怎麼就走到了這一步。

皇帝低頭摩挲腰上香囊，突然發現邊緣綻了線，簡直歡天喜地似地叫她，「妳瞧瞧，朕的香囊破了個口子，妳給朕補補。」

音樓湊過去看，游龍腳爪處隱隱透出了內裡，便扭身在炕桌另一邊坐下，笸籮拖過來，翻箱倒櫃地翻找傢伙。抽出一絞明黃線比了比，抿嘴一笑道：「正好有合適的顏色，省得上內造處討要了。主子稍坐一陣，這個不麻煩，織補起來快得很。」

她舔線穿針，手腳麻利地挽了個結。皇帝在一旁看著，她太年輕，鬢角的髮沒打理，不像別的嬪妃似的油光可鑑，倒顯出別樣稚嫩的美。

「妳和音閣相差幾歲？」皇帝一肘支著炕桌問她，「妳今年是十六？」

她有一雙烏黑明亮的眸子，即便困在重重宮牆中也不曾黯淡。轉過眼來瞅他，唔了聲道：「過年就十七了。音閣大我一歲，她是屬虎的。」說完了依舊專心納他的香囊，這香囊的邊緣沿了一圈金絲滾邊，縫起來不太容易。她戴著頂針做活，大約頂到了香塊，針屁股一挫，一下子扎進了肉裡。

她「哎呀」一聲，把皇帝嚇一跳。忙探過去看，那粉嫩的指腹沁出紅豆大的一滴血來，他抽出手絹替她按住，蹙眉道：「怎麼不當心？也怪朕不好，偏讓妳幹這個。疼不疼？朕叫人傳太醫來？」

她咧嘴笑道：「叫針扎了下就傳太醫，人家來了都不知道怎麼治。我這回可出醜了，說了不費事的，沒想到活沒幹成，先見了血了。」

她語氣稀鬆，要是換了音閣，少不得哭天抹淚向他邀功訴苦。皇帝緊緊捏著那指尖，想把她抱進懷裡，最後還是忍住了。

感情就像兩軍對壘，誰先陷進去誰輸。既然到了這地步，再告誡自己已經晚了，那麼只有在有限的空間裡爭取最大的優勢。不要叫她認清，因為真正的愛情有自己的意志，會不自覺從動作裡流露出來。她的心在別人那裡，在沒有收回來前，他對她太多的留戀只會轉變成她的動力，促使她更加有恃無恐。與其受人挾制，不如攻其不備。剪斷她的雙翅，斬斷她的後路，到那時才能讓她心甘情願停留下來。

他說：「音樓，妳恨過朕嗎？」

她惘惘看他，「為什麼要恨您？」

「朕曾經讓妳在奉天殿前跪過一整夜。」他睇眼看她，「妳一點都不記恨朕？」

沒有愛，自然連恨都是浪費感情。音樓笑著，然而笑容裡沒有溫度，「皇上聖明燭照，做任何事都有計較，我行差踏錯，罰我是該當的。當初我也怨過，但是過後就忘了。我和狗爺是一樣的性子，就算被踢了一腳，自己躲在角落裡傷心一陣子，想開了就好。」

狗對主子最忠誠，她做得到嗎？皇帝輕輕一哂，鬆開了手，「天色不早了，朕該回西苑去了。這香囊擱在妳這裡，過兩天朕再來取。」他收回帕子塞進袖隴裡，轉身便出了門。

音樓長出一口氣，可算是走了。回過頭來看炕桌上的香囊，拎起來往笸籮裡一拋，周旋半天有點乏累，扭扭脖子上炕歇午覺去了。

◆

東西宮歲月靜好，內閣卻因合德帝姬出降的陪嫁吵得不可開交。

到了年底各處帳務檢點，不用說的，還是老生常談，國庫空虛，錢是當務之急。皇上兄妹情深，早就有了示下，長公主大婚耗資不得從簡。上頭一句話，下頭人勒斷了脖子。皇帝不當家不知柴米油鹽貴，戶部上奏的數目他也不關心，只知道天家體統，富貴排場不可棄，管你錢從哪裡來。這可難煞了首輔閣老們，巧婦難為無米之炊，你瞧我我敲你，束手無策。

肖鐸坐在帽椅裡喝茶，等他們鬧過了才道：「查抄于尊府邸，剿出各色奇珍百餘件，白銀五十萬兩，這筆數目也不算小，我已經據本呈報皇上了。公主出降，銀錢是次要，妝奩要體面，還需眾位大人鼎立相助。」他捲著手絹掖了掖嘴，雪白的狐毛襯著一張眉目清和的臉，笑起來沒有半點鋒棱，「長公主是兩朝令主的胞妹，身分尊崇，無人能及。如今皇上指婚南苑，又是山水迢迢一去千里，主子捨不得也在情理之中。諸位大人皆是朝中股肱，如今這燃眉之急……說白了，責任都在咱們肩上。咱家這兩年為官，攢下的體己不多，府裡尚且存了幾件東西，回頭叫人送進庫裡，也算咱家對長公主的一點心意。諸位大人隨意，手上活絡的貢獻些個，大夥兒湊分子，一咬牙，事也就挺過去了。」

眾人聞言垂頭喪氣，若論家私，天子腳下的大章京，哪個家裡沒有點底子？拿出一樣兩樣來，冰山一角傷不了元氣。可是有了一回就有第二回，細想想，將來極有被掏棺材本的可能，這份憂心和誰去說？你要兩手一攤哭窮，這不大好。東廠連你家耗子是公是母都知道，你擺明打擂臺，轉天人家就能找個藉口把你府邸抄個底朝天。既然肖鐸領了頭，大夥也無話可說，人家捨得，你憑什麼捨不得？打落牙齒和血吞，且忍著吧！

如此這般，到了大年下，按照皇上的旨意，長公主的十里紅妝都料理妥當了，只等正日子一到，就可風風光光出閣了。

第九十一章　嘆鳳嗟身

太后領了頭，宮裡的嬪妃們也紛紛給帝姬添妝奩，初八那天去送行，長公主哭得很淒慘，大夥跟著一塊掉眼淚。

公主出降，原本應當皇后給她開臉上頭的，可惜后位懸空，音樓和她交情好，便由她代勞了。帝姬並沒有大婚的喜悅，人顯得疲懶，伏在她膝頭不肯起身。音樓只得不停勸慰她，「出了門子還能回門，妳是大鄴的長公主，什麼時候想回來看看，不過一句話的買賣。」

她頓了好一會兒才道：「我也說不清，心裡空空的，覺得這輩子可能再也回不來了。」

音樓怔了下，在她背上輕拍道：「別胡思亂想，南苑王待妳好，妳想回京，他還有攔著妳的道理？妳眼下心裡愁苦，等到了江南就知道。春暖花開，十里秦淮，美景亂人眼，到時候只怕求妳妳都不肯回來呢！」

她這才有了點笑模樣，也是一閃即逝，哀聲道：「嫁出去的女兒潑出去的水，橫豎就這麼回事。其實我細想想，還有什麼值得留戀的呢？太后不是我親娘，哥哥又是這模樣，紫禁城裡除了妳和廠臣，連個說得上話的都沒有。」

音樓扶她起身，招門外喜娘進來伺候穿嫁衣，她在邊上適時幫襯一把，囑咐道：「姑娘大了總要出閣的，往後有丈夫孩子的地方才是妳真正的家。比方我，我也和妳說過老家的事，一團亂麻似的，離開了，我覺得沒什麼不好。妳到南苑相夫教子，做個自在的富貴閒人，肚量放得大，什麼都別問，似水流年，轉眼就過去了。」

帝姬聽了只是沉默，半晌嘆了口氣，捏著她的手道：「我走了，妳也多保重。勸別人容易，把那番話用在自己身上可難。咱們分開了，還希望兩處安好。今年萬壽節不知能不能回來，要是能，到時候咱們再敘話。」

音樓道好，送她出宮門。後面還有一套繁文縟節，祭祖先、辭宗廟、拜別皇帝和太后，都由肖鐸接手承辦。音樓遠遠立在一旁觀禮，燈火輝煌中看見他穿著飛魚服，戴著烏紗帽，一派從容祥和的模樣。她心裡莫名感到迷茫，帝姬的婚姻雖不那麼單純，但是大禮一成，也算塵埃落定了。他們呢？不知還要堅持多久。永遠在等待時機，像被固定在一個框框裡，熬得油盡燈枯，也還是掙脫不出來。

帝姬上金輦，皇帝把一柄如意交給她，似乎是突然作的決定，叫人牽馬來，自己揚鞭在前開道。原先的計畫被打亂了，只得匆匆忙忙調撥錦衣衛護駕。帝姬出降是直去南京的，藩王沒有在京迎娶的道理，於是大隊人馬出了午門。帝王家不管是迎娶還是送嫁，不鳴鑼不放炮。帝姬坐在轎子裡，外頭動靜一概不知，等到了通州下輦登船才發現是皇帝親自送她，叫了聲皇兄，便哽得說不出話來。

皇帝心裡也不受用，半是愧對半是不捨，垂首道：「此去山高水長，妳要多保重。逢著過年過節，願意就回宮瞧瞧。咱們至親骨肉，朕在這世上只有妳一個親人了。」

他們都是少失怙恃，千辛萬苦地長大，表面看著風光，其實不比尋常人家的孩子好多少。皇帝說這話，叫帝姬泣不成聲，緩了好一陣子才道：「哥哥也要多保重，向道雖好，丹藥卻不能多服。萬事皆有度，過猶不及的道理咱們打小就明白的。您龍體康健是萬民之福，大鄴這些年風雨飄搖，如今該當是與民養息的時候了。我別無他求，只求您能重建盛世、青史留名，對我來說於願足矣。」

帝姬心繫天下，認真說起來他這個做哥哥的還不及她。這情景下皇帝自然是滿口答應，兄妹依依惜別，肖鐸上前呵腰回話，「長公主該啟程了，誤了吉時不好。」

皇帝突然轉過頭道：「朕憐惜皇妹，廠臣又在她宮裡伺候過兩年，朕知道她極依賴你。這趟南下由廠臣代朕相送，朕心裡才得太平。」

肖鐸有些意外，護送帝姬出降的人員早就指派好了的，冷不丁點他的名頭，完全出乎他的預料。他躬身道：「護送長公主南下是臣分內之職，只是司禮監雜務尚未安排妥當，臣這一走，恐怕底下人摸不著頭緒……」

皇帝大手一揮道：「不打緊的，廠臣早去早回，這兩個月朝中議奏暫停，一切等廠臣回來再做定奪。」

風向轉得莫名其妙，想就此打發他，大概又是抱著某種目的。肖鐸抬眼溫文一笑，「原定了元宵節後修繕西海子以北一片的，這麼說來工程只有暫緩了。臣無能，同商賈借貸的事只談了一半，這會子撂下就走，怕那些人認名號，旁人接手不容易。皇上要是早些吩咐，臣安排下去尚且有轉圜……」

皇帝一聽那不行啊，西苑是他的道場，樣樣妥善了才能潛心論道。就這麼弄個半吊子，等他回來從頭談起，又得耽擱好長一段時間，算下來似乎很不合算了。

「既然如此，那就作罷吧！」皇帝轉著扳指道，「照舊按原定的行事，票擬堆積上兩個月也不成話。」

帝姬登了船，沒有再回頭看一眼。桅桿上紅綢獵獵招展，前後近百艘福船哨船拱衛著，龐大的艦隊在暮色中緩緩駛離碼頭，從河道口分流出去，漸行漸遠消失不見了。

皇帝的突發奇想叫肖鐸有了防範，諸樣留一手是必然的，只不知道他的病症發作在哪一處。留神觀察了很久，似乎沒有什麼異動，暫時可以放下心來。

◆

到了正月十五這一天，宮中設有元宵宴。各色餡的湯糰放在大篾籮裡，怕黏底，鋪上了一層米粉。音樓從噦鸞宮過乾清宮，出夾道看見幾個太監從膳房裡出來，扛著篾籮一路走，籮眼裡撒鹽似的，青石路上零零落落染了一地白。

今天是上元，雪早停了。往遠處看，天空澄澈，襯著底下紅牆黃瓦，藍得出奇。

「過會兒大宴完了，奴婢伺候主子回去換身衣裳。今兒宮裡下鑰晚，准許嬪妃們走動。娘娘老家大概沒這習俗，咱們北方過十五，成了親的女子上正陽門摸門釘，走百病，還能保生兒子。」寶珠笑道，「正陽門怕是去不了，上奉天門倒可行。那裡幾個銅釘摸的人多了，比起別的來要亮得多。」

「摸門釘生兒子？」音樓搖搖頭，「不準。我娘嫁給我爹，十五也摸門釘來著，結果摸來個我。老太太站在產房外頭等信，聽見是個姑娘轉身就走，一面走一面還啐，說是賠錢貨。」

「老太太不開眼，有您這樣的賠錢貨嗎？您托生到他家，是他們家上輩子燒高香了。」

音樓但笑不語，其實老太太說得真沒錯，肖鐸上回訛人，把他爹訛得傾家蕩產，可不是賠錢了！

說話間進了乾清宮，今兒人齊全，嬪妃們都打扮得花枝招展的，大冷的天還舉著團扇，也不知幹什麼用。自打帝姬走後音樓就落了單，沒人和她扎堆啦，她形單影隻很是可憐。進了屋挑個角落坐下，遠遠往寶座上瞧，皇太后戴著黑紗尖棕帽，身上穿洪福齊天襖裙，倚著個大引枕，正和貴妃說笑取樂。

她百無聊賴，低頭勾鈕子上掛的梅花攢心絡子，不防有人走過來，手裡托著一個盅，躬身道：「娘娘吃糯米的東西愛反酸，這麼著對身子不好。先進點羹墊墊，回頭稍微用兩個意思意思就是了。」

音樓抬起頭來，他頰上帶著淺淺的笑意，恰到好處的溫存，是給她一個人的。要不是礙於這麼多雙眼睛看著，多想一下子縱到他懷裡。她忍得辛苦，鼻子發酸，卻咬牙扛住，伸手接過來，頷首道：「廠臣有心了，多謝。」

他的目光靜靜流淌過她的臉，很快調轉開視線，怕一個閃失失了控，被人瞧出端倪來。這樣的生活他也過得厭倦，以前一個人的時候做事沒有顧忌，現在不一樣，瞻前顧後唯恐護不得她周全。她是捆綁在鷹腿上的細索，皇帝這招果然極奏效，他已經沒有辦法逃脫了，註定要一直替他賣命。

彼此相距不過兩步，他不能靠過去，連多逗留一刻也不行。曹春盎趨步上前通傳，低聲道：「聖駕已經過了西華門，乾爹到門上恭迎吧！」

他提了曳撒出去，不多會兒就見御輦從夾道裡過來了。

皇帝是一身八團龍袍，頭上沒戴折上巾，不倫不類束了條攢珠抹額，手裡把玩一塊雞蛋大小的紅油皮和田玉，心情似乎很不錯。下了御輦也沒言聲，悠哉哉踱著方步進了乾清宮正殿。

滿屋子人都站起來納福迎駕，皇帝叫免禮，笑吟吟掃視一圈，視線在殿內一角略作停頓，然後轉過身來請大家安坐。

帝王家的家宴和尋常人家不同，從來沒有一大家子圍坐的慣例。打頭是太后和皇帝的寶座，既沒有皇后，那皇帝身側的位子就空著。貴妃以下的嬪妃們兩人一桌，音樓和郭麗妃搭夥，麗妃不太待見她，落座後就沒怎麼和她說話。

宴是個好宴，升平署備了細樂，叮叮咚咚地敲打著，氣氛不覺沉悶。皇帝多情，在座的人都曾得過一陣寵幸，每個見了他都含情脈脈。音樓端起甜白瓷小碗喝湯的時候還在想，今兒大概沒那麼多仙丹出爐，要不萬歲爺一高興，每人賞一顆嚐嚐鮮，明兒宮裡太醫還不夠用的。

上頭太后和皇帝母子說體己話，太后問：「皇帝在西海子住得還踏實啊？兩頭有堤岸通著的，咱們不得過去，你要時常走動才好。宮裡是根本，那頭不過頤養的地方，久待不合禮數。」

皇帝諾諾答應，「朕人雖在西苑，心裡卻一時不忘朝政大事。今兒趁著佳節，想討母后一個示下。」他面上含笑，趨了趨身道，「中宮懸空太久，就像一個人沒了脊梁骨，有腦袋什麼用？腦袋支不起身子來。偌大的家業總這麼撒著叫母后操持，於兒子來說是不孝，於社稷穩定亦是不利。」

太后「哦」了聲，點頭道：「是這話，上回張皇后的事過去快兩個月了，是該好好議議了。國不可一日無君，後宮也是同樣的道理。你能有個決斷我很喜歡，打算抬舉誰，心裡有成算了嗎？」

皇帝直言不諱，「兒子和端妃娘家姐姐的事，想必母后也都聽說了。朕是一國之君不假，君王也吃五穀雜糧，拋不開兒女私情並非十惡不赦嘛！兒子眼下一門心思想立音閣為后，若得母后首肯，這就下詔接音閣入宮……」言罷小心覷了太后兩眼，「那麼母后的意思呢？」

第九十二章　泣溻乾坤

一石激起千層浪，殿裡的人交頭接耳竊竊私語。音樓倒是老神在在，舀了個湯糰嚐一口，玫瑰豆沙餡的。味道不錯，就是太甜了。

邊上麗妃斜著眼睛看她，陰陽怪氣道：「您這回算是有盼頭了，您妹妹真是個人才，以前不是南苑王的妾嗎，怎麼一氣兒要做皇后了？步家是個鳳凰窩，說來事就來事。」

她咳嗽一聲放下了碗勺，「老話說眼斜心不正，您正眼看我也沒什麼。至於來事，真不是我們姐妹成心的，您要是想不通……」她往皇帝方向略抬了抬下巴，「您可以去問那位，他老人家必定願意解答您。」

麗妃被她回了個倒噎氣，狠狠把杯子擱在矮桌上。

皇太后的態度很明確，「不成！」似乎意識到太武斷，怕駁了皇帝面子，又換了個聲口語重心長道，「皇后是一國之母，是天下女子的表率，多少人看著呢！不說別的，你瞧瞧她們，」太后朝下首指點，「貴妃、賢妃、淑妃……這些個人，都是有了皇子，品性純良的。你挑誰不好，偏挑她？皇帝啊，帝王家的臉面尊嚴是頭等的大事，不能單憑自己的喜好。宮裡嬪妃看不上不要緊，開了春有選秀，到時候再挑個出身好門第高的就是了，何必急在一時？叫什麼步音閣，我看是不應該！蠱惑君心者非但不能立后，甚至該死！一個不端不潔的女子，如何母儀天下？你雖不是我生的，但自小由我帶大，咱們母子不生分，就像嫡親的一樣。我原不想管你這些，可這回你辦得委實不妥。我的意思擱下了，你瞧著處置吧！倘或一意孤行我也不攔你，只是再別叫哀家母后，讓我搬出慈寧宮，上泰陵裡守陵去吧！」

皇帝臉上甚為難，「母后這話叫兒子不敢領受，兒子不孝，惹母后傷心了。才剛恭聆慈訓，兒子細想了想，母后說得極有道理。宮裡諸妃嬪，入得宮苑，都是允稱淑慎的上好人選。母后既發話在她們之間挑選，那就依母后說的辦。」

諸妃立刻抖擻起了精神，連身板都挺得更直了。音樓邊上的麗妃本來與她相當，皇帝這話一出，頓時比她高了大半個頭。她倒覺好笑，順勢往下縮了縮，橫豎不管誰當皇后，音閣看來是沒希望了。白白挨了兩巴掌把張皇后拉下來，沒想到最後為他人作嫁衣裳，說起來怪可憐的。

皇帝走下御座，兩面宴台當中有條寬綽的中路，他背手踱步，半昂著頭，嘴角帶著笑意，吟詩似的緩緩念道：「朕惟道原天地，乾始必賴乎坤成。今有啵鸞宮端妃，純孝謙讓，秉德安貞，恪嫻內則，當隆正位之儀。朕仰皇太后慈諭，命以冊寶，立爾為皇后。自此贊襄朝政，與朕坐立同榮，無忘輔相之勤。茂祉長膺，永綏多福，欽此。」

晴天裡一聲炸雷，筆直劈在頭頂上。音樓嚇得肝膽俱裂，她以為自己聽錯了，惶惶看眾人，殿裡的妃嬪也像淋了雨受了驚，瞠大了眼睛瞪著她。原來不是她走神聽差了，皇帝的確封她為后，連冊文都不用頒，直接口諭，比什麼都來得精準。

這是怎麼回事？她惶駭至極，調過頭去看肖鐸，他面上鎮定，擰起的眉頭卻藏不住他的震驚。皇帝和他們開了個大玩笑，難怪臘八來她殿裡說了一車莫名其妙的話，是早就有了成算嗎？冊封她為皇后，然後心安理得讓肖鐸替他賣命。因為江山不再只繫於他一身，也與她休戚相關了。聖主明君靠勵精圖治，他則是劍走偏鋒，歡天喜地變成了個操縱皮影的藝人。她腦子裡亂成了麻，一切來得太突然，誰都沒有招架之力。

可是自己不能亂方寸，現在有個差池，也許下一刻御林軍就會一擁而入押走肖鐸。這天下終歸是他的天下，肖鐸做得足夠好，可惜沒辦法阻止皇帝親下詔命。她只有請辭，希望很渺茫，但也要試一試。

她跪下來，前額抵在地毯錯綜的經緯上，「奴婢無德無能，不敢受此皇恩。奴婢是先皇宮眷，得皇上恩典重入宮闈，已經是萬萬分的榮寵。如今再受中宮印冊，奴婢就是千古罪人，死後無顏見列祖列宗。求皇上收回成命，求皇太后成全奴婢。奴婢……實在不能……」

她叩地哽咽不止，身子縮成小小的一團，那形容前所未見。肖鐸只覺眼前的人和物件飛速旋轉起來，腦子發熱，簡直按耐不住心頭升騰的怒氣。好一招釜底抽薪啊，足可以耗光他所有的耐心。這罪惡的紫禁城，每一步都暗藏心機。他的涵養和隱忍通通離他遠去了，不論他和音樓怎樣海誓山盟，終究敵不過皇帝正大光明的昭告天下。他從沒有像現在這樣彷徨過，混亂裡動了殺機，也許背水一戰也未為不可。

他探手去摸腰間軟劍，曹春盎卻拽住了他的胳膊。弒君容易，逃脫太難，皇帝既然這麼安排，事先必定作了萬全的準備，誰敢妄動，還沒踏出宮門就會灰飛煙滅。曹春盎不能說什麼，只用哀懇的眼神望著他——想想娘娘，願意看她被御林軍剁成肉泥嗎？

他要帶她走，要全須全尾的帶她走。霎時巨大的痛苦把他淹沒，只恨當初自己放不下，若真的下了狠心同她私奔，不管遇到多大的險阻，都不會像眼下這樣令人絕望。

冊封皇后已經是一個女人登頂的時刻了，多少人夢寐以求的輝煌，不管是喜極還是表面謙讓，似乎都不該是音樓這樣的反應。皇太后被皇帝鑽了空子大為不滿，原本要駁斥，看見音樓這模樣，一下子又變得無從說起了。

其實皇帝一開始想冊封的就是她吧！步音閣不過是頂在頭上當槍使，否則哪裡那麼容易就作罷？一個皇后，天下之母，居然冊封得如此草率，皇帝的荒唐實在令人咋舌。當真是妾不如偷，好好的三宮六院連瞧都不瞧，別人的女人，再臭都是香的。

可是當著眾人面親自頒布的詔命，已經沒有更改的希望了。皇太后悵然看著跪地不起的新皇后，無奈道：「這是妳的造化……」

音樓高聲說不，「奴婢微賤，請皇上另擇賢能。」

事態發展得十分古怪，大家都摸不著頭腦。新后執意不從，皇帝臉上也不光鮮。一時僵持不下，皇帝只得親自上前挽起她，一手扣住她腕子，臉上笑著，眼裡卻風雷畢現，「朕這裡不興三封三辭那一套，自古君王一言九鼎，皇后自謙朕知道，但是自謙過了頭就不好了。」

他指尖用力，頗具警告意味，轉頭對肖鐸下令，「明早詔告天下，朕已封步氏為正宮皇后，從此出同車、入同座，朕也打算譜一曲傳世的佳話。」

他朗聲笑，笑聲粉碎了多少人的夢想已經無從考證了。肖鐸看著音樓，她眼裡帶著悽惶和哀告，他知道她的心，兩個人相愛到一定程度，只需一個眼神就懂得其中含義。他咬碎了牙，忍辱躬下身去，「臣遵旨。」

滿殿的宮眷出列，在宴桌前就地跪下磕頭，恭請皇后娘娘金安。音樓聽著這些聲音隆隆在耳邊迴蕩，人像被罩在一個巨大的黃金做的甕裡，感覺不到榮耀，只有滿腹的委屈。她轉過頭看皇帝，他的笑容那麼可怕，原來愛情也可以偽裝，為了全盤操控，他甚至不惜賠進帝姬。

「皇上打算如何處置音閣？」她說，「你不是很愛她嗎？」

皇帝略挑了挑嘴角，「朕說過，朕最愛的是妳。至於她，留著叫人說嘴。朕已經替她擇好了夫家讓她改嫁，皇后念著姐妹情，願意的就操持操持，若是不願意，另指派人經辦就是了。」

這個無情的人，音閣還懷著他的孩子，他居然就這樣把她嫁了！她覺得不可思議，他伸手來撫她的眼睛，「別這麼看著朕，朕不過是愛妳。」

音樓不知道自己是怎麼回去的，說回去其實也不準確，她搬進了坤寧宮，那個從前只能仰視的地方。做小才人的時候隔牆遠眺，看見這裡的重簷廡殿頂都會讚嘆不已，現在入主這裡，居然一點都不快樂。

她站在簷下看，八寶的雀替、盤龍銜珠藻井，那麼高的規格，這裡是紫禁城的中樞。住過榮安皇后、住過張皇后，如今輪到了她。她們的下場並不好，自己又會怎麼樣？

宮婢和宦官往來，忙著替她歸置東西。她獨自轉到配殿裡，寶珠進來，低聲喚她，「娘娘……」

她呆坐著，兩眼定定落在牆角，緊握兩手擱在膝頭。

「今兒才冊封，晚上恐怕要翻牌子。」寶珠遲疑道，「娘娘如何應對？」

她閉了閉眼，「我連死都不怕。」

女人走投無路就會想到死，寶珠束手無策，哀聲道：「您不為督主考慮嗎？」

她身在這個位子，已經看不見未來了。皇帝在她身上打了個戳，她成了大鄴的皇后，以前尚且不能掙脫，更何況以後！

她仰起臉說：「寶珠，我和他有緣無份。以前我一直不願意承認，可妳瞧見了，事實就是這樣。也許該斷了，以後的路越來越難走，我會拖垮他的。有時我在想，是不是現在的一切都是我的臆想，其實我在殉葬那天就已經死了……」她打了個寒噤，喃喃道，「我從繩圈裡看到他，他是最後一個留在我記憶裡的人，和我從來沒有交集，只是送了我一程。」

她有點魔症了，嚇得寶珠忙打斷她，「娘娘千萬別胡思亂想，您活著，大家都活著。今天的事來得突然，奴婢知道您慌神，您先冷靜下來，總會有法子的。」

有什麼法子？皇后就是最好的枷鎖，套住她，讓她寸步難行。她想過了，皇帝要是強迫她，她就跟他同歸於盡。她站起身，在屋裡兜兜轉轉找了半天，宮裡的利器都是有定規的，平時收起來，要用的時候還得「請」。她沒法和寶珠說，要是讓她知道，肯定想盡辦法通知肖鐸。她不敢設想他現在處於怎樣的水深火熱，自己痛苦，他勝她百倍。真逼急了做出什麼事來，萬一不成，看著他去死？

她走出配殿轉身南望，乾清宮就在一牆之隔。今天是冊封頭一天，他沒有不來的道理。果然轉頭聖駕便到了，他依舊笑得溫文，語氣也很鬆泛，環顧四周道：「朕以前不常來坤寧宮，這會兒看看擺設都換了，和原來大不一樣了。皇后可還稱意？」

她漠然站在那裡，不行禮也沒有笑臉。看著他，像看待一個陌生人。

第九十三章　別時花盡

皇帝知道她不痛快，不痛快又怎麼樣？既然詔命已經下了，她就得踏踏實實做他的皇后，這輩子沒他的令，不能走出後宮半步！

不過劍拔弩張畢竟不好，他得保持風度，狀似不經意道：「朕聽說妳喜歡梨花，提督府的梨樹好，新挪了地方照樣花繁葉茂，搬進坤寧宮來一定也能成。」

他是有意敲打她，讓她知道她和肖鐸的過往他都有數嗎？音樓搖頭道：「挪一回也許能活，挪二回必定會死。樹木和人一樣，有的地方能適應，有的地方不能。宮裡的基石打得那麼厚，它的根鬚穿不透，早晚會枯死的。」

「是嗎……」他表情平靜，負手道，「說得有些道理，既然妳不喜歡，那就作罷了。原先想過讓妳住承乾宮，那裡梨樹是紫禁城裡頂有名的，可礙著祖制，正宮還是得居坤寧宮。」他側過頭，朝永祥門上看了一眼，「再說那宮不吉利，邵貴妃和榮王都死在那裡，是誰的手筆，妳知道嗎？」

她嘲諷地勾了勾唇角，「皇上為王時便運籌帷幄，宮裡誰生誰死，都是皇上說了算。」

他「嗯」了聲，並沒有生氣，「這話在點子上，萬事皆有定數，要不是當初朕下令留妳，這會兒妳應該躺在地宮裡，也許腐爛了，只剩一捧屍骨。」他玩味地打量她，「老天待朕不薄，朕留對了人，掙來一個皇后。音樓，妳這輩子要陪著朕到地老天荒了，將來就是入皇陵，朕的身邊也有妳一席之地，妳高興嗎？」

高興個鬼！她咬牙看著他，恨不得撲上去和他拚命。他斬斷了她所有的夢想，活著和死了有什麼區別？她不明白，什麼促使他非要封她為后，就算為了牽制肖鐸，她人在妃位也是一樣。如果說他是真的愛她……她簡直要笑出來，自己這麼傻，也只有那個感情同樣幼稚的肖廠公會看上她。愛情對皇帝來說是生活中不可或缺的部分，他早就修煉成精了，就憑區區的她，怎麼能入他的眼？

「我沒有選擇的權利，您在冊封之前沒有問過我的意思，到現在說高不高興，沒有任何意義。」她不在乎是不是頂撞了他，如果這樣能讓他申斥她，甚至禁她的足，反倒如了她的意了。

皇帝嘆了口氣，「現在還是大正月裡，天冷，沒的著了涼，進去說話吧！夫妻本是一體，這麼爭鋒相對什麼意思呢！」他來牽她的手，她掙了掙，他攥緊了不放，她沒辦法了，只得被他拉進了殿裡。

坤寧宮裡陳設奢華，不說那些紫檀的大小件，就說多寶格裡的青玉執壺、漢玉璧磬、象牙水盛，也是形形色色叫人眼花繚亂。大鄴時至今日，早就忘了天下初定時的簡樸作風。鳳子龍孫們習慣了驕奢淫逸的生活，細微處見真章，地罩上懸掛整幅的金壽字妝緞，那種料子是御用，一匹抵得上老百姓一家子半年的嚼穀。

音樓踏進這樣的環境，渾身上下不舒稱。她也不坐，只立在那裡，滿滿都是敵對的情緒。

皇帝不傻，他都瞧得出來，不過並不急於戳破她，理了理袖子囑咐崇茂：「晚膳在皇后宮裡用，妳打發人同國師說一聲，朕今兒疲懶，就不過西苑了。打坐的事來日方長，不急於一時。今天是皇后的喜日子，朕留宿坤寧宮。把簷下站班的都撤了，朕要和皇后說說體己話。」

音樓聽聞他要在坤寧宮過夜暗自焦躁，愣著兩眼道：「奴婢身上不好，恐怕不能侍候皇上。」

殿裡侍立的人都撤了出去，偌大的進深，冰冷的擺設，還有蹙眉相望的兩個人。

皇帝的脾氣雖好，也不能容忍她一再違逆。手裡把玩的玉石往炕桌上一拍，寒聲道：「是嗎？妳說不好，朕倒是興致高昂。妳自入宮以來只侍寢一回，如今做了皇后，仍舊這個樣子似乎說不過去。帝王家最要緊一宗就是皇嗣，皇嗣是什麼？是將來挑起大鄴江山的中流砥柱！妳身為皇后，無所出總歸不好。雖說音閣生了兒子會過繼到妳名下，但那畢竟不是自己骨肉，隔著一層，朕最明白其中苦處。」

他說起音閣，愈發叫人憎惡他的險惡用心，「音閣懷著龍種，你把她嫁給別人，不覺得愧對她嗎？」

他形容傲慢，轉過臉道：「朕別樣上補償她就是了，她配的男人不過區區六品小吏，朕抬舉他，給他官做，音閣受封誥命，照樣錦衣玉食。原本讓她進宮也不難，可既然封妳為后，少不得犧牲一個她了。對朕來說，最要緊的是皇后，旁的人再了得，也是玩過了就撂。」他起身，試著攏她的雙肩，「音樓，朕從頭一回見妳就喜歡妳，本以為是一時新鮮，沒想到牽腸掛肚了那麼久。妳從南京回來，病得那模樣，朕在噦鸞宮照料妳，也許妳不覺得什麼，朕的心境卻和以往大不同……求之不得，輾轉反側，天下男人的通病。不管以前怎麼樣，現在妳是大鄴的皇后，該定下心來了。皇后與朕同體，這家國天下也有妳的一半，夫貴妻榮的道理妳懂嗎？」

她當然懂，可是她心裡認定的丈夫不是他，所謂的榮不榮也就和她沒有關係了。他不過是要利用她，說得這麼冠冕堂皇，有意思嗎？

「做皇后非我所願，後宮多的是淑德含章的宮妃，她們裡頭哪個都比我強。」她嘆了口氣道，「既然詔命下了，短時間內再更改，弄得兒戲似的。這銜兒我先受著，皇上可以再覓人選，過陣子廢后重立也未為不可。」

「若朕就是要定了妳這個皇后，又當如何？」他冷笑道，「妳大約忘了自己的身分了，妳是朕的女人，朕要妳為后還是為婢，由朕說了算。朕的皇后就這樣不值錢？多少人想當沒那份福氣，妳倒好，不屑一顧，到底是為了什麼？難道妳心裡有人，叫妳有這底氣來違抗朕的聖旨？」

她心跳大作，終於點到這上頭來了，他裝不知道，自己當然要矢口否認。其實彼此心裡都明白，那是個傷疤，揭開了就要面對血淋淋的事實。

皇帝忍得夠久了，這個不知好歹的女人，給她三分顏色就開起染坊來了。今兒索性和她挑明，給她抻抻筋骨，免得她連自己是誰都不知道了。

她到底有些慌張，抵賴也顯得底氣不足。他一把抟住了她的腕子，切齒道：「別以為朕不知道你們的把戲，肖鐸再好，一個太監，能給妳什麼？深宮寂寞，妳和他走得近些，朕心裡不稱意，也還是包涵了，誰知越是這樣，越縱得妳無法無天了。今天冊封妳，妳非但不知感恩還朝朕做臉子，誰給妳的膽子？妳別忘了朕才是一國之君，所有人的體面都是朕給的。奴才盡忠盡職，朕是個寬宏的好主子，宰相門前還七品官呢，朕倚重的人，朕願意叫他萬萬人之上。可朕也是有底限的，不要觸怒朕，否則莫說一個東廠提督，就是個鎮國大將軍，朕要他的命，照樣易如反掌。妳知道魏忠賢嗎？魏爺、九千歲，何等的風光不可一世！最後倒臺，不過一份彈劾奏疏一道敕令，在個小旅店裡痛飲到四更，最後一根麻繩上吊自盡了。」他狠狠盯著她，「怎麼？妳也想讓肖鐸步他的後塵？」

音樓臉色煞白，又驚又懼說不出話來。半晌才勉強道：「皇上誤會我不打緊，不要譭謗廠臣。他為主子嘔心瀝血，赤膽忠貞天地可鑑。」

皇帝嘖嘖道：「瞧瞧，這個時候還在替他說話，你們要是清白的，說出去誰信？朕不是個無情無義的人，對妳，朕動過心，也愛著妳。對他，朕龍潛時曾救過他的命，總算有淵源吧！朕不妨告訴妳，留他到現在，全賴他能助朕一臂之力。當初朕登基，廠臣功不可沒。他是一柄利刃，誰使得好，誰就能高枕無憂。可惜這柄劍有自己的意願，哪天倒戈一擊，榮安皇后就是最好的榜樣。朕本想做個閒散王爺，沒承想誤打誤撞到了這個位子，雖對社稷不上心，到底一件大事壓在心頭。祖宗基業不能在朕這一代毀於一旦，朕試過重新培養勢力，結果西廠不長進，被東廠壓得連頭都抬不起來。橫豎肖鐸成了氣候，朕放著現成的人不用，倒傻了。所以罷免後重又起復他，讓他保我大鄴江山，咱們共用富貴，有什麼不好？可惜了千算萬算，算漏了你們的感情。當初榮安皇后告訴朕，朕簡直不敢相信。妳是朕先瞧上的，憑什麼半道上被他截胡？朕知道感情沒有先來後到，就是一千一萬個不甘心。這下子好了，妳是朕的皇后了，他給不了妳的朕都能給，妳不覺得自己幸運嗎？不費一兵一卒，別人可望不可即的東西，妳唾手可得，還有什麼不滿意？」

他說了那麼多，最後兩句尚且讓她認同。她的確是世上最幸運的人，因為遇見肖鐸，讓他愛她，是她這輩子最了不起的成就。至於現在的后位，她並不稀罕。如果他能放了她，她一定毫不猶豫捲包袱走人。

唯一值得慶幸的是他不知道肖鐸的底細，因為他是太監才得寬宥。自己態度要是太過強硬，萬一讓他起疑就了不得了。

她緩緩長出一口氣，「我只想知道，您為什麼冊立我？得不到的才是最好的，是這麼回事嗎？」

她不像先前那麼激進，皇帝的語氣相應也放緩了，捋捋她鬢角的髮，把她帶進懷裡，貼著她的耳朵說：「朕重申了很多遍，朕是愛妳的，妳為什麼不信？如果不愛妳，何必封妳為后？朕想同妳並肩坐擁天下，妳什麼都不用做，只要在後宮安享尊榮就行。妳記著，皇后安則肖鐸安，這話可能也是他想告訴妳的。朕不過缺個人替朕分憂，那些票擬，實在看得朕頭痛。還有愛罵人的言官、貪贓枉法對朝廷有異心的佞臣，都要東廠去收拾。」他說著，復輕聲一笑，「朕其實是個很不稱職的皇帝，喜歡聽山呼萬歲，卻不願意承擔朝政上的重壓。朕的經絡裡沒有老祖宗殺伐的血液，安逸得久了，無可救藥。目前為止朕最信得過的還是廠臣，有他在，可保朕的江山固若金湯。就算他不為朕賣命，有皇后坐鎮，他也會肝腦塗地，不是嗎？」

說得夠清楚了，這樣也好，開誠布公地談，彼此心裡都有數。音樓點了點頭，「我明白皇上的意思，也可以按照您的意思去辦。只是侍寢一事，還請皇上通融些時候。倒不是不願意伺候皇上，實在是近來經血不暢，常犯肚子疼……」她低下頭，把手壓在小腹上，「叫太醫瞧了，都說是血瘀，這會兒正吃藥呢。」

皇帝乜起了眼，「血瘀？事倒巧得很。」一面說，一面撫她飽滿的紅唇，「前陣子寵幸音閣，真真是把她當成了妳。朕不去妳宮裡也是賭氣，現在想想，簡直有點小孩子氣。音樓，不管妳承不承認，全大鄴的人都知道妳是朕的皇后，這點已經改變不了了。妳身上不好，朕等妳，不過不會一直等下去。宮裡的女人都是調劑，咱們才是正頭夫妻，記好了？」

她斜對著窗後流淌進來的夕陽，眸子黯淡，汪著一團淒惻的光。應該是想明白了吧，知道不能反駁他，認命地點了點頭。皇帝喜歡聽話的女人，一樣牽念已久的東西失而復得，足叫他心花怒放。本錢不動先支利錢，他捏住她玲瓏的下巴，低頭吻了上去。

第九十四章　思君萬里

一個死局，誰都破不了。皇帝雖昏庸，但是不可否認，他有投機的智慧，拿捏人的痛肋，一拿一個準。

他說皇后安則肖鐸安，音樓知道自己連求死都不能。她在這無望的深宮裡，免了宮妃們的請安，卻推不掉諸皇子的晨昏定省。她端坐在寶座上，聽他們叫她母后，向她彙報課業。她的一言一行都在別人眼裡，受的限制比做端妃那會兒多百倍。

經歷了絕望掙扎，現在已經可以沉澱下來了。靈魂往下墜，越墜越深，像咸若館外的那爐死灰，不管繁華還是糟粕，都囤積在了爐底。

皇帝的成仙大業倒是一刻沒有鬆懈，仍舊在太素殿裡參禪悟道。偶爾來坤寧宮過夜，也只是過夜，她拒絕了好幾次，所幸他沒有相逼，這點算是好的。

可是她心底裡的痛苦怎麼疏解呢？皇帝勒令她下懿旨，要肖鐸把掌印值房搬出後宮，搬到十八槐以南那片去了。同在一座城，至此真的難以往來了。她想肖鐸應該明白的，這不是她的本意，可是誰知道呢，再深的感情只怕也架不住距離。伸手夠不著，慢慢起了猜疑……她不敢想，和他究竟還有沒有未來。

她最近常去慈寧宮花園裡轉轉，以前的掌印值房就靠著花園的南牆。她走進那片松林，把手貼在牆上，慢慢撫摩，彷彿他還在那裡，只是牆太高，看不見罷了。

好幾次午夜夢迴，夢見當初在鹿鳴蒹葭時的情景，醒來後人惘惘的。披上罩衣開門出去，天寒地凍裡也不覺得冷，匆匆走到啟祥門上，異想天開要趁著夜黑遠遁，到他身邊去。然而門上的太監磕頭請她回宮，誰也不敢替她落鑰。她垂著雙肩站了很久，寶珠在邊上苦苦哀求，她沒有辦法，失魂落魄被她拉回了殿裡。

深宮鎖閉，不知道外面是怎樣的光景，唯一的樂趣就是接到彤雲的來信。她是以表妹的名義給她寫信，就算叫別人看見也沒有妨礙的，說已經臨產了，肚子大得像一面鼓。孩子很會折騰，在裡面翻筋斗，常害她不得安睡。

「穀雨的時候我赴京看望娘娘，花謝終有再開之時，娘娘當保重鳳體，一切順與不順，老天自有安排。」彤雲在信上這樣寫。

音樓命人取黃曆來，坐在炕頭上細細翻閱，還有兩個月，但願彤雲生產順利，等她回來，就有了可以商量的人了。

天轉暖，闔宮的妃嬪宮人都開始裁剪春衣。驚蟄那天，節慎庫裡往各宮派料子，曹春盎托著大紅漆盤進來的時候，音樓正給狗爺梳毛。他上前行禮，細聲道：「奴婢恭請皇后娘娘金安。庫裡出了新緞子，奴婢奉督主的令，送來給娘娘過過目。」

這麼久了，才看見肖鐸那邊的人過來，她心裡一陣撲騰，勉強定了神點頭讓擱著，把殿裡人都支了出去。

「小春子……」她還沒把話說出口就紅了眼眶，攥緊手絹問，「他好嗎？」

曹春盎耷拉著眉毛道：「乾爹讓我報喜不報憂來著，可他不大好。前陣子染了風寒，身上燙得火爐子似的，方大夫給他開了藥，他也不怎麼吃。奴婢在他身邊伺候，這是第三個年頭了，他身子骨很結實，以前連個傷風都沒有的，這回病了大半個月……」他往上覷覷，見她臉色煞白便頓住了口，又換了個調說，「不過娘娘別擔心，這會兒已經沒大礙了，也就清減了點兒，精神頭尚且不錯。」

音樓心裡著急，掖著眼淚道：「我如今是關進了籠子裡，想出出不去。掌印值房叫搬出後宮，不知道他心裡什麼想頭。你一定代我好好照顧他，他身子硬朗了，我在宮裡才有奔頭。」

曹春盎道是，「請娘娘寬懷，奴婢一定盡心盡力伺候好我乾爹。」說著回頭朝門上看一眼，確定了沒人低聲道，「西海子那位太甯真人是乾爹舉薦給皇上的，娘娘知道吧？」

音樓點了點頭，「我知道這事，怎麼？」

「道家修煉的道術和佛門不同，說句打嘴的，什麼陰陽和合，最髒的。皇上煉丹，裡頭加好些稀奇古怪的東西，據說還有少女經血……」曹春盎做了個作嘔的表情，「那些個東西加多了，沒準哪樣和哪樣犯撞，不是仙丹，就變成毒藥了。眼下配方都在真人嘴裡，皇上提防乾爹，對真人倒是掏心挖肺的，他還指著他做神仙呢！所以娘娘得再忍忍，不是沒盼頭的，盼頭大著呢！旁的不稀圖，就是要時間。這種事不能一蹴而就，娘娘能明白奴婢意思嗎？」

音樓聽得渾渾噩噩，最後弄清了，肖鐸要在皇帝的金丹裡動手腳！她嚇得打了個寒噤，「那怎麼成！萬一那個道士靠不住把事抖出來，他的處境不就危險了！」她說著，頹然倚在引枕上，半天才道，「你替我傳個話給他，他的心思我都知道，可他要是為我好，就不要再涉這個險。封后那天皇上和我把話都說明白了，我聽著心裡驚得厲害。我現在什麼都不求，只求他平平安安的，即便不能在一處廝守，我也認了。」

曹春盎眨巴兩下眼睛，佝僂著腰道：「娘娘為乾爹好，奴婢都知道，可人一旦有了執念，要放下就難了。您只管放心，乾爹辦事一向穩妥，那道士本來就是個渾水摸魚的積年，是乾爹抬舉他，給他機會發財。他其實是個火居道士，外頭有老婆孩子的，瞞著萬歲爺罷了。他這是欺君的罪，嘴不嚴，自己死得快不說，還要捎帶上家裡人，他沒這個膽。不過娘娘的話，奴婢回頭一定帶到。我跟您掏心窩子吧，其實我乾爹這樣，真不好。」他為難地搓手，「風口浪尖上，有點閃失就要闖大禍的，依我說先按兵不動，等事緩和下來了再做打算。可您瞧，他真有點著急了。奴婢那天勸他來著，他劍舉在頭頂上要活劈了奴婢，得虧大檔頭和四檔頭在，要不這會兒奴婢成兩截子了。奴婢都是為他老人家，沒想到驢腦袋沒摸上，給驢蹄子蹬了個窩心腳。」

音樓怨懟地看他一眼，「你說你乾爹是驢，不怕他要了你的小命？」

曹春盎愣了下，賠笑道：「是是是，奴婢是個牲口，牲口不會想事，順嘴瞎咧咧，娘娘甭和我計較。還有件事，南苑王那裡也有變數，因著長公主才過門，那邊也沒那麼急進了。乾爹短時間內要指著他幫襯，不大可能。這就是屋漏偏逢連夜雨，人走到窄處，諸事不順。」

其實他們能不能謀得一個結果，很大一部分要依仗南苑王。南苑王新婚燕爾，把宏圖霸業拋到了腦後，站在帝姬的角度倒是好事。可他們怎麼辦呢，靠山山倒，靠海海乾。肖鐸的壓力她感同身受，真覺得前途茫茫，看不到彼岸了。

她不能讓他繼續拿命去消耗，她得想辦法自救。音樓用力握緊拳頭，自己拖慣了後腿，就像長在他身上的痦子，累贅，要拔掉又難免劇痛。這回她要自己想法子，即便不能出宮，至少擺脫眼下的困境。

「你同他說，我一切都好，請他不用為我操心。我不會尋死覓活，我等得及。一步一步走來，沒有比現在更壞的了，再糟能糟到哪裡去？你讓他小心身子，雖不能見面，只要他好好的，我就有指望。」她瞧了眼桌上的緞子，「這些都留下，寶珠抓把金瓜子賞小春子。」說罷闔上眼，擺了擺手道，「我乏了，你去吧！」

曹春盎看她似乎下了什麼決斷，沒好多問，應個是，呵腰卻行退出了坤寧宮正殿。

寶珠送人到簷下，折回偏殿見她主子就光看禮單，一頭過去收拾桌上布匹，一頭問：「娘娘看姨奶奶的嫁妝嗎？奴婢算了時候，再有十天就是正日子了。」

音樓「唔」了聲道：「緞子都歸置起來，給她添妝奩。萬歲爺有示下，不叫虧待了她。」

寶珠聽了乾笑一聲：「萬歲爺這份心田難找，姨奶奶真是前世的大造化。」音樓倚著炕桌出神，又到了後蹬兒，眼見太陽將落山，料著一干小爺們要下晚課了，便吩咐廚裡送吃食來。兩半月牙桌對拚，八個皇子正好坐一桌。

時候掐得挺準，剛布置好人就魚貫進來了，到炕前並排跪下，恭恭敬敬請母后的安。音樓看見孩子還是挺高興的，他們大的十一二歲，小的不過剛開蒙，俗世的汙穢沒有沾染到他們，發了話叫他們起來，一張張鮮嫩的臉，看見桌上糕點垂涎欲滴。

「念書辛苦，都餓了吧？」她笑著壓壓手，「坐下，別拘著。」

皇長子永隆領兄弟們躬身長揖，笑道：「兒子們下半晌跑馬練劍，還真是餓了，謝母后體恤。」

規矩守完了，人也活泛起來，亂糟糟搶座，什麼帝王家體統都忘了，筷子碗碟弄得乒乓作響。

這麼多孩子裡，最愛表親近的是皇三子永慶，喝了兩口甜湯轉頭對音樓笑道：「母后，今兒師傅誇我書背得好，還說我的八股文章諸皇子中無人能及。」

其他人嘲笑他，「皇父都說了，八股文做得好的是呆子，不如老十一的『官官是舅，在河之舟』。」

永慶很不高興，巴巴兒看著音樓，音樓忙道：「學問好就是好，八股文章能寫得頭頭是道也是本事。現今科舉裡仍沿用八股文，仕子要做官，第一要緊的就是這個。」

永慶笑了，可是一笑即斂，回身看外面天色，喃喃道：「天快黑了……」

他臉上帶著恐慌，看著不大對勁似的。音樓奇道：「怎麼？晚間還有課業？」

「不是。」他搖了搖頭，沉默了會兒才道，「母后，我有件事想告訴您。今兒早五更我宮裡人伺候我過文華殿，途徑承乾宮的時候看見個孩子跑過去。當時天還沒亮，我又坐在肩輿上沒瞧真，就聽底下人直念阿彌陀佛。起先問他們都不吭聲，後來一個小太監支支吾吾說好像是榮王，他以前服侍過他，形容模樣他記得。再說那時候宮門才落鑰，有規矩不許撒腿跑的，那麼點的小個子，又是進了承乾宮……」他說著打了個冷顫，「兒子怕……」

一桌人都靜下來，擱下筷子大眼瞪著小眼。音樓心裡也瘆得慌，那時邵貴妃停靈在承乾宮，後來傳出詐屍掐死榮王的事，新晉的貴妃打死都不肯住進去，那裡就一直空關著。眼下提起什麼孩子，永慶又不像說胡話的，難道承乾宮真的鬧鬼？

「這事還有誰知道？」她盤弄著佛珠問他，「今兒你皇父過文華殿了嗎？」

永慶道是：「皇父辰時來檢點兒子們功課，兒子把這事和皇父說了，皇父把兒子罵了一頓，說兒子是個汙糟貓，睡迷了，眼花。」

音樓嗤鼻一笑，皇帝粉飾太平的功夫向來不差。橫豎永慶把話傳到他耳朵裡了，雖然有點可怖，但於她來說也許是個好機會。

永隆卻斥永慶，厲聲道：「我看你是油脂蒙了竅，母后跟前混說一氣，叫皇父知道了看罰你跪壁腳！」說著對音樓長揖，「母后見諒，老三這陣子糊裡糊塗的，說話也不靠譜，母后聽過只當笑話，千萬別往心裡去。兒子替弟弟給母后賠罪，母后壓壓驚。那些鬼神之說信則有不信則無，母后是大智之人，好歹當不得真。」

音樓頷首，讚許地瞧了永隆一眼，「你說得有理，我自然不放在心上的。時候也不早了，你們哥們回去吧，這事不宜宣揚，鬧得宮裡人心惶惶就不好了。」

永隆弓腰應了個是，帶眾皇子請跪安，紛紛退了出去。

第九十五章　潛智已深

宮裡人寂寞，皇子們不說，卻架不住底下人以訛傳訛。這樣帶有恐怖色彩的消息是個好消遣，於是很快傳遍了紫禁城的每個角落。

不管什麼事，起了個頭，總有好事之人往上頭靠攏。一時謠言又起，看見承乾宮四外冒鬼火的有之，聽見正殿裡女人帶著孩子哭的也有之。太后下令澈查嚴懲，幾十個太監闖進了承乾宮，宮裡蕭索空曠，簷角掛滿了蛛網，只有院裡的梨花開得正灼灼。

正殿、偏殿、梢間，每一處都仔細查驗過了，並沒有什麼異常。太后在院子裡鬆了口氣，「把窗門都打開，大春日裡的，進點光，邪祟也就無處遁形了。好好的宮掖，白放著可惜了。地方就是要人住，沒人氣，時候長了難免滋長些個花妖樹怪的……」話沒說完，眼角瞥見配殿裡有個人影從窗前走過，再細看，又什麼都沒有。饒是見多識廣的太后也頭皮發麻了，白著臉往後退了好幾步，「上潭柘寺請高僧來，做一場水陸道場超渡超渡，興許就好了。」

宮門重又關起來，這回還落了把鐵將軍。連太后都親眼所見，這下子鬧鬼更坐實了。皇后跪在太后炕前磕頭，「老佛爺，我不敢在坤寧宮住下去了，坤寧宮和承乾宮挨得近，萬一……」

「混說！」太后斷然否決了，「妳是國母，闔宮全瞧著妳呢，這會兒挪地方，皇后不當了是怎麼的？我活了一把年紀，這種事也聽說過。陰司裡的人上來鬧，無非要吃要喝要穿，都給她，足意了還待如何？妳先穩住，沒的叫人瞧了不像話。」耷拉著眼皮眨巴幾下眼睛，聲調也降了下來，「這麼的，求些符咒來，宮裡張貼張貼，就完事了。」

有皇太后這句話，音樓回去把整個坤寧宮都布置起來，牆上密密麻麻黏滿了黃符，房梁上也掛了桃木劍和八卦鏡，皇帝來時她顫聲說：「我瞧見邵貴妃了，滿臉的血……手裡拉個孩子，破布似的在地上拖著走。到我跟前她笑，地上孩子抬起腦袋來也笑，一笑臉上肉往下直掉，一塊一塊的，吧嗒吧嗒……」她連說帶比劃，恐怖的聲調加上驚惶的神情，交織出一個無比詭異的畫面。她死死拕住皇帝的胳膊，「邵貴妃要討債，尖聲說『妳男人害死我，我要妳的命』。皇上，您不就是我男人嗎？這回她纏上我了，怎麼辦？」

時辰不算早，差不多戌時三刻了，外間黑黝黝的，點了燈籠也是昏昏的。皇帝被她弄得發毛，低聲道：「妳別瘋了，神神叨叨不成體統。是不是做了噩夢？聽多了信以為真，弄出這麼個戲碼來。」

「不是。」她說，「我老聽見有人哭，就蹲在我床頭，高一聲低一聲的，睜眼看又沒有……您得想想法子，不然我會嚇死的。要不把國師傳來，他不是給乾清宮捉過鬼嗎？只要他肯出馬，沒有降不服的鬼怪。」

皇帝有點為難，「國師是和上神打交道的，弄來捉鬼，沒的沾染了晦氣，沒法通靈了。」

他把她抱進懷瑞安撫，「妳聽朕說，人只要心正，那些髒東西不敢近身。妳害怕，朕陪著妳。朕是皇帝，有真龍護體，比妳請十個道士都管用。」

她只是打顫，上下牙磕得啰啰作響，「這宮裡死了多少人，哪一處沒有鬼……」她使勁掐他，把他掐得生疼，「白天都好，晚上不成。我不敢睡覺，一閉眼就聽見鬼哭，看見邵貴妃張牙舞爪要殺我。」

她這個模樣好幾天了，皇帝都有些招架不住，只能盡力安慰她，甚至把腰上閒章摘下來賜給她，「朕的印章也能驅邪，妳帶在身上，保妳百無禁忌。」

她倒是安靜下來了，把頭埋在他胸口，喃喃重複著「我怕」，皇帝無可奈何，只有緊緊抱住她。

音閣出嫁前兩天到宮裡來謝恩，天暖和起來，穿得也少，三個月的身子顯懷了，身腰裡細看鼓鼓囊囊的，往那一坐，隆起來不小的一塊。

音樓有點萎靡，說話也有一搭沒一搭的。狗爺抱在炕上，橫趴在她膝頭，她一下下捋著，淡淡掃了她一眼，「過了門好好過日子，謝恩就不必了，我沒為妳做什麼，妳要謝就謝皇上吧！妳瞧咱們姐妹，總這麼陰錯陽差的。想要的得不到，不想要的偏偏送上門來。我聽說新姐夫是南苑人？南苑出來做官的真不少，要叫南苑王知道了，會不會笑話妳？妳也苦，往後有什麼難處就進宮來，好歹自家姐妹，常走動吧！」

她這副二五八萬的樣子，音閣看了就來氣。還提宇文良時，簡直是往她傷口上撒鹽。她是沒想到，自己吃了苦頭把張皇后趕下臺，最後居然便宜了這個妾養的。她恨她恨得牙有八丈長，一定是她耍手段蠱惑了皇帝，否則說得好好的，怎麼能一下子變卦？

她有氣沒處撒，什麼皇后，在她眼裡就是個撿漏的，不要臉，搶了原本屬於她的東西。

她轉頭看滿屋子的朱砂符，冷笑一聲道：「娘娘把宮里弄得道觀似的，真這麼怕鬼？邵貴妃的死和妳又沒關係，不做虧心事，不怕鬼敲門。心裡不磊落，難怪疑神疑鬼。」

音樓睞著眼看她，她知道她滿腹牢騷，怪誰？還不是怪她自己不成器！要是手段夠得上，硬纏著也把后位弄到手了，何至於來禍害她？她的委屈和誰去訴？她天天的想肖鐸，可如今他不在後宮走動了，要見他，比登天還難。她覺得自己離瘋不遠了，有時候精神恍惚，魂魄可以脫離軀殼飛出去似的。她現在一點就著，別惹她還好，惹了她，她立馬就變成炮仗。

她就是要恣意枉為，樣樣鬧大了才好，便高聲喝道：「放肆！妳敢同本宮這樣說話，吃了熊心豹子膽？妳也不看看眼下境況，我是皇后，妳是個什麼東西？打小妳就處處占著優，債臺高築，這會兒到妳還的時候了，還沒看明白？妳進來給我磕頭沒有？我讓妳面子，妳倒蹬鼻子上臉了！」她站起來，左右搜尋，看見案上的粉彩花瓶裡插著簟把子，抽出來就要打她。

音閣沒料到她會這樣，見勢不妙早閃開了，躲在雕花椅背後尖叫，「妳瘋了嗎？孩子有個好歹妳吃罪不起！」

音樓追得暢快無比，這麼些年的窩囊氣，一下子都發洩出來了，嘴裡罵罵咧咧著：「拿個孽種來威脅本宮，看我不打出妳的下水[3]來！妳這爛了心肝的淫賤材兒，今兒要妳的命，明兒下懿旨殺妳媽，叫你們娘倆下陰曹和邵貴妃湊牌搭子去！」

一時雞飛狗跳，坤寧宮是寧靜祥和的地方，從沒出過這種事。皇后舉著戒尺滿世界追人，追的還是娘家親戚，把宮裡人嚇成了雪地裡的貉子。大夥愣一陣，回過神來看要出人命，跪在地上抱住了皇后的腿，朝音閣道：「姨奶奶快跑，仔細皇后娘娘給您開膛！」

音閣真嚇壞了，披頭散髮哭嚎著跑了出去。

皇后站在那喘粗氣，「還好跑得快，要不把她打出狗腦子來！」抬腳踢翻了小太監，「殺才，本宮裙子給你拽下來了！」突然扔了手裡的傢伙什捂住了眼睛，「作孽……阿彌陀佛……邵貴妃來了！」

她開始大喊大叫，在殿階上手舞足蹈，大夥兒看她不對頭，頓時都炸了鍋了，分頭出去報信、上良醫所請太醫。又上來幾個人想制住她，不敢太放肆，四個人圍成圈困住她。她力氣奇大，推推搡搡間眾人挨了好幾下，等皇帝來的時候她還在鬧，反插著兩眼，雙手伸得筆直要來掐他脖子。

3　動物內臟。

皇帝心裡著急，扔了扇子上來鉗制，她胳膊沒法動彈了，扭過脖子來，隔著龍袍一口咬在他肩頭。皇帝吃痛，並沒有放開她，只是怒斥邊上人伺候不周，「皇后怎麼成了這模樣？」

寶珠哭道：「姨奶奶先頭來，不鹽不醬說了一車氣話，娘娘心神一亂，許是剋撞什麼了。皇上快找高人來驅邪吧，這麼拖延下去要壞事的。」

皇帝腦子裡亂成了麻，命人把她抬進宮裡，回身吩咐崇茂，「快把國師請來，那爐丹藥煉不成就煉不成，皇后性命要緊。」

崇茂火燒屁股奔了出去，一路往西海子跑，跑得鞋掉了也顧不上。邁進丹房迎面撞上了肖鐸，他「喲」了一聲，「督主也在吶？」

肖鐸蹙眉撣了撣衣裳，「咱家來面見主子，聽說聖駕進宮了。瞧你這模樣，出了什麼事？」

崇茂哭喪著臉說了不得，探頭招呼太宵真人，「皇上有旨，傳國師即刻進宮。皇后娘娘撞了邪，在宮裡見人就打，皇上都給咬出血來了……哎呀，快著點！」轉頭對肖鐸道，「承乾宮裡邵貴妃陰魂不散，帶著榮王出來嚇人，連老佛爺都給唬得不輕呢！我看督主還是進宮瞧瞧，這時候東廠不出面，還等什麼？」

宮裡出怪事他是知道的，鬼神之說他一直不相信，可值房裡人都傳得有鼻子有眼的，也鬧不清真假。要是真的，太宵真人半瓶子醋晃蕩，能驅鬼才奇了。他放心不下音樓，這會兒也顧不得，就依崇茂的說法，和皇帝毛遂自薦也是個說頭。

進了坤寧宮，抬頭桃木劍，低頭黃符紙，瞧著布置得不成樣子。太宵真人嘴裡念念有詞，邁著八字步捏著手訣，開壇做法。肖鐸努力往裡看，落地罩後放著垂簾，隱約看見榻上臥著個人，只不得見面。他心裡焦躁，不知道她現在怎麼樣了，卻聽見裡頭叫了聲廠臣。他忙應個是，打簾進了裡間。

匆匆瞥她一眼，她仰在那裡倒還算平靜。許久不見瘦了好些，原本豐盈的臉頰塌下去了，張著空洞的兩眼盯著房頂，形容淒惻可憐。他的喉頭哽住了，心頭一陣抽搐，倉惶調開視線，不能再看，怕看多了控制不住自己。

皇帝回身坐在榻上輕撫她的臉，可能是牽痛了肩頭的傷，皺著眉頭抽了口冷氣，「皇后這兩日精神頭不濟，可是像今天這樣卻從來沒有過。朕心裡著急，好好的人，不知道怎麼一下子成了這樣，是不是朕對她約束太多……剛才太醫來瞧，」他緩緩搖頭，「瞧不出個所以然來。症候來得太突然，朕已經不知怎麼才好了。承乾宮鬧鬼，這說法廠臣信不信？」

肖鐸呵腰道：「鬼神的事，實在說不到底。臣本來是去西苑回稟今年的鹽務，正遇上總管傳話，得知出了這樣的岔子，便跟著進宮來了。君憂臣辱，臣沒能替主子分憂，是臣的失職。臣在想，是不是有人裝神弄鬼嚇唬人？若是得皇上首肯，臣派東廠的人進駐，守上三天三夜，就是真有鬼也把她拿個現形。」

皇帝聽了大合心意，頷首道：「朕正有此意，這麼乾放著心裡總沒底，受制於人不如先發制人，就依廠臣的意思辦。」說著戀戀看她一眼，嘆息道，「她才剛對朕下嘴來著，勁兒真不小……你們有些交情，她心裡的結打不開，你替朕寬慰她幾句。」言罷起身，捂著肩頭踱出了寢宮。

第九十六章　孤骨難臥

皇帝給他們騰地方，這種境況誰敢順桿爬？都是聰明人，心裡明白，表面上皇帝是走了，沒準哪個角落裡就有雙眼睛監視他們的一舉一動。

肖鐸癡癡看著她，心裡像刀割似的，雖不能觸碰，視線卻隔不斷。她怎麼成了這模樣？繼續下去是不是要被折磨死了？他想過千種辦法，可惜謀劃起來都需要時間。他從來不願意承認自己無能，這回卻不得不低頭了。一個筋斗翻出去，以為到了天邊，沒想到依舊在如來佛手心裡攥著。原來他什麼都給不了她，她明明是個簡單快樂的人，遇上他，陷進這樣一場孽愛，把她消耗得不成人形。

他努力控制自己，輕聲道：「娘娘保重鳳體，承乾宮裡必定是有暗鬼，臣會盡一切所能還娘娘太平，請娘娘放心。」

她連看都沒有看他，也不說話，眼神仍然愣愣地，只有豆大的眼淚從眼角滔滔落下來。即便只是聽見他的聲音，也可慰相思之苦。她心裡煎熬，但是萬萬不能在這時候功虧一簣。她發作得莫名其妙，皇帝難免起疑。音樓覺得自己這回是在圖謀大計，從來沒有那麼意志堅定過，她要把計畫付諸行動。未來得自己爭取，在宮裡傻等著不是事，單靠他外頭使勁，什麼時候才是個頭？裡應外合可以把成功機會最大化，但現在還不是時候，如果能瞞過他，就能瞞過天下人，她願意試試。

肖鐸得不到她回應，但是看見她的眼淚，他知道她權衡了利害，不是不想，是不能。她的神識清明，無奈咫尺天涯，當真只差五步遠，沒法對視沒法說話，她的心裡必定和他一樣痛苦。

人經歷坎坷才會變得成熟，從南下到現在，裡頭不滿一年，那麼多的困難重重，迫使她成長。所有的審慎都是拿一捧又一捧的眼淚換來的，他覺得愧對她，她還年輕，看過錦繡成堆，品嚐過榮華富貴，如今只剩下滿腹的苦澀。

她的腕子上還纏著他送她的伽楠念珠，蜜蠟墜角是從他的手串上摘去的。她從來沒有忘記，一直把他藏在心裡。他鼻子發酸，很快轉過身去，既然無法交談就散了，單是定眼瞧著，傳到皇帝耳朵裡又生禍端。

國師的手段果然頗高，他開了壇，皇后的症候減輕了。起先咬緊牙關不認人，現在緩過勁來，就是疲累，臥在床上不肯動彈。問她之前的種種，她都想不起來了。

不過也可能是冤魂太厲害，好一陣壞一陣，似乎不得根治。皇帝一來她就念央兒，「糊車糊馬，再要兩個童男童女。榮王還沒娶媳婦呢，哭著鬧著要王妃。朝裡有誰家死了閨女？我拿體己出來，給他配門陰親，他就不來纏我了。」

久病床前尚且無孝子，她鬧多了，皇帝也有點受不了她。去請太后示下，太后聽了只管嘆氣，「可憐見的，怎麼弄得這樣！咱們大鄴歷來的國母，沒有一個這麼狼狽的，話傳出去叫人笑死。一個皇后，缺了神明護佑，倒叫惡鬼纏上了，可見她八字輕，沒有做皇后的命。現如今宮裡草木皆兵，底下妃嬪們天還沒黑就不敢走動了，這種事何嘗有過？治家不嚴，下去了也沒臉見祖宗。依著我，皇后還是挪出坤寧宮吧，找個地方靜養，興許離了那裡，人就好起來了。」

皇后移宮，意思很明確，就是要廢。皇帝心頭擰了十八個結，現在看來騰地方肯定對她有好處，有時候人就是心魔擺不脫，未必真有鬼來找她麻煩。可是要廢她，他下不了這決心。題外話先不論，自己在她身上多少也花了心思，想過既往不咎過日子，真把她拽下來，就像煙灰灑在風裡，什麼都沒了。

他皺起眉頭，「後宮無小事，何況是皇后出了岔子。罷了，此事暫且不議，近來動盪，兒子不孝，連累母后也擔驚受怕。東廠那裡已經著手調查了，不管它是鬼是佛，只要敢露面，就打它個原形畢露。母后寬懷，保重自己身子要緊。那些事交給肖鐸去辦，他總有法子查個水落石出的。」

太后點頭，「不管查沒查出來，法事還是要做的，也一併交給他吧！我有了年紀，實在經不得這些，總是沒頭緒，這宮裡也住不下去了。」一面說一面撥弄著菩提，起身往佛堂念經去了。

清明很快就到，宮裡管這天叫鬼日子，平時不許燒紙的，今天有特例。各宮的主位早早讓太監準備好了蠟燭高錢，宮門一開就在檻外祭奠焚化，偌大個紫禁城，處處煙霧彌漫，也算一道奇景。

皇后照例每天一鬧，比方好好的，抽冷子哆嗦一下，馬上立起兩個眼睛就罵人。太醫束手無策，國師也束手無策。承乾宮請高僧超度過，宮裡似乎是乾淨了，但是皇后依然故我，照國師的說法是陰魂找到了宿主，就像個流浪的人遇見一所無人看管的宅院，住進去可再也不願意出來了。換句話說，真正的皇后只怕被排擠在外了，裡面的人可能是邵貴妃，也可能是榮王。

皇帝畢竟心虛，零零碎碎的消息聽得多了，信以為真。他的帝位是從榮王手裡奪來的，他們母子相繼被他下令處死，陰司裡的債，討要起來快，想到這些很有些懼怕。漸漸便來得稀鬆了。但是皇后的位分依然不可動搖，就算是死，音樓也得死在坤位上。帶著點賭氣性質，自己的東西寧願爛在手裡，也絕不輕易撒開。

後宮不得太平，政局上又出了紕漏。大小琉球百餘年前起依附大鄴，每年進貢從不懈怠。近年來大鄴國運萎靡，這些屬國便開始蠢蠢欲動。大鄴同外邦的絲銀往來全靠海上，琉球傍海而建，滋生出一批倭寇來，專劫官船，搶奪貨銀。皇帝是太平皇帝，遇見這種問題措手不及。內閣官員有的主戰，有的支持談判，肖鐸極力主張開戰，泱泱大國，豈容宵小侵犯。但是打仗要大筆軍需，細談之下他又溜肩了，財政一問三不知，存心站乾岸。

好啊，貓有貓道，狗有狗道，他是趁火打劫，想逼他就範麼？皇帝很生氣，偏不信缺了他不能成事，於是召集內閣連夜商議，議來議去，最後決定派使節議和。兩國相交，不動干戈最好，倘或這條路走不通，也爭取到時間來湊銀子。

前朝如何天翻地覆音樓都管不了了，如今坤寧宮切斷了和外面的一切聯繫，只要火候到了，她的努力就會有回報。

寶珠端著鈴鐺盅來，看她蹲踞在地上便喚她，「主子，我叫人燉了甜棗羹，您來進些，吃飽了才有力氣折騰。」

她扒開青磚，從底下掏出個金漆鳳紋包鐵釘匣子，小心翼翼打開來看，裡頭手絹包的筒戒還在，大大鬆了口氣。

他說過見物如見人，她把戒指舉著，就光細細地看，戒面上纏枝紋環繞，那麼精美的做工，一看就聯想起他那副趾高氣揚的模樣。她失笑，壞脾氣，人又矯情，可是她那麼愛，不管他的善與惡，對她來說都值得珍藏。她捲起袖子擦了一遍又一遍，坐回炕頭，套在自己中指上，並起五指端詳，看著看著眼淚氤氳了臉頰。

心裡暗潮洶湧，總不能叫人看得太透澈。她掖了掖臉，轉頭問，「外面有什麼消息沒有？」

寶珠道：「都是內廷伺候的下等太監，傳的話也靠不住。說是朝廷要和琉球開戰了，督主撂手不管，皇上正忙著和內閣商議對策呢！」

她遲遲嗯了聲，「是不該管，給人擦屁股，最後還落不著好，何苦呢！」看了鈴鐺盅一眼，顯然沒什麼胃口，擺手道，「先擱著吧，過會兒餓了再吃。我這裡沒事了，妳去歇著吧！」

她總是夜深人靜時把那個筒戒翻出來看，睹物思人也算是種慰藉。寶珠不知道怎麼勸她，讓她一個人待著才是最好的吧！便道個是，退出偏殿帶上了隔扇門。

音樓倚著引枕，把那筒戒壓在嘴唇上，喃喃道：「再等一陣子，就快是時候了……你不知道我裝瘋裝得有多累，可是為了能從坤寧宮出去，累點也值得。現在想想，皇上封我為后，好像也不是件壞事。不破不立，不止不行，索性壞到極處，或許就柳暗花明了。」她笑著，眼淚蓄得太滿，不小心一漾就潑灑出來，「但是在我移宮前你要好好的，我不想失之交臂，我要和你在一起——生生世世在一起。」

◆

轉眼穀雨，雨生百穀，一年最好的時節。

眼巴巴地盼著，彤雲說過的，到了穀雨就來看她。大約是臨產了，著了床沒法給她寫信，按理一個多月前就該生孩子了，也不知是男是女，母子是否都平安。

可能是算的日子有出入，時間過去好幾天，一直沒等到她來。音樓著急了，怕她出什麼意外，沒事的時候到殿階上轉一圈。春天的日光很新鮮，照得久了臉上火辣辣的。她拿團扇擋住頭頂上那一片，瞇覷著眼眺望，宮樓深遠，黃琉璃瓦上萬點金光閃耀，一縱一縱，像小時候拿瓦片在河面上玩的打水漂。正出神，聽見四六咋咋呼呼從外面喊進來，在臺根下仰脖道：「娘娘快瞧誰來了！」

音樓順著看過去，宮門上小太監領進來一個人，穿著八團喜相逢比甲，人很富態，腳步倒是輕盈的。她順著臺階走下去，定眼細瞧，原來念誰誰到，是彤雲回來了！

她喜出望外，上去攜了她的手，上下打量一通，她養得不錯，珠圓玉潤，益發透出一種風韻來。

彤雲笑著蹲安，「給皇后娘娘請安，我在外一直記掛您，今兒可算見著了，主子好嗎？」好不好的，就那麼回事。主僕倆吞聲飲泣，哭了一陣音樓才想起來，低聲道：「剛生了孩子的不能流眼淚，仔細傷了眼睛。」拉著她往殿內引，很久沒這麼歡喜了，她樂得坐不住，親自捧果盤來，趨身問她，「生的什麼？孩子好嗎？」

彤雲笑了笑，「是個男孩，落地八斤重，了得，可要了我的命了。」言罷略頓一下，嘴角直往下撇，「據說挺好，我迷迷糊糊聽見他放聲兒，嗓門響亮，料著是個齊全孩子。可惜了我那會兒累壞了，沒來得及看他一眼，連長得什麼樣都不知道，就給奶媽子抱走了。」

她這麼說，音樓有點訕訕的。都是因為她，叫彤雲受這麼多苦，臨了連孩子的面都見不著。肖鐸這上頭態度很鮮明，他信不過任何人，手上必須捏著點東西才能放心。音樓知道這樣很殘酷，她不敢問彤雲恨不恨，其實不用問，懷胎十月生下的孩子就這麼給人帶走了，誰能不恨呢！她只管低頭揉捏她的手，囁嚅道：「我都沒臉見妳，把妳禍害成這樣，妳要怨就怨我吧，別恨他。」

彤雲嘆了口氣，「真冤孽啊，您向著他，自己都大包大攬了。我心裡明白，要不是您替我求情，我連活著都不能夠，還有什麼可怨的！孩子帶走就帶走吧，讓他去別處過普通人的日子，沒什麼不好的。咱們和皇宮打交道，誰過得快活了？所以我雖捨不得，到底得放下。兒子救了媽的命，誰也不虧欠誰，只怪緣分淺。」她說著卻又哭了，「可是主子，我雖然這麼勸自己，要想明白不容易。我夜裡做夢還夢見他，他出娘胎，我連抱都沒抱過他一回。所以我是想求主子個恩典，如果將來您和督主能遠走高飛，臨走能不能把孩子的下落告訴我？我要去找他，就算在天邊，只要能帶著他，哪怕不回大鄴我也甘願。」

第九十七章　畫幕雲舉

做娘的苦，音樓想起自己的生母，臨死前拽著她不放，可見天下做母親的心都是一樣的。她又羞愧又難過，握著彤雲的手道：「妳放心，我能見著他，一定把孩子的下落替妳問明白。他防人，不是他願意這麼著，實在是茲事體大，只有對不住妳。」她推窗朝外看，見左右無人才又道，「咱們已經到了這個份上，妳也瞧見了，我不拚個魚死網破，這輩子都出不了宮廷。承乾宮鬧鬼的事妳聽說了嗎？」

彤雲見她壓低了聲，也竊竊道：「回北京曹春盎就打翻了核桃車，嘰哩咕嚕全說了。又說主子身上不好……」她仔細看她兩眼，「說您嚇著了，最近神思恍惚，可我瞧您還好，不像是撞鬼了。」

她尷尬笑了笑，湊到她耳朵邊上說：「我是裝的，這是逼得沒法兒了，他再大的本事也不能把受了冊寶的皇后怎麼樣，只有我自己使勁。誰能讓一個瘋子當國母？皇后遭廢，少不得打發到冷宮裡去，橫豎已經瘋得沒邊了，不小心打翻了油燈把自己給燒死，也說得過去不是？妳來得正好，替我傳話給他，到時候要勞煩他接應我，再找個死囚頂替，否則死不見屍，皇上必然不能甘休。」

彤雲聽得發懵，「敢情他們一口一個您病了，都是您裝出來的？您這份天賦，真叫人佩服！」

音樓嘟囔了聲，「我沒別的本事，就會裝瘋，我覺得自己裝得挺像，都賴我爹把我生得好。」

兩個人調侃兩句笑了起來，親近極的朋友，在一塊能暫時忘了不快樂。音樓又道：「把妳配給肖鐸，實在太對不住妳，我常想，要是咱們能把名分換過來就好了，不管皇上人怎麼樣，終歸他才是妳的正主。可惜了總是陰錯陽差，咱們這些人，包括音閣，個個都是求而不得，全怪老天爺作弄。」

彤雲還在思量她要裝瘋死遁的事，細想起來這對自己大大有益。她從沒這麼迫切希望他們能逃離，只要他們好好的，她就能把孩子找回來。

「名分不名分的都不重要，重要的是從這困境裡掙脫出來。我琢磨過了，您的法子很可行。督主外頭給皇上施壓，您這裡再一亂，他沒了主心骨，哪頭輕哪頭重就鬧不清了。」她撫掌道，「咱們要早能想這法子多好，可惜了拖到現在。」

音樓笑道：「這種事不也得碰時機！先前在巇鸞宮太太平平的，要瘋也沒門道。凡事都要撞個巧，眼下時候到了，盛極而衰才能跌得狠。進了冷宮伺候的人少了，屋子著起來，救火的來得不那麼快，燒透了面目全非，後顧才能無憂。」說著捂臉，「就是罪過大了點，萬一一把火燒了大半個紫禁城，那可怎麼得了！」

「這會兒還管那些！不在一個宮苑，屋子隔了十八丈遠，火星子想濺也濺不著的。」彤雲高興得臉上放紅光，「就這麼說準了，您定個時候，知會完了督主，好早早謀劃起來。」

音樓說：「還差一程子，我得上太后跟前鬧去。過兩天是浴佛節，後宮女眷要上碧雲寺燒香還願，臨出宮來一出，驚動了老佛爺，皇上想留也留不住了。就是造孽的，別把老太太嚇壞了，回頭一病不起就不好了。」

彤雲只說嚇不死的，「您要能把皇太后嚇趴下，那您才是真本事。」

話音才落，寶珠進來通傳，說皇上往坤寧宮來了。音樓聽了忙去拿雞毛撣子，囑咐彤雲說：「我這頭追妳，妳往他身後躲。皇上最愛小媳婦兒，尤其妳這樣的，沒準妳一個飛撲，就撲到他心坎上去了。」

彤雲乾瞪眼，既然這麼安排，那就照著計畫實施。皇帝進宮門的時候她正跑得花枝亂顫，見了那九五至尊像見了救命稻草似的，梨花帶雨地哭喊著：「皇上救我。」

皇帝不防備，一朵花兒飛進懷裡來。打眼看這驚魂未定的小模樣，手上忙攙住了，就是想不起來哪兒見過。

彤雲抽泣著，鶯聲道：「皇上忘了，奴婢是彤雲，原來伺候娘娘的，後來皇太后把奴婢指給了肖鐸……」

皇帝長長哦了聲，以前沒留意她，沒想到原來長得這麼標緻。再回身看，皇后被人攔腰抱住了，半趴在白玉圍欄上揮舞雞毛撣子，咬牙切齒地罵：「小賤人，妳想害死我，我偏不稱妳的意……」

皇帝頭疼不已，卻放輕了聲口問她，「今兒進宮來瞧妳主子？」

彤雲「嗯」了聲，幽幽瞧他一眼，「奴婢上老家去了陣子，回京頭件事就是進宮來請安，沒想到我主子成了這樣。」彷彿驚覺自己還在皇帝懷裡，慌忙往後退了幾步，紅著臉偈促地絞帕子，又瞧天色，低聲道：「時候不早了，不敢再耽擱，沒的叫我們督主罵。皇上保重，奴婢去了。」

她跟著小太監往宮門上走，裙子下半截裹緊了腰臀，每挪動一步都呈現出轉騰翻滾的況味，很有一種撩人的趣致。皇帝嘖嘖驚嘆，奇怪女人嫁人之後和做姑娘時相比會有這麼大的改變，就像玉要雕琢要溫養，即便嫁的是太監，盤弄多了也上了層油蠟，觸摸上去滑不溜手，和以前大不相同了。

至於皇后，所作所為越來越出格，打人罵人已經不稀奇，某一天宮裡伺候的太監宮女往東西十二宮分發珍珠粉，打開一看整顆珠子敲得四分五裂，顆粒太大，根本不能用。和送來的人打聽，支支吾吾半天才說，那是皇后拆了鳳冠得來的五千四百多顆珍珠。皇后娘娘親自杵碎了分給眾妃嬪，好叫大夥兒沾喜點氣。

見鬼的喜氣！連鳳冠都拆了，這不是自毀根基是什麼？太后宮裡擠滿了憤怒的嬪妃，讓她們在一個瘋子的統領下生活，這日子沒法過了！

皇帝倒還算平靜，拆了就拆了吧，著人重新打造一頂就是了。他如今被倭寇的事攪得焦頭爛額，哪裡有心思管那些個！

「皇后失德，國之大忌！」太后把炕桌拍得驚天動地，「再縱著她，回頭連奉天殿的房梁她都敢拆！」

皇帝聽崇茂傳達太后的意思，未置一詞，掙扎了很久才決定來一趟。勸皇后收斂些，雖然知道不會有多大成效，不過是盡個意思。本來以為她白天腦子能清醒點，誰知進門就碰見這齣，還有什麼可說的？皇帝站在中路上，愁眉苦臉看了半天，最後轉過身，又回西海子去了。

太多的愁緒，糟蹋了這明媚的春日。宮裡雞飛狗跳的時候，提督府上倒是一片祥和。肖鐸藉口處理漕運，已經連著七八天沒去司禮監了，批紅的事也看得不那麼重了，還是朝廷妥協，把票擬送到府上來，開了大鄴私宅理政的先河。

他坐在檻窗下蘸朱砂，勾勾畫畫心不在焉。風吹樹搖，托腮靜看，淡然問大檔頭，「我吩咐的事都辦妥了？」

佘七郎應個是，「三十四個都是靠得住的親信，已經埋伏在去碧雲寺的路上，只等皇后娘娘鳳輦一到就動手。」

他點點頭，等了這麼久，終於等到宮眷出宮的機會，錯過恐怕抱憾終身，所以魚死網破也在所不惜了。命人扮成亂黨，少不得殺掉一干宮妃。人死得多了，注意力便分散了。他要把音樓劫出來，後面的事實在顧不得，走一步看一步吧！她在宮裡出的那些事，一樁一件傳到他耳朵裡，他早就被凌遲得只剩骨架，喉管有沒有澈底割破沒什麼差別了。

提筆狠狠往下一捺，他說：「要有萬全的準備，接了人往西去，後面的事我來處理。」

佘七郎遲疑了下，「督主……屬下們粉身碎骨追隨督主，可這事還要請督主三思。半道上劫殺，和屠宮沒有兩樣，萬一哪步出了岔子，便是潑天巨禍。」

他抬了抬手，「不必再議，目下這是最立竿見影的法子，我經不得耗，她也經不得。」

人能癡迷到這程度叫人納罕，入情像飲酒，有的人淺嚐輒止，有的人卻甘願滅頂。很顯然，督主屬於後一種人，勸已經不起作用了，越勸越不可自拔。

風捲過案頭，把澄心箋紙吹得颯颯作響。簷下一溜腳步聲到了門上，曹春盎呵腰道：「彤雲姑娘從宮裡回來，在外頭求見乾爹。」

他擱下筆叫進來，彤雲進門納了個福，笑道：「許久未見督主，督主這一向可好？」

他點頭，「都好。見著妳主子了？有話帶出來嗎？」

她應個是，把她主子囑咐的話一字不漏全回稟上去，「照著路數來，似乎是個萬全的主意。只是奴婢聽了心裡難過，好好的人，裝瘋賣傻叫人按著，實在受了大委屈了。」

一抹愁雲浮上他的眉梢，他微微發怔，靠在那裡不說話。上回匆匆見了一面，知道她不至於真的發瘋，沒曾想是這樣算盤。這丫頭真沉得住氣，明明早該打發人知會他的，卻一直隱瞞到今天，是不是對他沒了信心，已經不再指望他了？

他心頭悲苦難言，佘七郎卻大喜過望，「這是個萬全之策，皇上疑心極重，哪怕再多的嬪妃被劫，只要皇后在內，必定要往督主身上牽扯。若是照著娘娘意思辦，戲演得以假亂真，皇上就是發難也摸不著首尾。」

他喟然長嘆，撐著額頭道：「叫她受這麼多苦，是我無能。」

底下三人面面相覷，彤雲忙道：「主子說了，只要能和督主在一起，吃再多苦也心甘情願。她自己知道，光靠您使勁成算不大，要她自己出么蛾子才能破這個局。督主明白主子的心就成了，先苦後甜，往後有的是時候來補償她。」

他不言聲，凝眉思量了會兒才對佘七郎道：「既這麼，先頭的計畫暫且擱置。浴佛節那天是我伺候，她要做什麼，我也好從旁協助。」言罷擺了擺手，「你們都去吧，讓我一個人好好想想。」

人都散盡了，午後的日光懶懶照進來，落在伏虎硯臺上。

他起身繞室踱步，漸次沉澱下來。現如今是澈底看透了，權勢對他來說不過如此，即便萬萬人之上，依舊是個替人賣命的奴才。只要她能從宮裡脫離出來，他一定帶她遠遁。這些年該受的苦受夠了，該享的福也享盡了，宮廷沒有給他帶來什麼益處，唯一的收穫就是救下了她。他穿蟒袍，繫玉帶，頂的是太監的頭銜，所幸她不嫌棄他，才能成就這麼一段姻緣。

瞻前顧後太多，幸福從指縫裡溜走，待要抓緊卻來不及了。吃一塹長一智，這回定要牢牢把握住。他蹙起眉思量，大小琉球的進犯為他提供了好時機，朝廷派出去的使節是個只會誇誇其談的蠢物，倭寇依舊會在海上興風作浪，最後出兵也是必然。太平盛世受限制太多，亂世裡卻有逃出生天的希望。一艘福船上混進個不起眼的小兵，離開了大鄴疆土便天大地大，所以眼下只要助她把戲演好，他們甚至可以帶上身家走得不慌不忙。

他走回去，仰在躺椅上悠悠笑起來，不鳴則已一鳴驚人，這丫頭是員猛將。叫他痛過、悲過又重燃起希望，這個浴佛節，變得前所未有的令人期待。

第九十八章　畫話陰轉

裝瘋裝得久了，音樓已經摸著了門道，眼神要呆滯，動作要怪異，嘴裡胡言亂語，這麼的就足以糊弄住所有人了。皇帝起先是不信的，對她多番試探過，無奈她時好時壞，觀察了很久，到底還是放棄了。若論感情，不能說沒有，但和肖鐸必定沒法比。或者只有初初的一點眷戀，後來更多的是不甘和利用。音樓有時覺得他很可憐，空得了江山，連自己想要什麼都不知道。他愛身下的鬃金龍椅，愛祖宗傳下的萬世基業，更愛吃喝玩樂縱情聲色。他就像南唐的李後主，有才情、性驕侈、喜浮圖，唯獨不恤政事。一個國家氣數將盡，末代便是這樣一副讓人無能為力的慘況。

四月初七宮裡忙開了，為第二天的浴佛準備全套的純金器皿、寶香、會印錢及放生的活物。別人做功德，一般放鯉魚和龜鱉，音樓不是，她叫四六抓了條剛出洞的蛇，裝在綃紗做的袋子裡，自己親手拎著，大搖大擺去了皇太后的慈寧宮。

綃紗很薄，裡面的東西可以看得一清二楚。春天萬物生發，蛇才從一個寒冬裡醒轉過來，正是活躍的時候。那是條碧綠的竹葉青，筷子粗細，身條優美，昂著頭吐著信子，直往袋口上躥。

音樓的出現立刻引出一連串尖叫，淑妃戰戰兢兢說：「皇后娘娘，這蛇有毒，讓牠咬一口會出人命的。」

毒牙早拔了，音樓小時候並不嬌養，這種東西也不害怕。她往上抬了抬手，舉到淑妃面前，「妳瞧牠多漂亮，怎麼會有毒呢！淑妃喜歡嗎？喜歡我和妳換，妳那尾錦鯉也不錯。」

她的口袋往前一送，幾乎貼上淑妃的鼻尖。綠油油一團夾帶著腥氣撲面而來，淑妃嚇飛了魂，兩眼一翻就昏死過去了。

殿裡亂成了一鍋粥，皇太后雙手合十大念阿彌陀佛，朝音樓斥道：「皇后也自省些，妳放生什麼都不要緊，叫底下人關在籠子裡帶到碧雲寺就是了，自己提溜著像什麼樣子？妳是皇后，不是外間的山野村姑，這樣不忌諱，有失皇家體統！」

音樓不以為然，扭頭道：「老佛爺此言差矣，眾生皆平等，為什麼獨不耐煩我的蛇？我是皇后，我愛提溜著，誰也管不著。」

她這個倡狂樣，天皇老子也拿她沒轍。皇太后厭惡地皺了皺眉，回身看榻上的淑妃，嬤嬤使勁掐了半天人中，這才悠悠醒轉過來。睜眼一看皇后探頭探腦，淑妃就哭了，抓住太后衣襟道：「老佛爺給我做主，姐妹們都是好人家出來的女兒，怎麼經得住皇后這麼作弄！宮裡再不整治，往後還能成事嗎？今兒嚇唬我，明兒就該殺我了。皇上不管，老佛爺再不管，咱們這些人可活不了了。」

音樓一聽生氣了，「淑妃妳膽兒不小，當著本宮的面敢叫老佛爺懲治本宮，當我是死人嗎？壞話背著人說的道理不明白，要本宮教教妳？」

淑妃愕然往後縮了縮，「看看，又要發作了。早前皇上封后她就推三阻四，萬事都有定數的，非要把人按在那個座上，她福薄鎮不住。當初還不如封貴妃，總比大夥一道水深火熱的好。」

音樓錯著牙道：「越說越不像話了，我手裡有金印，妳再囉噪一句，即刻摘了妳麗妃的銜兒！」

旁邊麗妃一腦門子汗，怯怯舉手道：「娘娘，我才是麗妃，她是淑妃。」

音樓「哦」了聲，「對，我弄錯了。」又朝榻上人使勁指了指，「皇后有什麼了不起，照樣不得皇上寵愛。妳以為妳一哭二鬧就能挽回皇上的心？我有兒子，妳有什麼？將來大殿下繼位，頭一個把妳送進泰陵，看誰護得了妳！」

她東一榔頭西一棒子，把人弄得摸不著邊。大夥再一斟酌，那不是邵貴妃的口氣嗎！頓時驚惶失措起來。青天白日裡皇后鬼上身了，這怎麼得了！大夥都求自保，轟地一下作鳥獸散。平時養尊處優的妃嬪們跑動起來不含糊，三下兩下出了慈寧宮門，站在檻外拍胸喘氣。

夾道裡鹵簿都預備妥當了，肖鐸正指派人打點，聽見動靜轉過頭來看，太后從門裡匆匆出來，他待要上前行禮，後面皇后也跟了出來，臉上粉抹得厚，眼梢擦了胭脂，看上去鬼氣森森。

他知道她的計畫，心裡是篤定的，只歪脖打量她。她很快瞥了他一眼，沒什麼表示，揚手招呼太后道：「老佛爺等等我，我一個人乘輦有點怕，總有什麼跟著我似的，咱倆搭夥，一塊坐得了。」

皇太后都快被她嚇死了，心在腔子裡亂竄，怎麼能和她坐一抬輦！當即虎著臉道：「妳有妳的鑾儀，又不是逃難，兩個人擠作堆算怎麼回事？好了別鬧，趕緊動身吧，等到了碧雲寺請方丈好好給妳驅驅邪。」

她蔫頭耷腦，看眾人上了車，自己茫茫然站了一會兒。肖鐸上來攙她，低聲道：「娘娘登輦吧，有什麼話對老佛爺說，等到了碧雲寺再敘也無不可。」

她這才怏怏往自己鳳輦方向去，意態雖裝得蕭索，五指卻緊緊扣住他的手。他抬眼看她，她只能用餘光掃視他。她的紐袢子上掛著十八子手串，底下回龍鬚拂在他腕子上，隱約的，像個觸摸不及的夢。原想等她上了輦，至少跟她說句話，誰知她腳下忽然頓住了，放開他調頭就走。太后的輦還沒坐穩她又折了回來，伸手打起簾子，咯咯笑道：「老佛爺，您說要扶我做皇后的，您忘了嗎？現在趙氏已經死了，總該輪著我了，您說話不算話，騙鬼嗎？」

她猙獰地笑著，一步步邁上腳踏。皇太后澈底受了驚嚇，縮在車內驚聲尖叫，什麼體面尊榮全不顧不上了，所幸肖鐸上來阻止，她一迭聲道：「快把這瘋婦抓起來，快抓起來……我大鄴沒有這樣癲狂的國母，皇帝不廢她，我也容不得她！把她關起來，關到角樓上去！底下使人看著，除一日三餐不給旁的供給，不許她出角樓一步，否則打斷她的腿！」

皇后被人架住了，寶珠上去哭求：「老佛爺您慈悲，我們主子是御封的皇后，詔告了天下的。您把她囚禁起來，皇上跟前也沒法交代……」

音樓演得興起，愈發掙扎嚎啕，哭先帝、哭榮王，把所有宮妃都鬧下了車。

眼看收勢不住，皇太后惱火異常，斷然喝道：「皇帝那裡自有哀家去說，不勞妳費心。妳捨不得妳主子，跟著一道去，也免得她孤單。」朝肖鐸一比手，「你打發人去辦，浴佛的行程不能耽擱，這會子往寺裡要緊。皇后的事先擱著，等回來了知會皇帝，這個后，不廢也得廢！」

肖鐸道是，踅身對閆蓀琅使個眼色，自己仍舊持金節，開道往大宮門上去了。

音樓折騰了一通，精疲力盡。可是再累，心裡卻是高興的。終於辦到了，叫皇太后廢她，一個發了瘋的皇后還不如之前的張皇后，沒有住英華殿的福氣，一口氣送進角樓去了。角樓從墩臺至寶頂有九丈高，如果逃不脫，從牆頭跳下去不知能不能活命……不管怎麼樣，那裡是紫禁城的邊緣，只差一點就能走出去了。寶珠上來攙她，她抓住她的手，整個身子都在顫抖。原來劫後餘生就是這樣的，她恨不得放聲大笑，自打去年入宮以來就沒這麼高興過。

閆蓀琅並不知道內情，失了勢的皇后，沒有特別的優待。到城門上讓戍軍放行，順著臺階上去，把人送進門方作一揖道：「娘娘且在此安置，臣命人到坤寧宮收拾娘娘細軟和換洗衣裳，想起來缺什麼就同底下緹騎說，臣再想法子替娘娘辦妥。」

音樓呆滯地看他一眼，「這裡沒有簾子嗎？萬一有鬼怪趴在窗戶上往裡看怎麼辦？你叫人掛上帷幔，再送五十枝羊油蠟來，本宮夜裡怕黑，要整夜點燈才能睡著。」

閆蓀琅聽了微一頓，抬眼道：「宮裡用油蠟是有定規的，娘娘要五十枝，真有些難為臣了。」

音樓對寶珠嚎啕起來，「妳瞧這人！」

寶珠忙安撫她，朝閆蓀琅道：「我們主子到底還是正宮娘娘，要五十枝油蠟不見得哪裡逾越了。閆大人能辦是最好，要是不能，咱們再想法子去求肖大人。就是區區小事麻煩他老人家，有些不好意思罷了。」

閆蓀琅轉念一想，步音樓和肖鐸是有些交情的，當初從宮裡出去借居在提督府，李美人找她告了一狀，肖鐸還曾給他提過醒。真為一點小事叫上頭覺得有意為難，那就不好了，便道：「既這麼，臣回頭吩咐下去。被褥鋪蓋過會子就到，娘娘先歇一陣，到了飯點自有人送吃的來。」

音樓點頭把他打發了，自己背著手屋內屋外四處查看。角樓雖然孤淒寂寞些，規格卻是很高的，覆鎏金寶頂，梁枋飾墨線大點金旋紋彩畫，隔扇門和坤寧宮一樣用三交六椀菱花，連檻窗都雕夔龍。要不是地勢高，春天顯得風異常大，真沒什麼不稱意，還很有種遺世獨立的美。

內外只有她和寶珠兩個人，她搓手笑道：「鑾好，我看比噦鸞宮還強些。這兒沒人，我也用不著每天一回裝瘋賣傻了。」

寶珠道：「可不，每每瞧您折騰，奴婢都替您累得慌。」說著嗤地一笑，「您今兒演得真好，我看把督主也唬得一愣一愣的。難為您，再熬上幾天就該苦盡甘來了吧！」

音樓嗯了聲道：「但願一切盡如人意。」

寶珠遲疑道：「就是不知道皇上會不會追究，您說他對您是真有情嗎？」

音樓搖了搖頭，「他只是不甘心罷了，不願意承認自己比不上個太監，心裡不痛快，就要所有人跟著不痛快。他常說自己是文人，文人心眼小得針鼻似的。肖鐸那麼個大活人戳在眼窩裡，又不能除掉，所以就挖空心思硌應人。其實他最想冊封的還是音閣，只不過我的利用價值比她大一點罷了。既然他們有了孩子，這輩子橫豎是糾纏不清了，他有恃無恐，索性把這個位子騰出來圈禁我。」她長長嘆了口氣，「他有句話說得沒錯，他的后位不值錢，至少對我來說是這樣。今天終於擺脫了，我只要安安靜靜等著肖鐸來找我，商議好時候再演一齣戲，我就該功成身退了。」

未來觸手可及，她靠著檻窗笑得馨馨然。心頭像卸下了包袱，她知道碧雲寺裡的他一定也是歡喜的。今晚他會來吧？這麼想他，剛才短暫的觸碰不能緩解她的相思。她一個人掰手指頭數，到底多久沒有在一起了？數不清了，彷彿從她進宮後就一直是匆匆忙忙的，卻也因匆忙，每次都變得更加深刻。

第九十九章　煙姿遠樓

肖鐸那頭辦差，依然進退有度紋絲不亂。

浴佛的儀式完了，太后把從佛前求來的神符交給他，「你得了閒送去給皇后，到底有沒有用，我也不敢想了，橫豎試試吧！」說著一長嘆，「我原就反對皇帝冊封她，瞧瞧才三個多月，鬧得這樣收場。到底她來路不正，邵貴妃和榮王作祟倒罷了，只怕還有先帝。不管翻沒翻過牌子，畢竟是他的人，皇帝把人收進後宮欠妥當，再一封后，更叫人傷心了。如今這樣也沒法子了，她瘋得沒邊，只能關在角樓上自生自滅。但願她運數高，遠離了承乾宮能好起來，也算撿了條命。」

肖鐸道是，「全看娘娘的造化吧！老佛爺盡了人事，剩下的只有聽天命。可依著臣看，使了那麼大的勁捉鬼驅邪都沒用，還是娘娘的心魔占了大頭。好女不事二夫，娘娘必定自責，又不得疏解，久鬱成疾就打這上頭來。身上有恙，尚且可以傳太醫醫治，心裡有病症，誰都幫不了她。臣是怕娘娘一個人束在高樓，萬一想不開出點什麼事……」

太后在金盆裡盥洗，他托著巾櫛送上去，太后接了茫然拭手，垂眼道：「你心太善，見不得誰受苦，咱們都一樣的。可是事情到了這地步，哪裡能安頓她？她鬧起來你是沒瞧見，」一邊說邊蹙眉大搖其頭，「像黃皮子進了雞窩，那份糟心勁，天底下罕見。這麼下去大家不得安生，還是遠遠打發了，宮裡圖個太平吧！」

音樓小事糊塗，大事上卻很有主見，就瞧她把皇太后嚇得那模樣，可見先頭在殿裡就有過一番作為。太后越厭惡她，對他們越有利。肖鐸握緊了那道黃符應個是，「老佛爺是宮裡娘娘們的主心骨，要想定國必先安家，不能為了一個，弄得大傢伙提心吊膽。臣已經吩咐下去，角樓底下加強了守備，娘娘就是在樓裡鬧翻了天，也妨礙不到別的主兒了。」言罷呵了呵腰，卻行退出大殿。

曹春盎見他露臉，請他到僻靜處說話。這小子常一副鬼五神六的樣子，探過來和他咬耳朵，「乾爹，西角樓的人都替換了信得過的，您來去不必忌諱什麼。再一個就是彤雲，皇上怪異得很，傳彤雲過西海子說話，不知道說了些什麼，兒子讓平川盯著，一有消息就回稟乾爹。兒子眼下是怕，彤雲和皇上畢竟一夜夫妻，還生了個兒子。倘或她嘴不嚴，把娘娘裝瘋的事說出去，那咱們這回的計畫就全泡湯了。」

肖鐸倒顯得很篤定，「她不敢，這就是我為什麼要把她和孩子分開的原因。如果她不想讓孩子活著，儘管去胡謅。女人和男人不同，只要拿捏住了這個命門，不愁她不聽話。」又問，「那孩子現在怎麼樣？」

曹春盎道：「送到烏蘭木通去了，有個熬鷹把式家裡沒孩子，整天的求神拜佛。這會兒給他一個，比拾了狗頭金還高興呢！說有的人就是這樣，自己懷不上，領了一個，肚子嫉妒了，就能生一串。送去的時候唯恐孩子受委屈，包裹裡帶了五十兩銀子，公母倆樂得什麼似的，拍胸脯擔保對孩子好，乾爹就放心吧！」

他點了點頭，看外面天色不早，是時候回宮了。轉頭去料理鑾儀，心裡愈發急迫，手上事趕緊料理完，也好早早去見她。

時間過得真慢，事也多，他耐著性子一樣樣伺候周全，皇太后進慈寧宮安頓下，他方請旨往南邊值房裡去。

閒下來盼著太陽快點落山，靜靜坐上一陣，想想風塵僕僕，奔波一天滿身的灰沒法見她，收拾一通換了身衣裳，左右難熬，乾脆出宮上東廠轉轉。心不在焉聽了最近偵緝的情況，畫押書那麼厚一摞，他伸手想去翻閱，最後還是作罷了。

日頭漸漸西沉，餘暉一縷一縷被夜吞噬，外面迷迷濛濛，離得稍遠些就看不清人影輪廓了。他起身出門，沿筒子河往北，兜個大圈子才到西角樓。遠遠站住了腳估算，這裡離太素殿很遠，橫亙了整個紫禁城，就算燃起來，燒得火光沖天了那邊才能察覺。還有出逃的路線，門禁上換了自己人，馬車出入不盤查就夠夠的了。

他十拿九穩，有了成算心裡安定下來。護城上掛著十來盞巨大的白紗西瓜燈，緹騎釘子似力壓刀佇立著，班領看見他，上前行禮叫了聲督主，他略頷首，「皇上來過嗎？」

班領道：「回督主話，皇上沒來，打發御前總管瞧了一回。沒旁說旁的，讓皇后娘娘安心養病，要吃什麼、要傳太醫，都知會當班的人。交代幾句就走了，沒有逗留太長時間。」

他聽了只覺好笑，這就是所謂的愛，果然君王薄幸。還好音樓不孤淒，有他心疼著，皇帝再疏離，對她也不能造成傷害。

他抬了抬手，柵欄撤開了，他提袍上了臺階。晚風習習，這月令已經不覺得冷了，只是扶牆而上，城磚粗礪，磨得他手心發疼。上樓臺看，樓裡燈火煌煌，門扉半開，許是在等他吧！他疾步過去，裡面帷幔重疊，輕的紗，被風一吹飄飄拂拂。紗幔後有個纖麗的身影，正托著燭火燎油蠟底部，蠟化開了，一枝一枝緊緊黏在檯面上。

寶珠從裡間出來，看見他待要行禮，他比個手勢示意她噤聲，她會意，蹲個安便退到抱廈去了。

他進門，踏進一團溫暖的光裡，走得悄然無聲，彷彿這是個夢，腳步重些都會驚醒夢中人。一步一步往前，她沒有察覺，闊大的袖子隨動作舒展，一個欠身都柔媚如水。他站在她身後，心臟悸栗栗跳動，受不得這距離，終於將她一把擁進懷裡。

她微抽了口氣，知道是他，沒有掙扎，把手覆在他手背上，半仰起臉，繾倦地和他蹭了蹭，「你來了？」

他嗯了聲，「等了很久嗎？」

她轉過身來，輕輕笑著：「不久，每天睜開眼睛就在等，已經習慣了。」

「是我總來得太遲。」他莫名感到酸楚，甚至不及她堅強。

她抬起手掖掉他的眼淚，臉上掛著微笑，嘴角卻微微抽搐，哽聲道：「一點都不遲，每當我堅持不下去了，你就會出現，比約好的還要準呢！」

說不清的味道，淒涼伴著慰藉、惆悵伴著歡喜，交織在一起向他湧來，瞬間氾濫成災。他抱住她不停地親吻，一遍又一遍，彷彿這樣才能把心裡破開的窟窿織補起來。

他說：「音樓，妳是個好姑娘，這回出了大力氣，要是沒有妳突然的頓悟，咱們還得困在那座城池裡。」他揉揉她的腦袋，「怎麼說開竅就開竅了呢，我以為妳至少要等生了孩子以後才會變聰明。」

她聽了不滿，「人走投無路時就有勇氣殺出一條血路來，我做到了，而且演得以假亂真。」她得意洋洋抱住他的腰，緊緊貼在他胸前問他，「我們只要再分開一次，就能永遠在一起了，是不是？」

他說是，「無論如何我一定要帶妳走，就算整個大鄴傾盡國力來追殺我，我也顧不上了。」

她卻凝了眉，「我想過，如果不能走出這裡，就從角樓上跳下去。我花了那麼多的心思，裝了兩個月的瘋子，如果老天再刁難，說明我們命裡無緣……」

他掩住她的口，「想逼我殉情？只要妳跳下去，我絕不苟活，說到做到。」

用不著說什麼「我死了你好好活下去」的話，說了反倒顯得虛偽。事到如今他們只有一條路可走，若非通向九重，便是直達阿鼻地獄。她含淚笑道：「那麼死也死在一起，好不好？」

他自然應允，這些日子以來，所有的痛苦和煎熬都嚐遍了，假如不能在一起，活著和死了有什麼區別？他拉她回榻上，單是面對面坐著，難以抓撓到心底最深處的癢，想了想，索性直接將她壓在身下。這種示好的方式真特別，音樓以為他總要做些什麼，可是沒有，他把臉貼在她耳朵上，一本正經道：「就定在三天後，多一天我都等不及。我已經讓大檔頭在牢裡挑揀女犯，到時候屍首穿上妳和寶珠的衣裳，火燒得大，面目也就辨認不清了。妳們出了宮不要回頭，我安排人送妳們去安全的地方，先待上幾天，等朝廷往琉球派兵，咱們一道出大鄴，再也不回來了。」

音樓心裡熱騰騰燒灼起來，真能這樣，便是最好的結局了。她負載著他的份量，感覺安逸，環著他的腰背問他，「你怎麼確定朝廷會派兵攻打琉球？萬一議和議成了呢？」

他咕噥一聲道：「妳聽說過兩國交戰不斬來使嗎？倘或連使節都被殺了，那這仗不打也得打了。」

原來是早做了準備，那位出使的官員不論談得怎麼樣，都不能順利交差了。所以只要她起個頭，他會妥當安排好退路，叫她沒有後顧之憂。她欣然道好，「那就三天後，亥時你派人來接我，我等著你。」

他笑著吻她的眼睛，「一言為定，可是以後妳就不是皇后了，沒有尊崇的地位，沒有人對妳叩拜行禮。咱們逃出去，離開大鄴，也許找個漁村山坳落腳，也許會吃苦，妳會後悔嗎？」

她咧著嘴露出一口糯米銀牙，「那麼你不再是督主、不再權傾天下、沒有華美的冠服、沒有漂亮的飾物，你會後悔嗎？」

他認真思考了下，「不會，因為我有錢。」

音樓嗤地笑起來，「我也不會，因為我有你。」

他低下頭，撩開她的裙裾，和她癡纏在一起，「這話沒錯，妳有我，即便再多苦難也不用怕。我替妳擋風遮雨，我為妳肝腦塗地。咱們去建個城，城池裡只有妳和我，把過去錯失的時光百倍找補回來。」

她嗡聲長吟，「我不要城，樹大招風，還沒有吃夠以前的苦？我寧願蓋間茅草屋，隱居在誰也找不到的地方，平平安安度過一生就足意了。」

他和她唇齒相依，低低道好，「用不著呼奴引婢，日常起居都有我，保證比旁人貼心一萬倍。」

她朦朦看他，又生出新的感慨來，抬手描畫他的眉眼，嘟囔道：「多好的男人啊，上得朝堂，入得廚房。可是離開大鄴你就擺脫了太監的身分，咱們不能去民風開放的地方，我怕你出去買個菜就再也不回來了，因為某一戶有閨女的人家瞧你長得好看，把你劫走做倒插門女婿去了。」

他頗無奈，一下咬在她鼻尖上，「看來傻病想根治，得花大力氣了……」

第一百章　風義淪替

四月十一，極平和尋常的一天，卻是音樓生命裡最要緊的日子。從日出時起就在盼望，坐在窗前看日影一點點移過去，心裡的激動要花很大的力氣才能平息下來。

不知是巧合還是有預感，皇帝基本已經放棄她，今天巳時卻來看她，音樓裝得呆呆的，定著眼珠子，他也不介意，在她對面的矮榻上盤腿坐下，絮絮說了很多，說自己的童年趣事和心路歷程，最後蹙眉看她，「妳心裡有氣，愛怎麼鬧都可以，為什麼一定要去招惹老佛爺？現在被關在這裡，弄得半人半鬼，有意思嗎？朕一直不明白，肖鐸到底哪點好，叫妳這麼死心塌地。他擁有的全是朕賜給他的，朕才是這天下的主宰，妳難道看不透嗎？妳裝瘋賣傻這麼久，其實朕都知道，不忍心點破妳罷了。妳在角樓住了兩天，視野可曾開闊些？想明白了就跟朕回去吧，皇后的地位沒有人能動搖。」

音樓知道他在試探，他最信鬼神，這麼久了，明明很懼怕，還要時不時敲缸沿，看能不能套出她的實話，真是無聊至極的人。

她往前湊了湊，「真的讓我做皇后嗎？太好了，我終於可以做皇后了！」她站起身手舞足蹈，「趙氏失德敗興，在后位上賴了十一年，風水輪流轉，如今總算輪到我了！皇上到底站在我這邊，我是最後的贏家……那大殿下呢？您立他為儲君吧！太子位定下了就沒人敢篡逆了……」她說著嚶嚶哭起來，垂著兩手往外走，「大殿下死了，他死了，我當上皇后還有什麼用！」

皇帝也駭然，沒反應過來，聽見外面寶珠大喊大叫，「主子您醒醒神……醒醒神……」他慌忙追出去，皇后一條腿使勁往女牆上跨，嘴裡長嚎著「我活著沒意思了，大殿下帶上我吧」。他嚇得頭皮發麻，壯了膽上去把她拽了下來，看她涕淚縱橫的模樣灰心至極，「瘋成這樣，真沒法子了。」對寶珠道，「好好看住妳主子，有個三長兩短唯妳是問。」語畢拂袖而去。

交申時的點彤雲也來了，一旦她離開北京，兩個人這輩子就沒機會再見面了。彤雲淌眼抹淚，嘴裡念叨著：「我恨不能跟著您一道去呢，誰愛待在這囚籠裡！可是我不能，我老家有爹媽哥子，外頭還流落個小的，我怎麼能拔腿就走呢！主子，這一別只怕山長水闊了，也不知道還有沒有機會再見面。」

音樓拿手絹給她掖臉，嘆息道：「別哭，其實我走了對妳才是最好的。咱們名義上是主僕，可在我心裡你比音閣還親。往後妳要好好合計合計，看看怎麼讓皇上認下妳。」她覷眼看她，「我聽說他召妳進了西海子，有什麼說頭嗎？」

彤雲臉上一紅，「就說些閒話，問是不是老佛爺知道了您和督主的事，為了避人耳目才把我指給他的。又問眼下過得好不好，問他對我怎麼樣，兩個人住不住在一處……」她扭捏了下，「皇上不老成，眼睛亂瞄，手還亂動，我心裡有點怕，找了個藉口就告退了。」

音樓聽得愣神，「妳怕什麼？你們倆本來就……嗯，那個……」

彤雲愈發靦腆了，「一回就懷上了，也沒品出滋味來……」

音樓捂嘴大笑，「沒品出來接著品，不是正好！妳別說自己不想留在他身邊，我是知道的，女人對自己的男人，哪個真正能割捨？何況還有了孩子，情分更是不一般。」她牽了她的手合在掌心裡，溫聲道，「橫豎我和他都要走的，妳一個人留在京裡無依無靠怎麼辦？還是想法子進宮吧！將來把孩子找回來，讓他認祖歸宗，咱們大夥就都圓滿了。」

她怔忡著，極慢地搖頭，「不能明著來，我那時候替了您，還偷偷生孩子，這是欺君，能落著好處？您別替我操心，到了外頭千萬留神，好好照顧自己。我是不要緊的，您常說我頭子活絡，還能虧待了自己？夜裡我去見皇上，想法子拖住他，等這燒得沒救了，他來了不過是瞧一眼廢墟，也無力回天了。」說著摘下腕上鐲子交給她，掖淚道，「奴婢和您好了一場，臨了沒什麼能送您的，這個您留著，往後不管到了哪裡，看見它，就想起奴婢伺候過您一場。」一面說一面起身，依依不捨道，「我去了，久留落人眼，回頭再生出岔子來。主子保重，好歹別忘了我。」

音樓哭著送出去，她回身把她擋在檻內，自己提裙下臺階，風吹起她的裙袂，數不清的褶，飄飄搖搖，拐個彎就不見了。

天漸暗，膳房按時送吃食，照舊來收碗碟。送飯的嬤嬤隔著幔子看一眼，皇后娘娘和平時沒什麼兩樣，人遲遲的，坐在那裡嘀嘀咕咕，不知道在說些什麼。鑑於她時不時鬧個鬼上身，宮裡人人都怕她。有事不敢問她，只敢和寶珠打聽，「皇后娘娘的病有起色沒有？」

寶珠面露難色，一味地搖頭，「愈發厲害了，半夜裡不睡覺，噔噔跳。您瞧她不住嘴說話，猜猜她在說什麼？在說餓呢！才撂了筷子就叫餓，怕是餓死鬼上身了，別什麼時候要吃人吧！我實在受不得，打算求老佛爺個恩典，就算打發我去浣衣局我也認了，總比嚇死在這裡好。」

嬤嬤聽了更慌張了，只說：「妳且撐兩天，我回了老佛爺再做定奪……把用過的碗筷擱在外頭，過會子自有人來收的。」說著提上食盒，頭也不回地跑了。

夜色越加深沉了，一彎上弦月掛在西面，天地間昏沉沉的。音樓和寶珠收拾好包袱在樓裡靜待，隱約聽見遠處傳來馬蹄踩踏青石板的聲響，篤篤到了底下，便不見動靜了。屏息分辨，又有沉悶的腳步聲，轉眼到了門外。

雲尉進來，朝她長揖一禮，「奉督主之命來接娘娘，娘娘莫聲張，只管跟屬下走。」

音樓點頭，忙牽著寶珠出門。跨出門檻見兩個番子扛著兩具屍首，大約剛死不久，胳膊低垂下來，稍稍一動便跟著搖晃。她嚇得往後一縮，雲尉道：「娘娘別怕，都是犯了死罪的女子，這麼死法比上刑場身首異處強多了。她們能替娘娘，是她們的造化，死後少不得厚葬，便宜她們了。」說著往下引，「娘娘仔細腳下，馬車已經在道口等著了。」

音樓咬緊了牙關不言聲，因為太緊張，深一腳淺一腳，走路直打飄，好在有寶珠扶著，渾渾噩噩間坐進了馬車。城門上把守的早換成了肖鐸的人，因此到了門禁上無須多言，很快便放行讓他們離去。車過了筒子河，雲尉的韁繩一抖，頂馬撒開四蹄跑動起來，車廂裡驟然顛簸，顛得她坐不穩當，這才恍惚從夢境裡跌出來，咦了聲揪住寶珠，「咱們出紫禁城了？」

寶珠笑道：「本就在紫禁城的邊緣，這會兒已經出筒子河了，您看看……」邊說邊打簾讓她往後瞧，城樓上燈火杳杳，像天上點綴的星子，「瞧見了嗎？咱們已經離開那座皇城了，以後就要四海為家啦！」

滿心說不清的感受，像打翻了五味瓶，酸甜苦辣一齊湧上來，把她衝得熱淚盈眶。她在一片迷茫裡遠眺，車走得越來越遠，然而那火光卻越來越大。她拭了淚細看，似乎是燃起來了，熊熊的火焰衝到了半空中。角樓是大木柞的結構，三層重簷交疊，地勢又高，一旦火苗拔起來，要撲滅就難了。

她讓雲尉停車，靜靜看上一陣，那片火光彷彿把昨天燒了個透徹，熱烈地、浩蕩地、卻讓人感到平實和寂滅。她長出一口氣，轉頭問雲尉，「要燒多久？」

雲尉道：「說不準，也許幾個時辰，也許要到明天早上。就算護軍進去翻找，找到的不過是兩截焦炭罷了。娘娘放心，這回定可後顧無憂。」

她抿嘴一笑，清澈的眼睛，倒映出碎裂的金芒，似有些惆悵，輕聲道：「皇后已經葬身在火海，這世上再也沒有步音樓了。」轉過身搭上寶珠的腕子登車，再看最後一眼，安然放下了車門上的垂簾。

今晚西風很大，磚木燃燒的嗶啵之聲乘勢往東，一直飄到這裡來。空氣裡有焦灼悽惶的味道，放眼看，西角樓方向火光滔天，照亮了大半個紫禁城。皇帝匆匆奔到殿外，噩耗像個巨大的錘子，重重砸在他不甚清明的腦仁上。

「怎麼會出這樣的事？」他抓著崇茂問，「皇后呢？皇后救出來了嗎？」意識到問不出頭緒來，踅過身就要出園子。

崇茂忙擋住了他的去路哀求，「主子稍安勿躁，您去於事無補，水火無情，傷了聖躬怎麼得了！肖大人今晚在東廠夜審瞿良貪汙案，這會子接了奏報已經去了。」他咽了口唾沫，小聲道，「奴婢風聞，肖大人得了消息慌得了不得，幾回要衝進火場救人，都叫底下檔頭攔住了。皇上知道的，娘娘在樓裡掛了好幾層帷幔，著起來比撚子還好使呢，火星子呲溜溜躥上房梁，殿頂都是木柞，這一燒，可不壞了菜嘛！錦衣衛披了濕氈進去搜尋，頭一造兒沒找見，第二造兒進去……找著了。」

他吞吞吐吐，皇帝恨得拔高了嗓門：「怎麼個說法？再回不明白就給朕到上駟院養駱駝去！」

崇茂嚇得縮脖，一迭聲道是，「娘娘和跟前伺候的宮女寶珠都給找到了，可……因著耽擱了時候，救出來人已經沒法瞧了。」邊說邊抹眼淚，捲袖擦鼻涕，嗚咽道，「萬歲爺您節哀，這也是命。原以為娘娘離了坤寧宮能緩和點的，誰知道鬧了這麼個收場。娘娘鳳駕西去，對主子來說是天大的傷心事，可轉回頭想想，娘娘這也是超脫了。病了這程子，到起火，都糊裡糊塗鬧不清自己是誰，滿口譫語的嚇唬人……」

皇帝木然站著，晚風有點涼，迎面吹來，吹瑟了他的眼睛，他垂著雙肩喃喃：「朕的皇后，死了……」

「有涅盤才得重生。」身後人過來，和他並肩而立，蹙眉看著遠處火光，語氣無關痛癢，「被別人占據的軀殼，付諸一炬也沒什麼可惜。昨日之事，於我看來已經遠了，如今從頭開始，故人相見也爭如不見。我常在想，您封我為后究竟是出於什麼目的，想得太多，我自己也鬧不清了。可我知道，至少您在花園裡見到我，那時候的心是真的。在我手絹上題字、把我從中正殿救下來，這些都是真的。」

皇帝駭異地盯著她，「妳在說什麼？」

她晏晏一笑，略低下頭，那形容恍惚和他記憶裡的人重合，只是換了張臉孔。她轉過身來，把手放進他掌心，「皇上，您瞧我像誰？一間屋子住兩個人，我是音樓，也是彤雲。這麼說，您怕不怕？」

皇帝覺得不可思議，「這又是演哪齣？」

她並不答，簷下的風燈搖曳，暈染她平和的眉目，「這動盪的人間，有什麼是不可能的？音閣九月裡生，您別忘了說過的話，把孩子抱來我撫養。還有那屍首，不要去看，看了徒添傷感。只要我還在您身邊，這就夠了。」

皇帝將信將疑，總覺哪裡不對，然而吃了藥，很多事混沌不明，但有一點還耿耿於懷，「妳愛的是肖鐸，這麼好的機會，為什麼不回他身邊？」

她牽起唇角笑了笑，「就像您說的，他不過是個太監，清粥小菜不能吃一輩子，妳我才是正頭夫妻。以前和他千絲萬縷牽扯不斷，其實早就乏了，現在一切從頭開始，是老天爺憐憫我，給我這機會。越性兒斷了，皇上不高興嗎？您不是總說愛我嗎，難道都是場面話？」

皇帝扶住額頭，只覺頭痛欲裂。是他糊塗了，還是這世界真的鬼怪當道？換軀殼、換靈魂，換得他眼花繚亂。這麼說灰飛煙滅的僅僅是音樓的身體，就像換了件衣裳，其實她還是原來的她？

皇帝望向西角樓方向，視線模糊，茫茫然不知該何去何從了。

第一百零一章　結局

進了梅雨季節，天是昏黃的，空氣裡有種清而凜冽的氣味。站在簷下看，宮樓的翹角飛簷像鈍剪子硬絞開的棉布，每一處接近穹隆的地方都是毛糙的，彷彿攏了一團霧，即使大風颳過，也不能吹散那些愁雲。

「都辦妥了？」皇帝嗓音沙啞，怔怔看著肖鐸，「朕答應過她，朕的身旁有她一席之地。如今她走了，朕的心思不會變，她仍舊是朕的皇后……朕沒能送她最後一程，不是朕膽小，是不忍。那樣如花似玉的人，最後變作一具焦炭……你送了皇后最後一程，她的面目還能不能分辨？」

肖鐸略頓了下才搖頭，「火勢太大，幾撥緹騎進去相救都沒能找見人，最後發現娘娘鳳駕窩在一只木箱裡。」他神情痛苦，勉強穩住了嗓音才道，「刑部和都察院的人都到了，因著一把火把角樓燒了個乾乾淨淨，他們只能憑藉推斷。估摸著娘娘是犯了病，把樓裡的油蠟都點著了，起火後害怕，跑到木箱裡躲著，這麼一來非但沒有保住性命，木箱一著，反倒更無處藏身了。至於陵寢，請皇上放心，梓宮已經運入地宮，各式配享也都安排妥當了。眼下琉球的戰事提上了日程，那樣多的部署全等聖裁，皇后仙遊已成定局，老佛爺也日夜牽念皇上，請皇上節哀，以國事為重。」

在皇帝眼裡什麼排第一，什麼排第二，這些他都有考慮，大手一揮道：「區區彈丸小國，何足懼也？國母新喪，怎不叫朕痛斷肝腸？琉球如何打、該出多少兵、用幾艘船，全由廠臣指派。朕這裡要為皇后設齋醮誦，七七四十九天後皇后就能脫離苦海了。」他說著，似乎是突然冒出的念頭，對肖鐸道，「皇后生前器重彤雲，她雖是你夫人，好歹跟了皇后一場，主子崩逝，沒有不盡孝道的道理。著她入西苑，替她主子看守斗燈罷！」

肖鐸心下了然，躬身抱拳應了個是，「賤內能替主子盡心，是臣夫婦的福氣。臣回頭就命人傳話，讓彤雲即刻進西苑聽示下。」

皇帝點了點頭，見他這麼容易打發，心裡暗自喜歡。瞧了他一眼，故作高深地清了清嗓子，「朕知道廠臣忠心為社稷，琉球宵小來犯，依著廠臣，誰掛帥出征才最穩妥？」

肖鐸道：「大鄴周邊附屬小國眾多，若這次不能一舉殲滅琉球，一來有損我大鄴國威，二來也給那些蠢蠢欲動的屬國壯了膽子。都指揮使談謹幾度抗擊韃靼，戰功彪炳，由他出征再合適沒有。」

皇帝嘬嘴咂唇想了想，「恐怕不成，談謹是個旱地將才，到了海上轉不動舵靶，萬一暈船，底下兵丁沒了首腦怎麼料理？」

肖鐸向上一覷，緊走兩步拱手道：「臣也想過這宗，要的是他運籌帷幄的手段，會不會水、暈不暈船，這些都有法子緩解的，請皇上寬懷。」他歪脖思量了下，「臣一向注重船務，水師檢閱也都由臣來主持，若是皇上信不及談謹，臣願為主分憂，從旁協助談大人。兩兵交戰，半刻也耽擱不得，倘或海上遇著了難題，再發陳條回京等內閣擬票擬、等司禮監批紅，錯過了最佳的時機，說不定就功虧一簣了。臣隨軍出征，能替主子做主的地方當機立斷，對出征的將領來說也是顆定心丸，不知皇上意下如何？」

皇帝猶豫起來，打仗畢竟不是好玩的，他願意隨軍，對朝廷來說當然再好沒有。可他執掌司禮監，批紅上缺了他，偌大的攤子誰來接手？

他撫了撫下巴，新生的胡髭有點扎手，「兩頭都缺不得廠臣，若能把人一劈為二倒好了。」

肖鐸愈發呵下腰去，「臣為朝廷嘔心瀝血，細較之下還是戰事更為要緊。批紅上有閆蓀琅和楊承嗣，都是辦事穩妥的牢靠人，差事交到他們手上，準誤不了的。這一仗，料著打下來不過三四個月光景，屆時凱旋而歸，臣也算實打實地為主子立了一大功。」

皇帝其實是很善解人意的，他知道音樓一死，肖鐸便有點自暴自棄了。京城是個傷心地，出去散散有好處，何況他走了，彤雲留在西海子，時候長了不還給他，想必他也沒什麼說法。本來就是賞出去的，家產尚且能抄沒呢，何況人！

皇帝應准了，長嘆一聲道：「朕傷情頗深，好些事都沒勁操持了，廠臣是中流砥柱，替朕分憂，朕心裡有數。攻打大小琉球的一切事宜都由你經辦，朕這裡一概不過問。」說著闔上了眼皮，「朕要跟國師設壇了，你去吧！」

肖鐸要辦的事都辦到了，心滿意足地揖手，卻行退出了太素殿。

雨淅淅瀝瀝地下，小太監打傘上前接應他，他擺了擺手叫退了，自己佯佯在雨中踱步。一河之隔是恢弘的紫禁城，那樣大的一座城池，不知束縛了多少人的靈魂。他和音樓是幸運的，水師早就已經待命，稍作整頓便可離開。離開了，這輩子都不回來了，富貴榮華再好，也抵不上她在他身邊。

他沉得住氣，音樓被雲尉接走後他沒有再見過她，皇帝不是沒腦子的人，他也懂得使心眼。角樓大火沒來由，盯著他，也許能發掘出真相來。可是他忘了他是幹什麼吃的，有人監視，他會察覺不到？橫豎音樓很安全，他心裡有底。早就習慣了分離，堅持一兩個月，有盼頭，日子並不顯得難捱。

他照舊回司禮監，一樣一樣把事情交代下去，都安排妥當了，抬頭見彤雲到了門上。

她邁進門檻，深深蹲了個安，「督主。」

他點點頭，眼神疏離，「都想清楚了？打算留在他身邊？」

彤雲道是，「我主子有了好歸宿，我的一樁心事也了了。現在想想，皇上很可憐，他雖有些昏庸，到底是我男人，我想陪著他，即便他不能在我這裡停留多久。」

他垂眼歸置手上卷宗，漠然道：「妳要明白，如果留在他身邊，我就不能把孩子的下落告訴妳。」

彤雲看了他很久，心裡也掙扎，最後還是垮下了肩頭，「我都考慮過，也許孩子在另一個地方踏實生活，要比在京城好得多。」

人人有執念，他有，彤雲也有。或者她只是想和自己的男人好好生活，他如今有了音樓，那些兒女情長也能夠體會了。路是自己選的，她想留下，並沒有什麼值得詬病。

「既然妳做了決定，我就不再多言了。」他低頭整了整袖襴道，「記著我的話，要麼不做，要做就做到最好。妳能安頓好自己，妳主子才能後顧無憂。閆蓀琅那裡我交代下去了，請他代為看顧妳，妳有什麼難處和他商議，他自然幫襯妳。記好了，守口如瓶人才能活得長久，就算有一天妳做到了皇后，也還是一樣道理。」

彤雲一凜，欠身道是，「謹遵督主教誨。」

他的手指在楠木雕花的案頭慢慢滑過，綿長嘆了口氣，「我在大鄴的故事已經結束了，妳的卻才開始。宮廷裡的路不好走，既然選擇了，望妳保重。」

彤雲挽著畫帛目送他到門前，衝口叫了聲督主，他回頭看，如玉的側臉，冠上黑纓垂掛在胸前。她抿了抿唇，勉強擠出個笑容，「我主子……就託付給您了。您一定要待她好，她為了和您在一起做了那麼多努力，求您珍惜她。」

他頷首，不再多言，登上輦車揚長而去。

◆

談謹接了朝廷的調令往天津整頓水師，大軍開拔近在眼前，一切都就緒了，只要再按捺兩天就能見面。他站在廊下，看著簷角的雨線滔滔流下來，轉回身過東跨院，甫到垂花門上就看見憑欄而坐的身影。

如果說音樓是他最愛的，那麼月白就是他最對不住的。她沒有做錯什麼，只是癡癡愛著肖鐸，可是遇見他，他為了讓她保持沉默毒啞了她，如今雖頤養在他府上，但是她有多恨他，已經讓人不敢想像了。

似乎欠她一個交代，樣樣周全了，不能單剩下她。他從抄手遊廊過去，到她跟前站定，她轉回頭看他，目光寂靜。

「朝廷和外邦打仗，我奉旨監軍，不日就要離開京師。這一去，能不能回來還未可知，妳何去何從，自己想好了？」

他看見她眼裡的恐慌，霍然站起來，發不出聲，顫著手比劃，「為什麼不回來？」

月白是個可憐人，老家待不下去出來找愛人，愛人的名頭還在，卻早已經物是人非。她在他府上，至少可以安身立命。如今他要走，她連個落腳的地方都沒有了，成了無根的浮萍。

「上戰場九死一生。」他蹙起了眉頭，「再說妳知道的，我不是肖鐸，我是肖丞。」

她往後退了兩步，背靠抱柱，大顆眼淚簌簌落下來。

他轉過頭去，眺望遠處的天際，灰濛濛，遙不可及，隔了一會兒方道：「我替妳準備了一筆錢，外頭還有個莊子也一併給妳，足夠妳下半輩子衣食無憂了。原本我該殺了妳，可妳畢竟跟過肖鐸，論理我該叫妳一聲弟妹。我在，尚且能夠保妳周無虞，我不在，萬事只能靠妳自己。牢牢捏住錢，不要輕信別人。妳還年輕，遇見合適的就嫁了吧，不要再蹉跎了。我們肖家兄弟欠妳的情，只有等下輩子再還。」

女人的眼淚，總是無窮無盡潑灑不完，也許是對昨天的悼念，也許是對未來的迷茫，他沒法勸解她，站了一陣，默默退出了那個小院。

出門正碰上容奇，平時東廠的人常出沒提督府，他也不甚在意，背著手緩步往前院踱，容奇跟在後面，欲言又止了半天，他不瞧也能感覺到，「有話要說？」

容奇支吾了下，「當初是屬下給月白姑娘灌的藥，她有今天，我也該負起責任來。」

肖鐸頓下步子轉身看他，「然後呢？」

容奇倒被他問住了，蒼黑的臉膛上泛起紅暈，憋了口氣道：「屬下是想……督主走後，屬下可以照應月白姑娘。」

他欣然笑起來，讚許地捶了捶他的肩頭，以男人對待男人的方式。

次日開拔，皇帝親自為三軍踐行，站在城門樓子上一番喊話氣吞山河，伴隨隆隆的鼓樂之聲，頗有幾分定國安邦的豪邁氣概。

共飲、砸碗、向皇帝辭行，肖鐸一身明光鎧，和以往的蟒袍玉帶不同，顯出錚錚的風骨。向上抱拳，在一片「不得完勝，誓不還朝」的高呼聲中跨馬揚鞭，大軍出城，逶迤向東行進，那隊伍壯闊，綿延百里不見首尾。

水軍從天津碼頭出發，單是尖底福船便有七八，加上哨船、海滄船、蒼山船，大大小小百餘艘，組成一個規模可觀的艦隊，一路赫赫揚揚出塘沽港向渤海灣進發。

長途作戰少不得奔襲，行船是日夜不停的。談謹命人掌燈，在甲板上鋪排海域圖和肖鐸議戰。

「海上作戰，鬥船、鬥銃，而不在鬥人力。福船高大如城，倭寇的小船還不及咱們船底的吃水高深，火器近距離往上發射，想打中難如登天。」他在圖紙上指點，「每艘福船指派十二艘哨船護衛，分散開，呈三面包抄之勢。海滄船上配備了千斤佛郎機，要麼不中，中則叫倭寇草船粉身碎骨。再者福船船頭預先準備好火球，一旦開戰從高處投擲下去，除非賊船是鐵造的，否則難逃一焚。」

他說得頭頭是道，談謹笑道：「有廠公在，談某就有了主心骨了。就依廠公的部署辦，不說用計，即便是船與船相撞，咱們也只贏不輸。」

肖鐸忙擺手，「咱家沒帶過兵，不過是從旁輔助，到底如何還得聽甫明兄的。古來不懂作戰的監軍壞了多少事，咱家可不敢當這千古罪人。」

說笑兩句，船頭激起的海浪混雜進空氣迎面撲來，像南方幽深的天井裡筆直落下的牛芒細針，恍惚地，避無可避。底下卒子送氅衣來，肖鐸和那些野泥腳桿子不同，他是考究人，無一處不顯雍容，叫雨一淋都噴嚏連連，萬一哪裡不留神，在海上作了病可了不得。

談謹道：「廠公身邊還是得配專人伺候才好，尋常將領跟前尚且有副將搭手，何況是您！」

肖鐸聽了微露出笑意來，瞥了給他繫領上金釦的卒子一眼，「咱家脾氣怪，用不慣生人。」

那卒子一聽忙朝他揖手，「回廠公話，小人打小就會伺候人，把這差事交給小人，小人行軍打仗不行，溜鬚拍馬叫大人受用不在話下。」

那卒子帽檐壓得低，眉眼模糊，唯見一張灩灩的紅唇暴露在燈影中。談謹笑道：「既這麼，廠公試上幾天也未為不可，若還湊手就留下，我瞧他會抖機靈，敢這麼說，辦事也定然知進退懂分寸。」

肖鐸半天方「嗯」了聲，「談大人的話都聽明白了？伺候得好升官發財，伺候不好扔進海裡餵魚，妳可想清楚了？」

那卒子嘿嘿笑，「小人省得，小人必定盡心竭力為廠公效犬馬之勞。」

她這套不知是哪裡學來的，天生的好演技，裝瘋賣傻張嘴就來，冒充軍中的老油條更是不在話下。肖鐸打量她，不覺莞然一笑。天氣不好沒有明月，卻見遠近簇簇燈火闌珊——燈火闌珊處有佳人，佳人戴盔帽，著冑甲，落拓不羈，和他並肩而立。

大鄴越去越遠，早就退散到世界的另一端。那是一座罪城，歡喜亦建立在無數的痛苦和犧牲上。所幸他們已經掙脫了，七級浮屠上開了天窗，跳出來，站在塔頂，伸手就搆得到天堂。

——《浮圖緣》正文完——

番外一

門前有一條青石板鋪就的道路，下雨時偶見美麗的姑娘頭頂芭蕉葉飛快地跑過去，無非是上工或是回家，但有個僧人，每天暮色四合的時候都會從店鋪門前經過，穿著土黃的僧服，斜背一隻包袱，一面走，一面篤篤敲擊木魚，風雨無阻。

「吳大娘，他往哪裡去？」

坐在門前歇腳的女人抬頭看了一眼，「哦，他是塗藹大師，是地藏廟的僧人。從這裡往光華寺還願，每天往返四十里，已經走了二十七年了。」

老闆娘倒了一杯花茶遞過去，手肘撐在高高的櫃檯上，探身往外看，喃喃道：「走了這麼久，該有多大的信念才能堅持下去啊！」

吳大娘笑了笑，「有時候愛的力量大得超乎想像，他還願不是為了自己。塗藹大師年輕的時候有個心愛的戀人，是芽莊有名的美人。二十七年前這裡發生了一場瘟疫，塗藹大師也染上了，他們沒有錢，姑娘就去縣官開的藥店偷藥，結果被人拿住，遊街後處死了。偷盜的人不能成佛，於是塗藹大師剃度做了和尚，每天朝聖，據說可以助戀人洗清罪業，早登仙界。」

老闆娘聽得滿心唏噓，「這故事真叫人傷懷，堅持了二十七年，不知道什麼時候是個頭。怪那縣官太殘酷，為了一包藥，就把人處死了。」

吳大娘點點頭，「以前這裡的法度很嚴明，縣官就像土皇帝，叫誰生就生，叫誰死就死。現在好了，老國主過世了，新君即位整頓官場，百姓的日子才好過起來。」邊說邊往簾後看，「只有妳一個人在家？」

老闆娘回手指了指，「今天要釀小麴，他在後面蒸稻穀。」

吳大娘嘖嘖讚嘆，「妳真是好福氣，這樣的相公，天上地下都難找。」

老闆娘笑起來，「可是他常說，能遇見我是他上輩子的造化。」

吳大娘只管讚嘆，「人活一世碰上一個合適的人，真不容易！就像塗藹大師一樣，這份感情要消耗幾十年光陰，說起來也很令人敬畏。你們搬來快一年了，大家只知道你們是鄴人，大鄴離這裡很遠，你們怎麼會到這裡來？」

提起這個倒有一說，如果不在海上流浪，永遠不知道安南有個美麗的地方叫芽莊。彼時身後烽火連天，他們的哨船悄悄駛離了艦隊一路往西南，漂泊了近一個月，看見一個有著成叢棕櫚和椰樹的地方，就決定留下來。

芽莊是安南領土，她曾經在書裡看到過安南這個名字，它是大鄴屬國，富饒自強。芽莊傍海而建，好些人的祖先是早前遷居到此的漁民，飲食和風俗都保留了大鄴的習慣。比方他們也過春節和中元，端午節的時候吃粽子，寒食節也用湯圓及素餅祭拜祖先……最要緊一宗，他們會說漢話。這裡除了氣溫比中土高，旁的幾乎和大鄴沒什麼兩樣。

尋見一個合適的地方是緣分，他們上岸買下一棟木樓，還開了家鋪子賣酒和零碎玩意，生意不溫不火，但很符合她對生活的嚮往。她以前在宮裡，做夢都盼望這份寧靜，現在如願以償了，沒有一樣不美滿。

幸福的人，笑容都會放光。她拿布擦了擦桌面，應道：「我們本來是去塔梅會親戚的，後來到了芽莊，覺得這裡很美，索性在這裡定居了。」

「喜歡哪裡就在哪裡落腳，你們選對了地方。」吳大娘笑道，「這裡的人心地都很善良，遠親不如近鄰，以後常走動，也好有個照應。」

她頷首，相談甚歡時背後簾子一打，出來個俊朗的年輕人。

吳大娘抬頭看過去，見了不下幾十回了，每次瞧見還是忍不住讚嘆。這是個漂亮的男人，身材挺拔，眉目如畫。和安南男子只留頂上一簇細細的髮辮不同，他有滿把烏黑的髮，拿玉帶束著，顯出一種溫雅的、大國的況味。這種長相在安南極少見，甫一出現，不知叫多少女孩子心馳神往。安南歷來是一夫多妻的，有錢有勢的官老爺娶妻，十個八個不嫌多。安南女子也不小家子氣，真要喜歡一個人，並不介意做妾，所以他家的小酒館女客很多，都是慕名而來的，本村鄰村都有，只為一睹掌櫃的的絕代芳華。

老闆娘起身給他掖汗，「穀子出鍋了嗎？都晾好了？怎麼不叫我一聲？」

他笑了笑，頰上梨渦淺生，「活兒不多，我一個人就成，用不著妳幫忙。早些收拾好，明兒帶妳出去逛逛。」轉而對吳大娘雙手合十行一禮，「大娘，聽說這裡也過花朝，廟會很熱鬧？」

吳大娘連連點頭，「不單有廟會，好多寺院的大主持都替人解簽祝禱……我看你們還沒有孩子，光華寺有尊佛母像，求子很靈驗。傳說佛母名叫鑾娘，很小的時候在寺院修行，有一天午睡，西竺和尚丘陀羅跨過她的身體令她懷孕，十四個月後生下了個女孩。你們可以去那裡拜一拜，沒準轉過天來就有喜信了。」

老闆娘吐吐舌，穿著淺藍奧黛的曼妙身姿扭出個銷魂的弧度，朝身後人眨了眨眼，「拜佛母不如拜丘陀羅，你說是不是？」

掌櫃的咳嗽一聲，含糊遮掩過去了。

吳大娘本就是上了年紀的，最愛搗鼓家長里短，轉頭一看，笑道：「這兩天我們家很熱鬧，以前不常走動的人都來串門子。說來可笑，不是為我自己的事，竟是為方先生。」

掌櫃的神色一凜，「為我？」他們的來歷不為人知，到一處地方，不事張揚是最好的，叫人盯上可不是什麼好事。

吳大娘哪裡知道那些內情，自顧自笑著，「方先生一表人才，打聽你的都是有女兒的人家。你們雖開了間小鋪子，但看得出家境殷實。我們這裡民風是這樣，搶親、買童養女婿，不在少數。你有夫人不假，架不住人家姑娘愛慕。有幾家想托我說合，人家姑娘過門願意敬重夫人，只求能和方先生結成夫妻。夫人不生養不要緊，小夫人的孩子也管夫人叫母親的……」

老闆娘聽得目瞪口呆，他們夫妻有沒有孩子，何嘗輪到外人置喙？沒有孩子就得給丈夫納妾，聽著要受敬重還得妾願意，這是什麼道理？她捨得一身剮得來的如意郎君，就這麼便宜別人嗎？

她當即臉色就不好了，扭身看著她男人，「我聽你的意思。」

掌櫃的臉上無甚喜怒，對吳大娘拱手道：「多謝好意，孩子不急，或早或晚總會有的，如果為了這個辜負她，我寧願不要孩子。以後若再有人提起，請大娘代我傳個話，方將心無二致，就算哪天我夫人不要我了，我也不會再娶別人。我們新婚才不久，聽見這話太煞風景，大娘來串門我們很歡迎，可要是為這而來，就惹得大家不自在了。」

吳大娘聽得一頓，「我不過傳個話，並不是來做媒的……」

老闆娘替她添茶，溫婉笑道：「是這話，我們沒有要怪大娘的意思。我和我相公感情很深，初聽妳說起這個叫我回不過神來。我從來沒有想過要把他分給別人，我這人脾氣不太好，吃起醋來什麼都幹得出，誰要打他主意，我頭一個不繞她。所以大娘萬萬不要再提，傷了咱們鄰里情分就不好了。」

這股護食的勁也少見，更少見的是願打願挨。本地的男人說起納妾偷著高興，這外來的兩口子不同，似乎從沒想過和當地人聯姻。吳大娘臉上掛不住，訕訕道：「我是想你們要長住下來，有個得勢的親家走動也是好事……哎呀不說了，怪我多事，鬧得你們不舒心了。既然你們是這意思，我心裡有了底，往後也好回絕人家。」言罷一笑，「你們不知道，我那裡門檻都要被人踏平了，心裡也惱得很呢，只不好說罷了。」站起身拍了拍衣裳道，「時候不早了，你們打烊，我該告辭了。」

老闆娘請她稍待，拿竹筒灌了一筒酒遞過去，「我們的事，給大娘添了麻煩，怪不好意思的。這是自己釀的甜酒，請大娘嚐嚐。」一面說一面往外引，「天要黑了，路上走好。」

吳大娘去了，掌櫃的隱隱覺得大事不太妙，打著哈哈道：「真有意思，這裡的姑娘比咱們大鄴的還開化……」

「你高興嗎？」老闆娘拉長了臉，「肖丞，你人老珠黃了行情還很好，心裡得意極了吧？」

「我冤枉！」他搓著兩手道，「妳也說我人老珠黃了，還有什麼可得意的？剛才我撂了話，妳也聽見了，我何嘗動過納妾的心思？」他靠過來搖搖她，「音樓，咱們經歷了多少，妳我心裡都有數，為這個鬧彆扭，太不值當了。」

她想了想也是，「到底男人可以三妻四妾，女人只能從一而終。要是女人也像男人似的，保不定也有人來給我做媒。」

掌櫃的嘴角一抽，有點不大稱意，「妳整天就想這些？」

她長吁短嘆，「我以前就說過，不能來民風太開放的地方，誰知道挑來挑去偏是這裡！這下子好了，有人跟我搶男人，真叫人搓火！」她橫眼看他，從櫃檯下面摸出把剪子來，重重拍在檯面上，「你敢動歪心思，我就讓你變成真太監！」

他驚駭地看著她，「妳瘋了不成？自己臆想很好玩嗎？」

她搓了搓臉，太激動了，臉上一層油汗。看外面天色漸暗，垂頭喪氣地嘀咕，「做媒都做到門上來了，不是打我大耳刮子嗎！真氣死我了！上門板，咱們早早兒回去歇覺，議一議孩子的事。」

這話掌櫃的太愛聽了，響亮地噯了聲，手腳麻利地落了門閂，一手端油燈，一手牽她上樓。

她坐在床上賭氣，他打了手巾把子來給她擦臉，邊擦邊道：「我料著是那藥吃得太久了，一時恢復不過來。按理說咱們沒少……那個，是時候該懷上了。可惜方濟同不在，要不叫他瞧瞧，好歹多幾分勝算。」

她回身摟住他，「橫豎我不著急，你著急嗎？」

他笑著在她鼻尖上親了親，「我也不著急，只要有妳在身邊，我什麼都不在乎。妳聽我說，有件事我想了很久，外邦畢竟不是故土，人講究個落葉歸根，咱們暫且按捺幾年，等風頭過了悄悄回中土去，不在紫禁城安家，就算去草原，也強似在這裡。妳生來怕熱，我瞧妳每天熱得直喘，心裡很覺對不住妳。別人養媳婦，給她高床軟枕富貴日子，咱們呢，隱姓埋名飄臨在異鄉。妳明明委屈又不能說出口，實在難為妳。」

他們都為對方考慮，這份真情才是最難得的。音樓在他頸子上蹭蹭，奇怪他明明不用薰香了，領口袖隴卻仍舊保留了瑞腦的氣味。她喜歡這味道，莫名叫她覺得安心。

「我不想冒這個險，回去怎麼樣，誰知道呢！天天提心吊膽的，不如在這裡扎根。我沒有故土難離的想法，有你的地方我就能踏踏實實住下來。」她抬起頭眨眨眼，長長的睫毛刮在他下頜上，「你今兒又得了中原的消息？信上怎麼說？」

當初來安南的時候帶了信鴿，東廠訓練信鴿是拿手戲，飛越幾萬里回巢不在話下。這頭餵養那頭築巢，兩邊好通信，又不會走漏風聲。他人雖不在大鄴，那裡的政局卻依舊關注。曹春盎還在東廠供職，這個乾兒子是靠得住的，常捎些消息過來，比方那時他們遁走，談謹擔當不起罪責只得呈報他的死訊，如今西直門外建了他的衣冠塚，皇帝下旨封他為定國將軍，死後哀榮居然成了英雄。

「彤雲有些本事，把皇帝折騰得找不著北，這會兒懷了身子晉封皇貴妃，離后位僅一步之遙了。」他放開她，解了奧黛右衽上的鈕子細細給她擦身，「一個皇帝，幹什麼都沒有顧忌，江山社稷離敗落不遠了。那時封妳為后如果還說得通，抬舉彤雲委實有點牽強了。總歸是太監的對食，一躍成了皇妃，未免兒戲。」

她「唔」了聲道：「也虧得他荒唐，彤雲才得出頭之日，這樣不好嗎？」

他對那個朝廷的積怨多了去了，不過眼下遠離是非，便能站在旁觀的角度上看待問題了，因頷首道：「對彤雲必然是好的，她是聰明人，有了依靠，自己能過得滋潤。」

她昂起頭來看他，「咱們已經離開大鄴了，她又不知道咱們下落，孩子的消息你不打算告訴她嗎？」

「妳我是遠遁了，可京裡還有曹春盎和佘七郎他們，沒有牽制，誰知道將來會怎麼樣？況且皇帝要是知道妳沒死，妳猜猜他會不會向屬國放榜緝拿妳？」他在她背上推拿，推著推著就不受控制了，獻媚笑道，「今兒手勢還成嗎？」

她打掉他的手一嗔：「好好說話！」

是在好好說話啊！他不屈地重爬回來，倒是老實了些，「東廠由閆蓀琅接管，上臺就鬧出了大動靜。他忙著立威，朝廷上下一片風聲鶴唳，這麼一比，立馬有人想起我的好來了。」他輕聲笑起來，「兩個慣常唱反調的老學究說了句良心話，『若肖督主尚在，何至於此』，那會兒他們背後都管我叫奸宦佞臣，現在口徑一致地誇獎我，我真是受寵若驚。」

「德行！還經不得別人誇了？好就是好，」她翻過身咧著嘴笑，「你是我見過的最有人情味的奸宦，好在我那時沒被你的壞名聲嚇退，死纏爛打，你就是我的啦！」

她得意洋洋，他縱身撲了上去，「妳說要議一議孩子的事，正經時候怎麼不提了？」

她嬌羞遮住臉，「命裡有時終須有，我瞧你這模樣……」視線往下覷了眼，「不像個無子的。」

次日花朝，最宜踏青遊玩。鋪子關了一天門，往光華寺有程子路，也沒雇轎子，兩個人手挽著手走在石板路上，風是和煦的，道路兩旁成片的竹林遮天蔽日，風從枝頂滑過，沙沙一片脆響。偶見道旁盛開一朵花兒，叫不出名目，孱弱幼嫩。他摘下來替她戴在幕籬上，透過低垂的綃紗，看到她明朗的笑容。

音樓把昨天聽來的關於塗藹大師的故事告訴他，不無傷感道：「愛人死了，他就出家為僧，每天往返那麼長的路，走了二十七年了，說起來真可憐。」

他把她的手牢牢攥進掌心裡，「人各有命，所以擁有的時候要珍惜，一旦錯過就找不回來了。所幸他覓到了這個法子，否則剩下的歲月怎麼度過呢？每日苦行，與其說是超渡愛人，倒不如說是自我救贖。」

她把嘴噘得老高，「你非要把事分析得這麼明白？」

他噎了下，「東廠帶出來的老毛病，一時之間改不了。不過我也佩服他，能堅持二十七年，這份感情委實是滲透肌骨了。」

「所以只要看到感人的一面就夠了，人活得糊塗才是福氣。」她替他放下帽帷，路上來往的人漸多，不再說話，只是牽著彼此的手，沿著蜿蜒的路踽步緩行。

安南的佛教分好幾宗，藏傳佛教是中土傳過去的，寺廟裡的紅漆鎏金裝飾，甚至匾額上書寫的文字都是仿漢。他們進廟拜佛，一個黑漆漆的銅像被鮮花簇擁著，頭頂上掛著蕩魔天尊的牌子。這尊佛音樓不熟，恭恭敬敬上了香，便退出天尊殿轉到了佛母像前。其實嘴上說不著急，心裡也暗暗祈盼，生活已經極盡完美，如果再有個小人兒繞膝，又該是怎樣一種滋味？愛他，想為他生兒育女，這是人之常情。音樓拈了香虔心祝禱，「佛母大慈大悲，求佛母憐憫賜我麟兒，若果然如願，信女必定替佛母重塑金身，以報佛母大恩大德……」

她絮叨個沒完，他含笑在一旁聽著，回首看院裡人來人往，一口大香爐裡投擲了無數的錫箔，沒有化開的捂在底下窸窣作響，濃煙在爐口翻滾，一簇接著一簇，輾轉奔向半空。他唯恐煙襲進來嗆著她，拿斗笠使勁替她搧風，這殿裡有很多男人陪妻子來求子，像他這樣的極少見。邊上人吃吃發笑，音樓起身才發現眾人笑話的是他，一下子紅了臉，心裡卻說不出的歡喜，扭捏著拉他的手，閃身出了佛母殿。

拜完了佛要喝送子的泉水，那是山上流下來的一道溪流，拿木板合圍，做出個深深的凹槽。溪水從上面奔騰而過，據說佛母早前日日飲這裡的水，誇得神乎其神，懷孕是因為丘陀羅還是因為這泉水，到底也說不清了。木槽邊上放著幾把竹筒製成的水端子，他挑了把看上去比較乾淨的，拿帕子來回擦了好幾遍才遞給她。那份矯情勁音樓看慣了，擰著眉頭虎著臉的模樣，覺得分外可愛逗趣。

兩個人坐在樹蔭下的一塊大石頭上說私房話，猛聽遠處一間殿堂裡梵聲大作，音樓探頭看，見一個小沙彌匆匆跑出來，拉住問出了什麼事，那小沙彌滿臉喜興，合十一拜道：「塗藹大師剛才看見阮氏草姑娘回來，說就快成佛了，主持和高僧們都聚起來念經助姑娘西歸，塗藹大師二十七年功德圓滿了。」

這是整個愛情故事裡唯一值得高興的地方了，音樓欣慰不已，攜肖丞過去湊熱鬧。檻外都是人，哪裡擠得進去，只聽鐃鈸聲陣陣像翻滾的雲頭，她倚在他身側感慨，「多好啊，二十七年修得阮姑娘成佛，他們在天界能相會的，對不對？」

他低頭一笑，「會的，只要耐得住，經歷一些坎坷，最後終究能到一起的。」說得是，就像他們，此心不移，千難萬阻也分不開他們。

阮姑娘成佛是好事，成了佛，身後總要有處地方受香火，於是高僧們提議鑄造地藏尊，建起個小廟安放佛像。今天來禮佛的人很多，為了做功德紛紛慷慨解囊。音樓開始掏荷包，在銅錢裡面翻碎銀，估摸挑出來有二兩，托在掌心說：「咱們也布施些，積德行善有福報。」

相較周圍拋出去的幾十枚大錢，二兩分明要多出不少，她高興，他也不忍心壞她興致，點頭道好，「什麼都別說，擱下就走吧！外面有賣風箏的，我帶妳去海邊放風箏。」

他總拿她當孩子一樣寵愛，她樂顛顛應了，費勁鑽進人叢裡。他在周邊等著，閒閒轉過身看天邊流雲，不經意一瞥，見遠處松樹下站了個人，並不近前來，負手而立，探究地審視他。因著以前不一樣的際遇，碰上一點可疑之處都會引起警覺，他看過去，尋常的安南人，身上衣裳不顯得華貴，看不出什麼來歷，但也不能掉以輕心。

音樓從人群裡鑽出來，笑著給他看手裡那塊雕工粗糙的木疙瘩，「這是塗藹大師給的神木，隨身帶著能保心想事成。你幫我鑽個孔，我要掛在脖子上。」

他點點頭，旋過身遮擋住她，替她放下了幕籬上的罩紗。從那人面前經過，他倒是一派從容，甚至沒有再看他一眼。漂洋過海尋見一個地方，自覺離故土遙遠便放心大膽度日，這種心思對他來說永遠不能有。他對周遭存著戒心，音樓是小孩心性，一旦擔驚受怕，整夜長吁短嘆在床上烙餅，他發現什麼可疑也不告訴她，自己小心留神，給她安逸的生活，是他作為丈夫的責任。

芽莊的海灘是細細的金黃的沙構建成的軟毯，海水是藍色的，由淺及深一點點向外暈染。站在這頭看那頭，纏綿的幾個彎勢，一排浪翻捲過來，在沙灘上拍打出潔白的泡沫，轟轟烈烈地撞擊，又轟轟烈烈地遠退，空氣裡留下細碎的濕氣，拂在裸露的皮膚上，微涼愜意。

他們買了個蝴蝶風箏，腦袋上有彎曲的觸角，身後尾翼拖得老長。海灘上風大，人也不多，音樓把鞋脫了提在手裡，奔向一片空曠地。她到安南後無憂無慮，即便不能呼奴引婢，心境開闊了，愈發愛縱著性子來。他看著她，只要她在笑著，他就覺得滿足，嘴裡叨叨著提醒她，「別光腳，沙子底下沒準埋了東西，仔細戳傷了腳。」

她不聽他的，一味催促他快些。他走過去，低頭看那十根潔白的腳趾，小巧玲瓏陷進沙子裡，簡直像個撒歡的孩子。他無奈把風箏遞過去，「受了傷我可不管妳。」

她潦草「唔」了聲，也不知道有沒有聽見他的話。一門心思盤弄手裡的線團，奮力把風箏一擲，賣力跑動起來，可惜不得法，試了好幾次都沒能成功。她折騰得一頭汗，不由灰了心，「一定是骨架紮得太重了，要不就是沒糊好，它漏風。」

真會找理由下臺階，他接過來仔細查驗，一面問她，「踏青的時候女孩不是都愛放風箏，我瞧妳怎麼像個外行？」

她有點憂傷，「我哪有那福氣學放風箏！」

沒人疼沒人愛，可憐見的。他揉揉她的臉，「我來教妳。鄉裡孩子到了春秋兩季也玩這個，我和肖鐸沒錢買，就自己動手做。我們那管這個叫鷂子，工藝比安南複雜得多。拿葫蘆做哨子綁在兩翼，送上天後還帶響……順風放不起來，要逆風跑，覺得有風鑽進去，鷂子和妳對拉，用不著使太大的勁，撒開手後放線，扽一扽，慢慢就越升越高了。」他往後退兩步，眼裡有琉璃似的浮光，「妳瞧著，我放起來再給妳。」

她在後面追著跑，奧黛的下擺本就薄，被風吹得高高飄揚，有種行走於畫中的錯覺。她在他身邊，一切都順遂了，眼看著一點點豐腴起來。女人有肉才好看，以前在宮裡心思沉，纖細瘦弱的，看上去孤苦伶仃。現在好了，白嫩的圓嘟嘟的臉頰，無一處不叫他產生成就感。男人很多時候也希望求得一份安定，就像現在這樣，如花美眷在側，開間鋪子，吃穿不愁，長此以往，人生便盡夠了。

行家裡手，辦起來輕而易舉。音樓瞇覷著眼看，那蝴蝶扶搖直上，起先還分辨得清花紋，後來漸飛漸遠，唯剩下一個模糊的形狀。她喜滋滋迎上去，接過他手裡的線軸邊退邊放，風力太大，牽制起來很費勁。看水天之間的紗繩刮成個誇張的弧度，真擔心吃力不住，一下就斷了線，墜到海裡，白糟蹋了曾經凌雲的豪邁。

「你說它能不能飛過那片海？」

他說：「不能，因為始終有根線牽著……」

他話沒說完，她那裡「哎喲」一聲，把他嚇了一大跳。轉頭看，她一屁蹲坐在沙地上，哭喪著臉齜牙咧嘴，他就知道闖禍了，八成腳底下扎東西了。忙上去查看，果然半片牡蠣殼突出了地面，她把腳一舉，嗚咽著打了他一下，「你這個烏鴉嘴！」抬頭看天，風箏線斷了，她喃喃道，「這下好了，它可以飛得很遠很遠了，也許可以落在大鄴的疆土上。」

他沒言聲，知道她還是有些想家的。拔開水囊給她清洗傷口，又扯帕子替她包紮，血很快滲透過來，他用力按住了，怨懟地瞥她，「吃苦頭了吧？叫妳不聽話！」

她像個做錯事的孩子，忍著痛臊眉耷眼偷覷他。光華寺離家二十里呢，傷了腳可怎麼走路？試探著囁嚅，「咱們回家吧！」

「回家？」他把眉頭挑得老高，「妳能走路？」

她諂媚地笑笑，「你給我雇頂小轎好嗎？」

他轉過身蹲下來，「我揹妳。」

揹她？二十里地呢！她遲疑了下，「我兜裡還有錢……」

「塗藹大師每天四十里，走了二十七年。我揹著自己的媳婦兒走二十里，似乎不是什麼難事。」他趨身親她額頭，「妳嫁我這麼久，我還沒有揹過妳，今天算找補回來了，妳不高興嗎？」

怎麼能不高興，她心裡都要開出花兒來，腳上傷口雖疼，架不住心頭歡喜。可又怕累著他。他當官那陣兒十指不沾陽春水，到了安南至多釀個酒，也不甚辛苦，現在一下子要讓他負重徒步二十里，那可要人命了。

「我知道你的心，這份情我領了，卻不能叫你受累。」她靦腆地笑了笑，「我男人是用來疼的，不是用來做苦力的。」

他倒羞澀起來，故作大方地拉過她的胳膊扛在肩頭，夷然道：「揹媳婦兒哪裡能算苦力？明明是求都求不來的好事！咱們這會兒上路，等天擦黑也該到了。」說著負起她，往上送了送，「趁著我還年輕，有把子力氣且叫我表現表現。等我老了，再想揹妳也力不從心了。」

還是來時路，那幽深迴旋的竹林甬道綿延通向前方，兩個人相互依偎著，音樓貼在他耳畔問他，「累不累？嗯，累不累？」邊說邊親他耳垂，「我給你鼓勁，親一口勁兒就來了。」

他笑話她，「傻子！不過倒真管用。」

「管用嗎？」她嬉笑著扳他的臉，從耳垂親到嘴角，「這樣呢？是不是更管用？」

他簡直拿她沒辦法，路上有來往的行人，她這麼明目張膽，惹得年輕姑娘側目看。臉面是沒有了，也不在乎。外頭走著，誰又認識誰？他轉過頭狠狠親她一口，「不收拾妳，妳得瑟得沒邊！」

她笑靨如花，愈發摟緊了他，「肖丞……」

他眺望前方，「什麼？」

「沒什麼。」她枕在他肩頭輕嘆，「咱們這樣多好，不光這輩子，下輩子也要在一起。來生不要這麼多坎坷，就在一個村子，媒婆給咱們牽線搭橋，過了禮順順當當拜堂成親，然後生兒育女，子孫滿堂。」

「不貪圖富貴？」

她搖搖頭，「別人沒經歷的我都見識過了，有一雙手，何至於餓死了？」

他說好，「妳就在那裡等我，哪都別去。也許我是個賣油郎，每天挑著擔子經過妳家門前，妳倚門嗅青梅，天天偷看我……」

她鼓起了腮幫子，「為什麼又是我偷看你？這輩子你還沒被我捧夠，下輩子打算接著來嗎？」

他嗤地發笑，「那我倚門嗅青梅，妳做賣油郎？」

她又不依了，「我還得賺錢養家，憑什麼好處全被你占盡了？」

他翻過手來，在她的臀肉上掐了把，「和我這麼計較？」

她翻了個白眼，「我想好了，我還要做女的，你得繼續疼我，養活我。春天我坐在門前挑穀種，年輕輕的小姑娘，像朵花兒似的，你擔著擔子從我門前過，看我看呆了，一不留神撞到一棵樹，額頭撞個大包……我一看唬一跳，本來要去扶你，邊上有人，又不好意思，扭身就進門了。後來這事大夥都知道了，你家裡大人就找媒婆上門提親，我爹不答應，說你家門第不高，賣油的沒大出息。你知道了，上門來求我爹，哭天抹淚保證會對我好，不叫我受半點苦。我爹琢磨這孩子心怪誠的，想想算了吧，只要我們兩情相悅，也就不反對這門婚事了。」她說得眉飛色舞，「你瞧瞧，多順理成章的事呀，我覺得這樣挺好。」

惡俗無比的橋段，還安排他撞樹、哭鼻子，有這麼埋汰人的嗎？不過設想一下直樂，「我也不是非得賣油，我可以做木匠、瓦匠、跑單幫。也許手裡有點小錢，妳爹一看，喲，這孩子腦子活，我閨女嫁他不吃虧，就這麼定了。妳看看，不是更好？」

她囁唇計較，「倒也是，反正無波無瀾的就成了。咱們這輩子多難啊，又是太妃又是太監的。」

現在提起來，有點前世今生的感覺。他徐徐長出一口氣，「是啊，好在都過去了。人就是這樣，沒有坎坷不懂得惜福。好比我，以前只知道攬權斂財，從來沒想到有一天會放棄一切帶妳到安南來。現在瞧瞧，一點都不後悔，還老誇自己幹得妙。」

她立馬得了勢了，搖著兩腿道：「我早說過，跟著我，你有福享。」

他啞然失笑，簡直不知道說她什麼好。長路漫漫，一時半會兒走不到頭，太陽西沉了，林間風影婆娑，他扭頭問她，「腳上怎麼樣？還疼得厲害嗎？」

她說還好，「不過有點累，咱們在道旁歇一歇，喝點水吧！」

再往前一程有個石界碑，小小的，杌子高低。他揹她過去，讓她坐定了蹲下來查看她的傷勢，音樓拉他一下，「我沒事，你坐會兒，累壞了吧？我跛點兒，也能走上一段。」

他說不必，「我揹得很稱手，妳乖乖聽話就成。」

夫妻倆並肩坐著看天邊晚霞，離家估摸還有七八里地，再走上半個時辰也差不多了。東家長西家短地閒聊，說得興高采烈的時候有輛牛車經過，趕車人是城西開糧油店的黎老闆，黑黝黝的中年漢子，看見音樓便一笑，停下車招呼肖丞，「方先生也去趕廟會嗎？上車吧，我載你們進城。」

牛車是簡單的四個軲轆一張大門板，已經有好幾個搭順風車的了。一個小城裡住著，都很面熟，大家很快騰挪出地方，兩個人合十謝過了黎老闆和眾人，他把她抱上了車。黃牛慢吞吞動起來，擠在人堆裡，汗氣氤氳，卻也很覺快樂。

大家笑著搭訕，問音樓的腿怎麼了，肖丞把她的腳墊高，「不小心扎傷了，破了個口子，流了不少血。」

眾人嘖嘖讚嘆，「能走這麼遠，不疼嗎？」

音樓靠著肖丞笑道：「不是自己走，是我相公揹我。」

「哦，」眾人紛紛說，「伉儷情深啊！」

聊著聊著，話題又轉到阮氏草姑娘要造地藏尊上來。大家互問布施了多少，一位鄰人看著音樓道：「夫人做功德的時候我在邊上，看夫人捐了不少呢，真好心！好心得好報，佛會保佑你們的。」

音樓笑著頷首，做善事是求心安，她現在的生活，真沒什麼可不足的了。自己成埃落定，便有多餘的熱情去救濟別人。塗藹大師這麼虔誠，如今總算功德圓滿了，她也替那位早殤的阮氏草姑娘高興。

來安南的頭一年，不溫不火地過著。看月升瀾海、雲卷雲舒，一個恍惚，已經到了八月裡。

八月是最熱的季節，以前在宮裡，大日頭底下能吃冰花兒，這裡不行。這裡冬天幾乎不下雪，就算能落那麼薄薄一層，不到兩個時辰就全化了。

音樓家的小鋪子，開門待客的時間相應縮短了，天不黑就打烊，因為這兩天她不受用，有中暑的跡象，熱起來犯噁心，但熱勁過了倒還忍得。

肖丞天天泡薄荷茶給她喝，味道實在不太好，可是對付她的噁心有奇效，灌上一口，能緩和大半天。

他們家的小樓後邊加蓋了個亭子，因為建得很高，蚊蠅比較少。夏天吃了晚飯上去納涼，肖丞早早拿涼水潑灑過，比悶在屋裡要好得多。音樓搖著蒲扇憑欄而坐，身上不太舒服，人總顯得蔫蔫的。她小時候就愛疰夏，今年發作得出奇厲害。昨兒叫他刮痧，銅錢來回好幾下，一點都顯不出來。隱隱覺得不太對勁，想起來自己月事晚了好幾天，那時候彤雲有了身子也犯噁心，自己這些症候，似乎可以往那上頭靠一靠。

她心裡一陣陣熱起來，別不是有了吧！只是不確定，不敢告訴他，萬一空歡喜一場，豈不令他失望？明天要找個大夫瞧瞧，瞧准了再同他說不遲。

她揣著小祕密，臉上掩不住的欣喜。他坐在旁邊看她半晌，她笑他也跟著笑，「有高興的事？」

她說沒有，「你別問。」垂手握住塗藹大師給的那塊神木，輕輕蓋在小腹上。

「咱們可是說好的，什麼都不瞞著對方。妳再想想，真沒事？」

她但笑不語，低下頭不答他話，在他看來就是故意吊人胃口。她越這麼神神叨叨的，他越是心癢難搔。挪過來挨在她身旁，伸出一根手指捅她腋窩，「妳說不說？」

她搖頭，「真沒什麼事，白天聽人吵嘴很有意思，現在想起來發笑罷了。」

他覺得她是朽木不可雕，在一起這些時候，她的狗脾氣他能不知道？真聽見點什麼，早就迫不及待告訴他了。

他抱胸看她，「妳是不是背著我幹了什麼缺德事？」

她啐了他一口，「別混說！」復低聲嘟囔，「這事要是缺德，你就是缺德他爹。」

他沒聽清，追著問：「妳說什麼？」

她煩他，轉過身去兀自搖扇，「你聽岔了，我什麼都沒說。」

他覥臉笑道：「那咱們回房再議一議孩子？」

音樓一個沒忍住，差點就漏了底，忙別過頭道：「今兒不行。」

他不明白了，「為什麼？咱們常議孩子，今兒怎麼不成？」細打量她臉，「是身上不方便？」

他也做過司禮監掌印，宮女子在尚儀局和敬事房的記檔都要送到他值房過目，扣牌子無非是月事和有孕！這人精明起來很精明，糊塗起來也夠受的。音樓站起身緩步踱，琢磨著是不是該籌備小孩兒衣服啦，甭管這趟有沒有，先置辦起來總沒錯。現在不似以往，沒有下人料理，一切都要靠自己。她一個女人家不過問，難道叫他來操心嗎？

她想一齣是一齣，提起裙片就下了亭樓。

他在後頭追著，不明白她是怎麼回事。知道問不出原委來，也不多言，只管旁邊觀察。她並不管他，進了屋子翻箱倒櫃找尺頭，一樣一樣花色挑，挑完了歸置在一起。翻到箱底時扯出他以前的玉帶，拿在手裡端詳半天，似乎發現了價值，坐在燈下找剪子，把上面大片的金玉拆下來。拆完了值錢的東西倒不稀罕，一條莽帶顛來倒去看，然後疊起來，捲進了尺頭裡。

肖丞看了半天，似乎看出點端倪了，小心翼翼拉住她的手問：「妳是不是有了？」

她愣著兩隻大眼睛看他，「被你瞧出來了？我原想明兒問過了大夫再告訴你的。」她羞赧道，「只是覺得有點像，我也不敢肯定，好歹要等大夫診過了脈才能知道。。」

她這裡還在解釋，肖丞已經忙亂起來，點了盞燈籠吩咐她：「妳別亂走動，快歇著。用不著等明天，我這會兒就去請陳先生……妳躺著，別動！」

他很快出去了，音樓想叫他都來不及。她哭笑不得，這人一向沉得住氣，這回方寸大亂，可見盼了很久了，只是不好說出口罷了。

是時候該來個孩子了，他們相依為命卻幸福美滿，再來個小人兒就齊全了。人口壯大了，她和他就更緊密了，因為自己總是很傻，總是怕，怕他哪天會突然消失。就像在宮裡那時一樣，她面對高高的牆，孤立無援。

芽莊人口不太多，整個城只有兩位大夫，陳先生通中原的岐黃，醫技似乎也更高。他們來得比想像中的快，她幾乎可以看見秦淮河那晚，他兩個起落就到河對岸的樣子。

肖丞有點慌，拱手請陳先生坐，「勞煩先生診治。」

陳先生是個蓄著菱角鬍子的小老頭，平時有來往，人很和善。音樓坐在對桌，撩起袖子把手腕擱在迎枕上，夫妻倆如臨大敵盯著他，倒把他弄得十分緊張。

心跳隆隆的，陳先生搭在她脈上的手指彷彿掌握生殺大權。音樓巴巴兒看著他，半晌他終於收回手，臉上有了笑模樣，「恭喜方先生，尊夫人的脈是喜脈，嗜睡噁心都是有孕引起的，不妨事，好好頤養一段時候，慢慢就好了。明天我讓人送些保胎的藥來，發作得厲害用一點，平常沒什麼不適就順其自然。有些富戶一聽說有孕，恨不得大夫把藥櫃搬到他府上，這樣不好。是藥三分毒，你們中原人說醫者父母心，你們要是信得過我，就聽我一言。少吃藥，不宜勞累，坐胎頭三個月忌房事，等顯了懷適當散散步，將來分娩不至於吃太多苦……」

他絮絮囑託，也不知那對夫妻聽沒聽見，只管相擁而泣去了。陳先生見怪不怪，這樣恩愛的小倆口有了孩子，能不高興瘋了！他笑著把醫箱收拾起來，說了兩句恭喜的話便告辭出門了。

「不成，我要置大宅子，下面伺候的也不能少。妳現在要人看護，萬一我沒顧及，妳身邊有人跟著我才踏實。」他在屋裡團團轉，「後天我去買木板，給咱們孩子做個搖車。還有尿布褥子，用不著妳自己準備，回頭一樣一樣都由我去辦……」他仰起脖子雙手捧臉，嗓音裡帶著哭腔，「天爺，我真太高興了，我從沒想過自己這輩子還能有後……祖宗保佑，總算功夫不負苦心人。」

前頭說得挺感人，最後一句簡直找罵。音樓本來眼淚汪汪的，被他這麼一打岔愣住了，「這人怎麼這麼沒正形呢！」看他忙亂得不知怎麼才好，上去拉他坐下來，笑道，「不就有個孩子嗎，又置產業又買人，那點老底全露了。我沒事，窮苦人家就不養孩子了？咱們還像以前一樣，我不稀圖別的，來芽莊這段時間也習慣了，自給自足，自個兒照顧自個，再不濟還有你呢，哪裡就委屈了我？」她偎進他懷裡，盤弄他領上圓圓的盤釦，輕聲說，「我覺得像做夢一樣，你別動，讓我靠會兒醒醒神。」

他自然不動，但卻似懷揣了個寶貝，從頭摸到尾。手探進她衣裳裡，撫她的肚子，抑揚頓挫哼唱起來：「咱家也有兒子啦……」

好不容易有孕，肖丞那份體貼更勝從前。做買賣不那麼上心，媳婦兒要舉在頭頂上。音樓這胎懷得很好，許是頤養得宜，肚子吹氣似地大起來。前兩個月還常孕吐，胃口不好，後來倒是不吐了，可是口味變得很奇怪，鬧著要吃蛤蜊和螺螄，把肖丞弄得焦頭爛額。

這種貝殼類的東西不像魚蝦，帶著寒氣的，有身孕的人當忌口。他不讓她吃，她嘴饞鬧脾氣，彆彆扭扭半天不搭理他，他含笑在邊上看她，仍舊滿心歡喜。那圓溜溜的肚子長勢喜人，六個月就頂得上人家將生的大小。只是可憐她，似乎比一般人更累，坐在那裡起不來身，眼淚汪汪想辦法，想讓他找布帶兜起肚子掛在脖子上，試圖減輕些份量。

「那怎麼成，別異想天開！」他當然要拒絕，沒聽說哪個孕婦這麼幹過。可是心裡老大不忍，搓搓她的手安撫她，「好媳婦兒，等孩子落了地，我做炙蛤蜊給妳，做滿滿一大盤，都是妳一個人的。再咬咬牙，還有三個多月就苦盡甘來了。妳瞧咱們盼他盼了那麼久，雖然他磨人，好歹是咱們的孩子。我是沒法兒替妳，要是能替妳，我情願自己受這份罪。」

瞧這話說的！她皺著眉頭說：「連這活都讓你代勞了，我幹什麼呀？得了，出去溜溜彎吧！」

兩個人手挽著手在海邊上慢慢溜達，她看天上的雲，指著這朵說像窩頭，那朵說像柳葉糖，他聽在耳朵裡，又好笑又唏噓。

走出去一里地，遇見了補網回來的吳大娘，客客氣氣打聲招呼，吳大娘打量音樓的肚子，奇道：「平常我去店裡總看妳坐著，今天才發現肚子這麼大了！幾個月了？快生了吧？」

音樓說：「還早呢，才六個多月。」

「六個月？」吳大娘訝然道，「那也太大了，依我看是個雙胞，你們好福氣啊！」

兩口子面面相覷，音樓是頭回懷孕，不懂得裡頭玄機，吶吶道：「陳先生問脈的時候並沒有說是雙胞……」

吳大娘擺擺手道：「脈象上是看不出單雙的，女人們生養過，就靠體態，大抵能猜出幾分來。當爹的晚上回去趴在肚子上聽，月份大了能聽見嗵嗵的心跳，要是兩邊都有動靜，那十有八九錯不了了。」

要麼不來，一來來倆，老天爺也太給肖丞面子了！兩個人高興壞了，趕緊往回趕。到了家點上燈，他扶她在椅子裡坐下，解開罩衣看，那肚子像倒扣的鍋，鍋底尖尖的，因為有胎動，形狀總是不太規則。他輕輕撫了好幾下，在那緊繃的肚皮上親了兩口，「好孩子，叫爹聽聽，到底是獨一個呢，還是哥兒倆？」

孩子像聽得懂話似的，安靜下來，不像之前伸胳膊抻腿滿肚子翻筋斗了。他貼上去，隱約傳來小而脆弱的咚咚聲，跳得很快。挪個地方，漸漸那心跳有回聲似的，一前一後錯開，咚咚、咚咚……他寒毛直豎起來，哆嗦著嘴唇抓住音樓雙肩，「是……兩個。」

她愣愣看著他，「聽準了嗎？」

他用力點頭，「準得不能再準了。」

難怪肚子這麼大，果真有兩個！音樓咧著嘴笑，「老貓房上睡，一輩傳一輩啊！你和肖鐸是雙生，咱們這會兒也有兩個，好極了！兩個什麼？兒子？閨女？還是一男一女？」

「甭管是什麼，橫豎他們以後比我和肖鐸強。」

他在一旁坐下來，不知怎麼沉默了。音樓偏過頭去看他，燈下的側影有種難以言說的悲傷，她知道他又在思念父母兄弟。一個人再了得，心裡總有溫柔的地方來存放家人。以前他只能卯足了勁往前衝，沒有多餘的時間回憶過去；現在紛爭去遠了，悠閒度日，人也變得柔軟，孤零零往那裡一坐，叫她心疼。

她起身走過去，捋捋他的髮，把他帶進懷裡，「我們肖家慢慢會壯大起來的，你別難過，你還有我和孩子。地底下的家裡人，瞧見咱們過得好，必定替我們高興。咱們這胎是雙胞呢，連著肖鐸那份也一塊生了。我明白你的心，要是實在難受，咱們把爹媽和肖鐸的牌位都送進廟裡去供奉。塗藹大師不是要建地藏廟嗎，咱們多盡一份力，請他辟出個地方來，讓咱們家人跟著受香火，這樣好不好？」

安南人對逝去的祖先很崇拜，常把牌位送進廟裡供奉，音樓早就有這想法，一直沒和他提，因為知道他不會答應。

他果然搖頭，「上頭名字篡改了，功德還是白做。要是不改，萬一叫有心人落了眼，招出什麼禍端來就不好了。」他勉強笑了笑，「妳也說了，我還有你們。父母兄弟不在固然可惜，老天爺奪走一樣，別樣上總會補償的。」說著摸摸她肚子，「這不，補償來了。可我有些擔心，兩個好雖好，妳生起來只怕辛苦。」

她心裡也害怕，卻不願讓他擔心，因笑道：「知道辛苦就要加倍的對我好，雖然你已經夠好了……」她吻吻他的唇，「督主淪落到做飯洗衣的地步，叫你以前手下那幫人碰見，不知是什麼想頭。」

說起這個有點臊，如今是廉頗老矣，怎麼驕矜早忘了。曾經筆桿稍不稱意就撂挑子的手，如今做羹湯、漿洗衣裳，幹得風生水起。不光這，要不了多久還要帶孩子。以前從沒設想過有這一天，屈才屈大發了，可即便如此，還是樂此不疲。

「我三飽一倒，過得逍遙，洗衣做飯我樂意。」他在那高聳的胸上薅了一把，「我是有妻萬事足，礙著別人什麼？」

有錢難買我願意，這樣最好。

音樓的身子一天比一天沉，孕期裡各人症狀都不同，她的更嚴重些。從八個月起開始水腫，腫得兩條腿沒法走路，這還是其次，要命的是肚子越來越大，皮膚綳到了最大限度，常常癢得抓心撓肺。那兩個孩子在裡面倒很活躍，所以經常能看見一個抹著香油的晶亮的肚子擱在床板上，隔著一層皮肉，兩隻小腳各自做個漂亮的踢滑，從中間往兩邊呼嘯而去。

這樣的日子，真是痛苦與甜蜜兼存。等了很久，盼了很久，終於到了著床的時候。

那天陣痛來得洶湧，生雙胞兒風險大，肖丞看見她發作，把所有能請到的接生婆都請來了。他們是外鄉來客，在本地無親無故，好在平時口碑不錯，鄰里都很願意幫忙。安南和大鄴的規矩一樣，男人不能進產房，可他並不在意，最艱難的時候他要陪在她身邊，畢竟沒有一個信得過的自己人，他不在，音樓沒有靠山。

他給她鼓勁，抓著她的手不放。她在用力的時候掌力極大，把他握得生疼。因為是頭胎，生起來很不容易，從午後一直耗到深夜。實在是漫長苦難的經歷，他看見她滿臉的汗水，但是心裡有希望，眼神澄澈明亮。反倒是自己沒出息，緊張得頭昏腦脹，視線扭曲，連門窗都有了弧度。

記不清等待的時間是怎麼度過的了，只知道難熬至極，唯一能做的是給她鼓勵。音樓在大事上一向很堅強，她沒有哭喊，每一分力氣都用在刀刃上。終於有了進展，他看見穩婆倒拎起一個紅通通的東西，還沒反應過來，一聲啼哭從那幼小的身體裡迸發出來，一下擊中他的心臟。

「恭喜方先生啦，是個男孩。」吳大娘把孩子包起來送到他面前，皺巴巴的一張小臉，一隻眼睛睜著，一直眼睛閉著，從那道微微的縫隙裡看他父親。

肖丞從沒有過這樣的感覺，龐大的喜悅穿透他的脊梁，那是他的骨肉，天天念叨，他終於來了！他打著擺子把孩子抱進懷裡，不敢用力摟住，半托著送給音樓看。

雙生子的個頭相較單生的要小得多，可是孩子看上去很好。她掙扎著摸摸他的小臉，感覺手指頭上冰涼都是汗，沒敢多碰，讓他把孩子交給奶媽子。才落地經不得餓，餵得飽飽的，吃完了好睡覺。孩子睡覺長個兒，三天就能大一圈。

兩頭都記掛，記掛兒子，還記掛肚子裡那一個。羊水破得久了，不能順順當當生出來，對小的不好。有的產婦兩個間隔的時間長，有的卻能連著來。她運道算高的，休息了一盞茶時候，也沒怎麼覺得疼，大概是疼得麻木了吧，聽見接生婆說孩子進了產道，看得見腦袋了。有了前頭一個，這個生起來輕省些，但也費了一番功夫，憋得臉紅脖子粗，突然一鬆快，便聽見那頭細細的哭聲傳來，貓兒似的，聲氣大不如前一個。

她心裡有點著急，聽見吳大娘又來報喜：「哎呀真是太齊全了，難得難得，是個姑娘！」老天厚待，兒女雙全了，可是小的實在太小，他都不敢上手抱。

吳大娘笑道：「大的在娘胎裡搶吃搶喝，小的鬥不過他，難免吃點虧。落了地後各長各的，慢慢就追回來了，不要緊的。」

兩個孩子五官是一樣的，只是一個長開些，一個還是一團。肖丞對吳大娘千恩萬謝，「我們夫妻在芽莊沒有親人，這趟全靠鄰里幫忙。」取出二十兩利市來交給她道，「內子才生產，床前離不得人，這是給大家的謝禮，勞煩大娘替我打點。今天辛苦大娘了，等內子滿月，咱們再登門拜謝大娘。」

二十兩銀子的謝禮，對於靠海為生的漁民是筆不小的數目。那些慣常接生的女人們，每次得到的不過兩對發糕外加一吊錢，這趟來每人派下來能掙四兩，已經是市面上難尋的高價了。

吳大娘響亮應一聲，招呼善後的加快手腳，屋裡收拾妥當了方退出去。

孩子有乳母餵養，音樓太累，一面牽念一面又睜不開眼。朦朧中看見肖丞在她床邊坐著，不知是擦汗還是擦淚，偏過頭去，悄悄在肩上蹭了蹭。

原本以為孩子落了地，家裡肯定要亂套了，可是沒有，他請來的兩個乳母並不離開，常住在他們家裡。不單如此，周邊的人也漸漸多起來，一個個精幹警敏，分明和當地的土著不一樣。她知道他開始動用他私藏的那些人了，一點後路都不留，那還是肖丞嗎？

瑣事不必他操心，他又成了那個儀態萬方的督主。抱著兒子逗弄，告訴他，「你叫既明——撫余馬兮安驅，夜皎皎兮既明。爹盼你將來有出息，能保護家人，能定國安邦。」兒子沒理睬他，吹起很大一個泡泡，「啪」地一聲破了，濺了他一臉唾沫星子。

兒子眼裡沒有他，他轉而去討好閨女。小二生來孱弱，當爹的總是偏疼她些，接過來捧在胸口，輕聲喚她，「小二啊，爹給妳取了個好聽的名字，叫安歌。安歌送好音，妳瞧和妳母親的名字連上了，妳高興嗎？」

閨女比兒子貼心多了，小二看著他，露出牙齦朝他笑，他還沒來得及感到欣慰，孩子打個嗝就開始吐奶，白膩膩的兩股從嘴角一直流到後腦勺，把他新換的衣服都弄髒了。

平時那麼愛乾淨的人，遇見兩個小霸王也沒法子。再說這世上哪有嫌自己兒女髒的爹媽呢！肖丞灰頭土臉依舊很快樂，在那寸把長的小腳丫上親了又親，「我閨女真聰明，不舒服就吐出來，咱們從不委屈自己。」

音樓產後十幾天，對自己的體形恢復很覺不滿。之前肚子撐得太大，一時間縮不回去，站在那裡還像三四個月時的情景。真著急啊！她哭喪著臉看肖丞，把一卷綾子交到他手上，「你使勁扽著那頭，我得好好勒上一勒。」她把一頭裹在肚子上，陀螺一樣轉圈，轉得頭昏腦脹，一下子扎進他懷裡，「小二她爹，我的肚子要是回不去了，你會不會瞧不上我？」

他把她圈在懷裡慢慢搖晃，「不會，妳給我生了兩個孩子，我感激妳都來不及，怎麼會瞧不上妳！妳是我們肖家的大恩人啊，這輩子我都要好好報答妳。至於肚子，年紀輕輕的，過陣子自然會復原的。其實妳不知道，妳懷孕的時候最美了，比我頭回見妳還要美。」

雖然聽得受用，但是心裡依舊不好過，「裡面有孩子你才覺得美，實心的餃子就沒意思了。」

「沒孩子還能有牛黃狗寶。」他笑道，「妳就這麼養著，我嫌棄自己也不能嫌棄妳。」

「小二她爹……」

「小大他娘……」

兩人一吹一唱，常在房裡玩這套把戲。音樓現在自信心銳減，只有男人不斷安慰才能找補回來。

小大和小二漸漸長出了人模樣，安南氣溫偏高，小孩兒用不著包裹繈褓，就穿小褂子，兩個並排躺著，揮舞著手腳，一樣粉雕玉琢的小臉，看著能把人心看化了。她常坐在邊上搖搖車，抱抱這個，再抱抱那個，天底下就沒有一個孩子能比他們家的更漂亮，先前吃再多苦，現在看來也值得了。

女人做了母親，精力難免要分散，她一心撲在孩子身上，偶爾發現肖丞心不在焉，問他他總推說沒什麼，她也沒太放在心上。直到有一天安南國君派人來，她才意識到安南他們是待不下去了。

幾位官員進了他們的鋪子，站在店堂一隅四下打量，對看店的夥計拱了拱手道：「我等奉命前來拜訪，勞煩請你家家主出來一見。」

後院十幾個人都聚在一處聽示下，肖丞睨眼看過去，低聲吩咐：「你們看顧好夫人和少主，我先去探探那些安南人的口風，回來再作計較。」

他要往前去，音樓奔出來，抓著他的手問：「他們是來拿人的？難道紫禁城裡得了什麼信，打發這裡的布政使尋根底？」

他笑了笑，「大鄴早就不在安南設布政司了，妳放心，幾個泥腿子我還應付得了。」說完抖抖袍角，踅身往店裡去了。

既然引起安南國君矚目，到最後無非兩種可能，來人若不是為捉拿，那就是招安。果不其然，有求於人，那些小國官員很會以禮待人，一個滿揖，幾乎把兩手抄送到地上去，「大國上賓，蒞臨我安南彈丸之地，不周之處，誠惶誠恐……」

話沒學囫圇，說得也不叫人動容。肖丞把禮還回去，「方某一介草民，何德何能受諸位大人如此禮遇！方某雖從鄴來，不過以買酒為生，萬不敢自稱上賓，諸位大人如此，委實叫方某忐忑。莫不是哪裡出了差遲，錯將方某認作別人了？」

其中一人上前一步，文縐縐再行一禮，賠笑道：「不曾認錯，卑職叫吳祧，隆化八年出使過大鄴，彼時曾得肖大人多方照應。肖大人是貴人事忙，並未留意我等小吏，卑職們對大人卻是記憶猶新。大人是人中龍鳳，單憑這堂堂好相貌，要想不叫人記住也難。前幾個月底下人來通稟卑職，說光華寺一位香客容貌肖似大人，那時卑職正忙於籌備出使真臘，這事就耽擱下來了。昨日方才回朝，便將此事回稟我主，我主得知後大感意外，即命我等前來拜會。」說著略頓一下，一個安南人，這麼長篇大論真不容易，舌頭調不過彎，需要休息休息才能從頭再來。

肖鐸心裡計較，若是一味打太極，似乎不是明智之舉。你否認不打緊，別人要向大鄴求證，這麼一來倒弄巧成拙了。需先穩住，再徐徐圖之。因喟然長嘆，「果真普天之下莫非王土，我離開大鄴來安南，無非是想求得太平度日，沒想到才區區一年，就被人堪破了。」

那吳桃奉承道：「大人何等才幹，流落在這鄉野間太過屈尊了。我主早有口諭，若能請得大人為朝廷效力，必許以高官厚祿，不知大人意下如何？」

大小琉球雖然暫時失勢，卻不能阻止芸芸小國對大鄴這塊豐澤而遲鈍的肥肉的覬覦。他曾主持朝政，世上沒有人比他更熟知大鄴情況，安南國君是想籠絡他，讓他出賣故國？

「一片好心，然而太過大意。」他微微一笑，「倭寇滋事，大鄴對各屬國加強監管，朝中有一批人撒出去，貴國國主不知道嗎？邀我入朝……不怕有詐？」

那三個官員著實一愣，似乎是沒想到這一層，有些迷惘起來。這事的確有耳聞，裡頭虛虛實實也弄不清。可他不是太監嗎？太監怎麼娶親，還能讓女人生孩子？如果不是幌子，那就是叛逃出來的。安南人雖然不及中原人肚子那麼多小九九，這點常識還是有的。

「肖大人高山仰止，在大鄴是極有名望的人，細作這種差事，哪裡用得著勞動您的大駕！」

他笑得更奇異了，「既這麼，肖某再推脫未免不識抬舉，但是目下兒女尚年幼，山妻也需要照顧，可否容我兩年？兩年後肖某出仕，定為國君鞠躬盡瘁，死而後已。」

到底不是押解犯人，總要人家高興，硬來不成事。再說他這表情是怎麼回事？小國的人眼皮子淺，也容易受驚嚇，得回去合計合計。他們都是不做主的人，把消息帶給國主，請上面定奪，反正也不急在一時。

「既然如此，就按肖大人說的回稟上去，聽了我主示下，再來給肖大人回話。」吳桃作了一揖，「卑職們告辭了，肖大人留步。」

肖鐸依然很有禮，站在屋角目送他們上轎，風吹動他的衣袂，飄拂翻飛，翩若驚鴻。

「福船停得有些遠，安南沿海百姓以打漁為生，若是泊在這裡太引人注目。」他底下人壓著嗓門道，「屬下買通了船廠的人，唯有停在船塢裡才最安全。督主眼下什麼打算？若是有必要，屬下這就領人把船駛出來。」

他緩緩搖頭，「暫時不能走，就算想走也未必走得脫。」邊說邊回身看，「孩子還太小，在海上顛簸不起。我同他們約了兩年之期，兩年之中總有疏於防範的時候，且將養，等養足了再走不遲。」

說實話，在外邦流浪，找到一處落地生根不容易。這些屬國地窄人稀，要想不被發現，除非一輩子不露面，既然不可能做到，就註定被發現，又要一段時間居無定所。飄到哪裡不是飄呢，他如今也有些得過且過了，又不稀圖萬里山河，只要有個地方落腳，讓他能安安穩穩守著媳婦和孩子就夠了。

安南國君對他慕名已久，似乎也是個極好糊弄的人，爽快地表示兩年就兩年，彼此都等得。

爭取到了時間，他們一家子仍然過得很逍遙。音樓養胖了，每天對鏡長嚎，不願意吃飯，打算以水果為食。人懶，卻愛吃荸薺，可苦了肖丞，和她面對面坐著，面前放個碗，熱水裡滾一滾撈起來，削完一個放進去一個，那碗卻永遠是空的，因為削的速度從來趕不上她吃的速度。

值得欣慰的是兩個孩子長得很快，漸漸發現會翻身了、會坐著了、會扶著搖車邊緣站起來了，幾乎每天都有驚喜。

小大是哥哥，樣樣比小二超前，他會走路說話的時候，小二剛剛學會挪步，一個在地上，一個在車裡，小大伸著小手拍打欄杆，「妹妹、妹妹……」

雙胞胎從來都在一起，血液裡有天生的親厚，幾乎一時都不能分離。牙牙學語過後，兩個孩子可以簡單對話，對話內容不複雜，哥哥說：「小大和小二，永遠在一起。」

妹妹便點頭附和：「小二和哥哥，永遠在一起。」

肖丞和音樓曾經嘗試各抱一個分開走，結果兩個孩子嚎啕大哭：「我的小二（哥哥），哥哥（小二）好愛你。」

這麼丁點大的孩子張嘴閉嘴說愛，肖丞覺得一定是在肚子裡的時候學來的。他從來不吝於讓音樓知道他的愛，音樓能感受到，那麼孩子們也能。只是這類私房話，屋裡說說就罷了，被孩子們宣揚出去，還是有點叫人難為情的。

表面上日子無波無瀾，私底下音樓還是為安南國君派人來的事憂心忡忡，「你真要在這裡做官？做了官得辦事，見的人多了，萬一消息傳回大鄴，到時候怕要惹麻煩。」

他倒是雲淡風輕的模樣，「一個小國，戶二萬七千一百三十五，鄉五十六。我連大鄴的高官都不屑做，倒願意在這裡過乾癮？妳別擔心，好好照料孩子就是了，外頭的事我自會料理。」

「人想避事，事卻找上門來。」她垂首坐在竹榻上嘆氣，「還以為少作少，五年太平日子總會有，結果才兩三年光景……」

「這兩年咱們過得不好嗎？」

她搖搖頭，「就是因為太好，好得不想結束。」她看他一眼，當了爹的人，就打算一直這麼細皮嫩肉下去？她在他臉上掐了一把，「怪你這長相！索性豬頭狗臉，到哪都不受猜忌。如今你瞧瞧，人家使節隔了幾年還能一眼認出你來，你能不能不要長得這麼扎眼？」

他被她掐得閃躲，「這話說的，又不是我願意這樣。再說沒這副皮囊，妳當初會瞧上我？」他把小二抱過來，小屁股上拍了拍問，「安歌啊，妳說爹爹俊不俊？」

小二對美醜沒有概念，她只記得隔壁孩子用竹片綳成的弓箭，流著哈喇子，一根嫩蔥似的手指指向外面，囉哩囉唆告訴他，「強哥那個東西……一拉飛得好遠，哥哥喜歡，小二也喜歡。」

他無奈嘆了口氣，「爹不是和妳說這個，弓箭是男孩子玩的，妳是姑娘，姑娘不玩那個，舞刀弄槍不像話。」

小二一聽，立刻在他懷裡扭成了麻花。咧著嘴哭，底下兩顆牙剛長了半粒米高，口水又多，一張嘴就淋漓往下掛。他沒辦法，捲著帕子幫她掖嘴，最後還是屈服了，「好了好了，不哭了，爹爹回頭做一把給妳，比強哥的更漂亮，射得更遠。」

他對小大呼呼喝喝，因為兒子不能寵，寧願多摔打，可是小二不同，那是他的心肝肉、眼珠子，就是要天上星星，也得想法子摘下來。

小二破涕為笑，濕漉漉的嘴親在他臉上，「爹爹俊。」

原來是要以此作為交換條件的，他驚詫不已，這麼小就這麼多心眼？

音樓好整以暇鑿她的椰子殼，連眼皮都沒撩一下，「別瞧我，你的閨女，不隨你隨誰？」說得也是。把孩子交給乳娘抱出去，他到窗下舀水盥手，一面笑道：「這丫頭屬蓮蓬的，我瞧比大的更精些。」

音樓唔了聲，「都還小呢，能看出什麼來！」說著倒了椰汁遞給他，「你和安南王約定的兩年期限可過去一半了，退路想好了嗎？」

他抿了口，把杯子擱在一旁，「我曾說要回大鄴，妳又不答應。倘或安南待不下去，其他屬國不去也罷，索性走得遠遠的，下西洋去。我料著安南國君不至於把我停留的消息回稟朝廷，畢竟窩藏的罪名也不輕，但是周邊盟國互通聲氣未必沒有，傳起來了，往哪都不太平。」他背著手緩緩騰挪，想了想道，「這陣子我也四下打探，芽莊周邊雖有成軍，但是將領疏懶，底下的兵也不成器，挑個合適的機會，一舉就能走脫。我已經命人去籌備了，那艘福船在船塢停了太久，每一條縫都要仔細查驗，等一切準備就緒便出海，到個沒人認識的地方，一了百了。」

西洋音樓知道，那兒男人牛高馬大，皮蛋色的眼睛，頂著一腦袋黃毛，活像廟裡的夜叉。大鄴和西洋交好，以前也有使節往來，張嘴嘰哩咕嚕不知道說些什麼，想起來有點怕，「他們不會漢話吧，咱們到了那裡怎麼和人交流？」

他說那不要緊，「我多少會一點，當初有個西洋傳教士在我府上住了近一年，私交甚好。前陣子我寫了信給他，命人先去探路，這會子事都辦妥了，只等咱們過去。」

她聽了歡喜，笑道：「人生地不熟，有個照應總是好的。以前兩個孩子都小，挪地方不方便，現在眼看結實了，海上待得久些也不礙事。」

他點了點頭，「叫你們跟著漂泊，我心裡不落忍呐！」她在他胳膊上拍了下，「說這話做什麼，人生這麼長，還容不得一時的不如意？我倒覺得這樣很好，在一個地方待久了無趣，四下裡逛逛才有意思。」

她總不會怪他，逆境無法迴避，從來不曾埋怨過半句，這是共過患難的夫妻才有的包容。他把她手上東西搬開，拉她起身抱住，「音樓，我總有滿肚子話，無從說起。總之謝謝妳，給我兩個孩子，給我現在這樣的生活。就算有動盪，心裡還是安逸的。」

她捋開他鬢角的髮，摩挲他的臉頰，「也不會後悔遇見了我，是嗎？」

她如今長成個小婦人，成熟鮮煥的，魅力遠勝從前。他吻她的額頭，嘴裡含糊說「我何嘗後悔過」，慢慢移下來，蓋在她唇上。

四個人的生活和以前不一樣，要幹點什麼都得偷偷摸摸。他們多久沒有親熱了……數不清了，總之已經很久了。她有了孩子，精力都放在那對兒女身上，難免要慢待他。有時他也吃醋，彆彆扭扭提出來，反正遭她一頓恥笑。後來悟出來，想做什麼不必溝通，直接行動似乎更好。他氣喘吁吁解她領上鈕子，發燙的嘴唇抵著她頸間蠕蠕脈動，神魂蕩漾裡發覺膝蓋被什麼抱住了，門開了小小一道縫，帶孩子的乳娘露了個頭，很快縮回去了。低頭一看，他兒子仰著臉撼他的腿，糯糯叫他爹爹。

真叫人頭疼啊！他把他抱起來，「怎麼不歇覺？嗯？」

小大根本不理他，伸著兩條短短的胳膊往他母親的方向傾倒。音樓趕緊接過來，摸摸屁股上尿布還是乾的，在那粉嫩的臉上親了親。孩子就是孩子，目標明確也很直接，小手伸進他母親懷裡，嘟囔念著：「喝奶奶、喝奶奶……」

肖丞不耐煩了，「你奶媽子沒餵你嗎，看見你娘就要奶喝，沒出息！」有些蠻橫地抱過來，朝外面喊人，叫把孩子弄出去。

孩子沒哭，可憐兮兮扁著嘴被帶走了。音樓心疼，低聲抱怨：「小大不是你兒子嗎，這麼對他！」

「男人大丈夫，膩膩歪歪，將來頂什麼用？」一面說一面貼上來，覥臉笑道，「他們都歇午覺去了，咱們……」

自己這副樣子，還有臉罵孩子！她紅著臉推他一下，午後的風吹拂進來，窗上竹簾扣在木框上，噠噠作響。

離約定的日子越來越近，安南國主期間經常打發人送些禮物來，一則示好，二則催促。吳祧是專門負責這項的，來來往往好幾次，肖丞夫婦都很恭敬客氣。

曾經在大國出任高官的人，到安南來也不能委屈了，上面發了話，封肖丞為諫大夫，算得上是極有份量的言官了。吳祧這天奉旨帶上了手諭和蟒帶官袍，一大清早便上芽莊來，到了那裡見肖丞爬在梯上鋪茅草修補屋頂，便笑著招呼，「這樣粗活何須大人親自動手，吩咐一聲，沒有什麼辦不妥的。」

他下了竹梯撲撲手道：「閒來無事，自己動手好打發時間。」瞧了他身後人一眼，「尊使今天前來是有公務？」

吳祧應個是，「上回和大人商議好的日子快到了，今日給大人送官服來。我主對大人寄予厚望，望大人造福安南百姓。」

他謝了恩接過來，略擰起眉頭一笑，「肖某才疏學淺，得大王知遇之恩，定當盡心竭力輔佐我主。明日就到衙門點卯，我這裡也該籌備起來了……只是既然為主效力，再防賊似的防著我，似乎說不過去吧！」

吳祧會意了，先前怕他遠遁，曾經派人監視防範，如今已經邀得他出仕，那幫人也確實該撤了。因訕笑道：「慚愧得很，出此下策，請大人海涵。」回身對同來的人比了比手，命他下令解禁，一面道，「大人的代步我已經派人準備好了，唯恐大人坐不慣安南的轎子，叫人仿大鄴的大小替大人定做了一抬。河內的大夫府也已經布置妥善了，請大人擇日啟程，總屈居在這小小的芽莊，不能施展大人的才華。」復揖了揖手，「大人事忙，卑職就不叨擾了，明早再來，接大人一同前往河內。」

他還是淡淡的模樣，點頭道：「給尊使添麻煩了，肖某過意不去得很。」

他是為明天沒法讓他交差感到愧疚，吳桃卻並沒有察覺，只當是鄴人普通的寒暄，客套兩句也就告辭了。

次日朝陽東升，陌上行來露水打濕褲管。到肖家酒館門前時，只見門扉大開，著人進去查看，早已經人去樓空了。

番外二

一個王朝的興衰就如人之元壽，有鼎盛就有式微。

大鄴自神武皇帝開國，到文成皇帝時期國運盛極，泱泱兩百餘年，似乎從未有人想過，有朝一日慕容氏的江山會坐到頭。慕容高鞏穿著道袍在西海子煉仙丹的時候，南苑宇文氏的戰旗，已經插上了九江的城頭。

鎮安王和南苑王的聯軍一路橫掃，從武昌到安東衛，勢如破竹，也許用不了兩個月，就要攻入京城了。眼看江山即將落入叛臣之手，每個曾經為之嘔心瀝血過的人，都會無限惋惜，恨天道不公吧！

小大和小二已經六歲，到了開蒙的年紀，肖丞替他們找了西席，雖然身在柔佛，學的卻仍舊是中原的四書五經。早前在安南暴露了行蹤，他們不得不連夜渡海，原本是想去西洋的，但在海上遇見了風浪，漂泊月餘終於看見一片陸地，那裡四季溫熱，草木茂盛，於是臨時做了決定，就此定居下來。當然一切仍舊不需音樓操心，肖丞的人很快便安排好了一切，屋子、田地、僕婢……不論到哪裡，他們都過得舒心愜意。

只是也會牽掛故國，就算大鄴沒有留給他們太多美好的回憶，遠行日久，終不免惦念。

音樓有時候同肖丞開玩笑，「大鄴如今風雨飄搖，督主要是願意回去召集舊部，一個東廠就能把聯軍堵在半道上。」

這是真話，如果有他在，宇文良時決不能如此壯大倡狂，也許到死，也僅僅只是南苑王。

肖丞聽後寥寥一笑，風流的眉眼，在雨後潮濕的空氣裡愈發靈動，一手支著下頜，視線在她臉上流轉，「臣費了那麼大的力氣，才拐得皇后娘娘同臣私奔，為了別人的江山再入虎穴，豈不是傻了？」

柔佛屋子的式樣，習慣把窗戶開得很大，篾竹編成的窗扉拿竹竿成排撐起，整面牆壁都是空的。

他拍拍身側的長榻，音樓坐過去，懶懶歪在他身上。他探過手摟住她的肩，看半空中凝聚起赤色的雲霞，喃喃道：「大鄴這回，怕是氣數絕盡了。」

音樓嘆了口氣，「南苑王隱忍這些年，到底還是出兵了。我倒不覺得大鄴的天下丟了有什麼可惜的，只是心疼婉婉……那時候我暗示了她好幾回，不想讓她下降南苑，就是怕她有朝一日要面臨這樣的窘境。現在想來真後悔，當時乾脆說破了，別藏著掖著，興許她就能避開那個煞星了。」

肖丞安撫式地在她肩頭揉了揉，「命數天定，不是妳能決斷的。她是大鄴的長公主，身分再尊貴，也有身不由己的時候。咱們在金陵的時候和南苑王打過交道，這人心機深沉，就算妳一時勸阻了，焉知人家沒有別的辦法達到目的？」

音樓沉默下來，她在宮裡時同婉婉交好，後來婉婉出降，自己死遁，這些年天各一方，徹底斷了聯繫。如果婉婉過得好倒也罷了，可以現在的局勢來看，分明不會好了啊。

她憂心忡忡，「婉婉性子擰，向來有主張，怕是不能接受南苑王造反的事實。大鄴眼看保不住了，皇上連自己都顧不過來，還能顧得上她嗎？她夾在哥哥和丈夫之間，這日子怎麼過？」一面說一面看向肖丞，「你留了人在她跟前，她應當知道我們的境況。你說她會不會離開大鄴，來找我們？萬一她去芽莊撲了個空，那怎麼辦？」

肖丞垂眼看她，「妳有什麼打算？」

音樓諂媚地笑了笑，一把抱住他的胳膊，「咱們回去一趟吧，把她接出來。細想想，婉婉太苦了，那樣尊貴的出身，除了錦衣玉食，再沒有旁的了。我同她比起來還好些，我有你，你是真的心疼我，她可有什麼？孩子沒了，丈夫又造娘家的反，我怕她心思窄，想不開。」

肖丞無可奈何，揪了她的鼻子一把，「妳倒大度！」

他說得含糊，音樓心裡卻明白。早前婉婉對他也動過心，但各人有各人的際遇，有些人，是永遠不可能在一起的。如今他們各自婚嫁，自己也替肖丞生兒育女，若是因年少時的愛慕提防婉婉，未免太過小人之心了。

只是回去接人，到底要冒大風險，斟酌再三，把小大和小二留在柔佛，肖丞帶著她，仍從水路潛回大鄴。這一行路程遙遠，沿途只在小港作短暫停歇便又要上路。

肖丞不愧是司禮監出身，每到一處都能得到大鄴最新的消息。音樓聽說南苑王和鎮安王聯手謀反只是將計就計，聯軍攻到安東衛時，宇文良時誅殺王鼎收編了貴州軍，頓時大大鬆了口氣。

可肖丞並不像她那樣樂觀，冷笑道：「這次不過小試牛刀，為的是探清大鄴兵力。宇文良時野心勃勃，豈會與他人共謀天下！」

音樓嘟囔著：「好歹眼下的難關過去了，皇上再不能扣押婉婉了。」

有些恨，不是無緣無故的。慕容高鞏做事神神叨叨，當初婉婉有了身孕，他立刻下旨將人召回京畿，以此拿捏南苑王。後來婉婉的孩子掉了，他仍舊不肯放人，害得他們夫妻分別兩年，這樣的所作所為，怎麼能不招人恨？

南苑兵變是遲早的事，可惜柔佛到金陵渡口相距萬里，漂洋過海趕來，也需半年之久。這半年裡，陸陸續續聽到一些大鄴的消息，離得越近越詳細。

南苑謀劃多年的計畫終於還是實施了，祁人調兵遣將，一呼百應。那個馬背上鍛造出來的民族彷彿一枝利箭，離弦之後呼嘯過大半疆土，直抵良鄉，下一戰就是攻占大葆台。

音樓在海上漂泊的日子裡又懷了身孕，這回雖有經驗，但孕吐厲害，連床都下不來。肖丞既喜且憂，上回她生孩子實在嚇怕了他，他很擔心，愁眉嘆息，「這次不會又是雙伴兒吧！」

音樓大笑，「兩胎四個，糧倉都吃窮了。」

她這個人，總是好了傷疤忘了疼，先前懷那兩個的時候受了多大的罪，這會兒早拋到腦後去了。肖丞擔心的，恰是她盼望的，橫豎要生，一氣兒生兩個，不費事。

他抱著她，長吁短嘆。音樓勾起他的下巴，齜牙笑道：「孩子的名字有了，要是雙伴兒，一個叫唉聲，一個叫嘆氣——誰讓他們的爹不待見他們！」

肖丞說胡鬧，「那是什麼名，我不答應！」說罷親親她的額角，嗡噥著，「我是擔心妳，生孩子太苦了。也可憐我自己，這回不知妳愛吃什麼，是不是又得沒日沒夜削荸薺……」

這個暫且說不準，音樓表示要等這陣子孕吐過了才知道。

船停靠在了桃葉渡，她原想跟著一塊去見婉婉的，可兩腳著地便頭暈目眩找不著北。肖丞不准她走動，只讓她在船上等消息，自己帶著幾個近身的隨從登岸往城裡去了。

闊別大鄴整整七年，再踏上這片疆土，不說城池和國人，連路旁的一草芥、一瓦礫，都透出熟悉的味道。外面烽火連天，金陵城裡歲月靜好，行人可以自由往來。若不是他沿途見過戰後滿目瘡痍的慘況，簡直要誤以為大鄴國泰民安，南苑王依舊安分守己，在富庶江南坐享他的榮華富貴。

不過畢竟非常時期，城防戍守比往日嚴苛，他是借著商販的名頭才得以入城的。騎馬過於扎眼，一行人步行趕往大紗帽巷，那裡原本是帝王南巡的行在，後來改建成長公主府。長公主和親王一樣，有專屬自己的府邸，不必屈尊住在藩王府上。

穿過兩個坊院就到了，他放眼看，奇得很，風裡隱隱傳來鐃鈸的聲響，還有白布紙錢的味道。他皺了皺眉，挑眼公主府長史辦事不力，竟允許距離公主府這麼近的人家大喇喇辦起喪事來。恰在這時，一個推著獨輪車的漢子蠻狠經過，嘴裡嚷著「讓讓」，板車已經到了面前。

隨從飛快阻擋，車上滿載的貨物堪堪擦過他的袍角，饒是一點接觸，也讓他厭惡地垂手撣了撣。

「督主……」雲尉低低叫了聲。

他抬起眼，見巷子盡頭有人疾步而來，到了跟前壓刀俯首，「稟督主，大事不好了，長公主殿下吞金自盡已有十日，咱們這趟……來遲了。」

肖丞如遭電擊，愣在那裡半天沒回過神來。

他還記得那雙純淨的眼睛，他在她宮裡做了多年少監，看著她從不知世事的孩子長成大姑娘，見證她情竇初開，親自送她登船遠嫁，她在宮裡時的一切都是他親手操持的。沒想到一別經年，他們遠渡重洋來接她跳出火坑，她已經不在人世了。她才二十三歲啊，這樣如花的年紀，該是受了多大的委屈，多無望了，才會選擇走這條路。

他垂袖站在那裡，隔著坊院茫然眺望，不敢相信那是真的。然而喁喁的誦經聲從四面八方傳來，細細的打罄聲和進風裡，每一次響起，都直鑽人的心窩子。

來遲了，一種失之交臂的遺憾籠罩住他，他甚至不知道應該怎麼告訴音樓。她是滿含希望來接婉婉的，在海上漂了半年，沒想到最後竟聽見這個噩耗。

即便知道此來一場空，他也還是到了公主府前。宇文良時撇下前線的大軍回來治喪，沒有為難公主府的人，把他們全都遣散了，據說靈前只餘他自己，瘋瘋癲癲，不眠不休地，不時撕心裂肺哀哭。這一代梟雄，想是對婉婉用了真感情，如果早知今日，還會執意奪取慕容家的江山嗎？

他本想進去上一炷香的，可惜府門鎖閉，他不能冒這個險。雲尉解了腰上酒囊遞給他，他隔門敬了一壺酒，但願婉婉在天上能夠看見。

「走吧。」他轉身折返，風吹過樹頂，沙沙一陣輕響。

四年後大鄴覆滅，慕容皇族被攻城的祁人殺剮殆盡。宇文瀾舟建立大英王朝，改元乾始，尊宇文良時為高皇帝，追封合德長公主為皇考皇貴妃，不與高皇帝合葬。

——《浮圖緣》全文完——

高寶書版集團
gobooks.com.tw

YE 020
浮圖緣（下）

作　　者　尤四姐
責任編輯　吳培禎
封面設計　茵萊登曼特
內頁排版　賴姵均
企　　劃　何嘉雯

發 行 人　朱凱蕾
出　　版　英屬維京群島商高寶國際有限公司台灣分公司
　　　　　Global Group Holdings, Ltd.
地　　址　台北市內湖區洲子街88號3樓
網　　址　gobooks.com.tw
電　　話　(02) 27992788
電　　郵　readers@gobooks.com.tw（讀者服務部）
傳　　真　出版部(02) 27990909　行銷部 (02) 27993088
郵政劃撥　19394552
戶　　名　英屬維京群島商高寶國際有限公司台灣分公司
發　　行　英屬維京群島商高寶國際有限公司台灣分公司
初　　版　2022年11月

本著作物《浮圖塔》，作者：尤四姐，由北京晉江原創網絡科技有限公司授權出版。

國家圖書館出版品預行編目(CIP)資料

浮圖緣/尤四姐著. -- 初版. -- 臺北市：英屬維京群島商高寶國際有限公司臺灣分公司, 2022.11
　冊；　公分. --

ISBN 978-986-506-575-1(上卷：平裝). --
ISBN 978-986-506-576-8(中卷：平裝). --
ISBN 978-986-506-577-5(下卷：平裝). --
ISBN 978-986-506-578-2(全套：平裝)

857.7　　111017529